KB236857

근대성과 민족문학의 경계

김춘식 지음

도서출판 역락

책머리에

　최근 10여 년의 기간은 지난 20세기를 지배해 온 '근대성과 민족문학'의 개념이 여러 방면에서 근원적인 회의에 직면한 시기였다. 한국문학 100년을 맞이하면서 촉발된 근대문학의 정체성과 본질에 대한 질문은 한국문학의 과거와 현재를 가늠하는 중요한 척도로서 인식되었고 제도사적인 측면, 미학적인 측면, 근대적 주체의 측면 등 거시적 관점과 미시적 관점이 모두 동원된 종합적인 성찰과 반성이 이루어졌다.

　이런 성찰과 반성은 한편으로는 근대문학이 특정한 패러다임에 의해 구축되고 움직여온 것이라는 점에 집중됨으로써 거시적 패러다임과 개인적인 내면의 상관성을 세밀하게 고찰하는 작업으로 새롭게 전개되는 추세이다. 특히, 본질적으로 개인의 향수의 영역에 속하는 문학의 자리와 공동체적인 공감과 소통을 요구하는 문학의 사회적 기능 사이에서 발생해 온 충돌과정이 '근대문학'이라는 구체적인 대상을 통해서 고찰됨으로써 지나간 시대의 '문학'을 규정해온 '근대성'의 실체가 새롭게 드러나고 있는 것도 최근의 상황이다.

　한국의 근대문학사에는 식민지 시대, 곧 이어진 분단 시대 그리고 개발독재를 거쳐 민주화에 이른 '근대사' 등의 궤적이 그대로 새겨져 있다. 한국의 근대문학사에서 '정치와 문학'이 본질적으로 '한몸'이었거나 밀접한 관계 속에 놓일 수밖에 없었던 것도 이런 맥락에 근거하는 것이다. '민족문학'의 범주와 개념이 지나간 근대문학사에서 차지하는 비중은 이 점에서 근대문학 전체와 거의 동일시 될 수 있을 만한 것이다.

　민족문학의 견고한 신화가 흔들리기 시작한 것도 따라서 '근대성'에 대한 회의와 궁극적으로는 맞닿아 있는 것이라 할 수 있다. 분단국가의 상황 속에서 결핍된 민족문학에 대한 열망으로 빚어낸 '민족문학'은 이 점에서 지나간 근대사의 혼란만큼이나 문학 외적인 상황에 민감했던 것이 사실이다. 이 점은 지나간 시대의 근대문학과 민족문학이 언제나 '당위성'을 앞세운 반면 과거를 돌아보는 성찰과 반성을 상대적으로 간과했다는 의미로도 해석된다.

　이 책에서 서술되고 있는 재외한국인문학과 북한 문학은 이 점에서 한국의 '근대문학'에서 소외된 영역이자 동시에 민족문학의 외연 혹은 경계에 해당된다. 지나간 한국의 근대사가 낳은 산물인 '재외한국인'의 정체성을 담고 있는 '재외 한국인 문학'과 실질적으로 '근대 민족문학사'의 반쪽인 '북한문학'에 대한 관심은 '민족문학'이라는 범주에 한정되어 온 지나간 '근대문학'의 개념에 대한 반성을 의미한다.

　이 책의 제1부는 근대성의 패러다임과 근대 초창기 근대적 문학관의 정착과정을 다룬 글로 구성되어 있고, 제2부는 재외한국인문학 중에서 오스트레일리아와 미국의 경우를 고찰하고 있다. 제3부는 북한문학에 관한 것으로 분단기 문학사 기술의 시각에 관한 것과 1950년대 북한의 비평계 동향에 대한 것이다.

　제2부에서 다루고 있는 작가는 오스트레일리아의 돈오김(김동호)과 미국

의 강용흘, 김은국, 이용익, 이창래 등이다. 재외 한국인 문학의 특징은 한국적인 상황, 즉 근대사를 수놓은 한국의 역사적 사건들과 일정한 '거리'를 지니고 있으면서도, 그들의 정체성 안에 이미 녹아 있는 에스니시티로서의 '한국인'의 사고가 뚜렷하게 나타난다는 점이다. 이런 에스니시티를 함축한 소수집단문학인 재외한국인문학은 과거에는 민족문학의 내부로 포함되지 못했지만 그 문제성과 의의는 근대적인 민족문학의 결핍을 보충하기에 충분한 것이다.

국가이데올로기와 정치적 선택의 문제에서 '국내'의 입장과 '국외'의 입장은 근본적으로 차이를 포함할 수밖에 없다. 마찬가지로 '문학'과 '정치'의 상관성에 대해서 재외한국인문학은 문학이 어떻게 정치적인 것과 매개되는가를 의미 있게 보여준다. 자신의 정체성을 찾는 소수집단적 주체의 몸부림이 사회와 세계를 해석하고 갈등하는 과정을 통해서, 우리는 '민족문학', '근대문학'이라는 개념과 '민족'과 '근대'라는 틀 안에 스스로가 얼마나 쉽게, 편하게 안주하고 있었는가를 깨닫게 된다.

진정한 개인의 주체와 정체성은 근대나 민족이라는 거시적인 틀 이전에 존재하며, 모든 개인은 지금도 끊임없이 외부의 세계와 갈등하며 현실을 살아간다. 세계와의 갈등을 극복하는 과정에서 자기 정체성 찾기와 문학이 중요한 역할을 할 수 있다면 그것은 문학이 사회와 소통하고 세계를 개진하는 개인의 깨달음을 형상화하기 때문일 것이다.

  '문학'이라는 이데올로기 이전에 '문학'이라는 실체에 대한 성찰이 중요하다는 나의 믿음이 헛되지 않기를 바라며 또 한 권의 책을 세상에 내민다.
  이 책이 출간되기까지 여러모로 도움을 주신 분들이 많다. 원고 정리에 힘써 준 후배 박노현, 정종현에게 고마움을 표한다. 또, 바쁜 일정에도 책을 출간해 준 역락출판사 이대현 사장님과 편집부 이은희 씨에게 다시 한 번 감사의 뜻을 전한다.

2003년 5월
김 춘 식

Contents
근대성과 민족문학의 경계

제 1 부

근대적 체계와 문학관의 형성

- ➡ 개화기의 문학적 근대성
- ➡ 장르의 소멸과 근대적 장르 인식
- ➡ 사회진화론의 유입과 「조선불교유신론」
- ➡ 계몽주의적 세속성과 낭만주의적 내면
  －근대성과 자연, 전통, 서정－

개화기의 문학적 근대성

1. 서 론

개항(1876년)이후 조선은 근대국가를 향한 점진적인 개혁을 시작한다. 1876년에서 1910년까지의 기간 동안 한국문학은 이러한 개화(근대화)의 진행과 함께 점차 의식적인 근대화 과정에 접어들었다. 특히 근대적인 국가제도의 정비와 함께 시민적 공공영역 형성의 근간이 되는 인쇄·출판제도의 형성과 전기의 보급, 그리고 신문·언론제도의 형성, 한글(국문)운동 등이 이루어지면서 문학적 근대기획을 추진하기 위한 기초적인 조건을 갖추기 시작한다. 이 시기의 이러한 근대적 제도와 문물의 보급은 한국근대문학 형성의 토대를 형성하면서 또한 사상적 근대화의 한 계기를 낳는다.

한국의 근대문학사는 이 점에서 제도적 근대화가 이루어지던 1876년부터 1910년까지의 기간과 이후 이데올로기적인 내적 제도창출의 장치가 형성되던 시기인 1910년~1945년까지의 두 시기로 분할이 가능하다. 이런 구분은 다소 편의적으로 보일 수도 있지만 실질적으로는 한국근대문학사의 진행을 결정짓는 두 가지 조건에 초점을 맞추고 있는 것이다. 물적·제도적 근대화의 과정과 그러한 제도를 바탕으로 재생산되는 근대적 사상·이데올로기의 내면화 과정을 시기적 차이를 두고 고찰할 필요가 있기 때문이다.

본고에서 다루게 될 1876년에서 1910년 사이의 문학적 근대기획은, 이 점에서 주로 제도적인 토대와 문학적 개념을 지탱하는 용어, 사상, 장르 등을 둘러싼 인식의 변화에 초점이 맞추어져 있다. 한국의 근대문학사는 따라서 제도적 근대화의 시기와 그 제도가 내면화되어 재생산되는 미적 근대화 혹은 문학적 근대화의 시기로 이분된다. 결과적으로 문학적 근대기획의 핵심은 심적 제도로서의 근대문학의 위치와 권력을 공공화하는 데 있다고 할 수 있다.[1]

이 점에서 1876년에서 1910년까지의 기간은 본격적인 문학적 근대기획이 추진되기 위한 준비기간이다. 이 점은 근대적 세계관과 인식이 태동하면서 제도적 사회적인 변화를 추동하고 촉발시키던 시기가 바로 이 기간이라는 사실을 뜻한다. 달리 말하면 새로운 시대인식과 세계관이 하나의 양식이나 틀, 규범 등으로 범주화되지 않은 근대적 패러다임(paradigm) 이전의 시기이면서 동시에 그러한 패러다임이 구축되는 시기다.

이 시기의 문학사적 변동을 고찰하는 주요한 쟁점은, <① 근대적 용어의 발생과 새로운 문학관념의 탄생 ② 중화주의의 해체와 민족주의의 탄생 ③ 근대적 문학제도 형성의 사회적 조건 성립 ④ 지역관념의 재편과 세계인식의 변화 ⑤ 근대적 번역어와 언문일치 ⑥ 새로운 장르의 출현과 문학에 대한 근대적 인식의 정착> 등 대략 여섯 가지 범주로 요약할 수 있다.

이러한 범주의 설정은 새로운 패러다임 형성의 방향을 지시하면서 또한 이 시기를 지배하던 근대성의 특수성과 일반성을 한 눈에 들어오게 하자는 의도를 담고 있다. 즉, 앞에서 제기한 여섯 가지 범주는 한국 근대문학의 진행방향과 그 변수들을 함께 고려한 것이다.

우선 ①, ③의 경우가 사회변화에 따라서 문학제도와 관념 등이 바뀌어

---

1) Eagleton, Terry, 『미학사상』, 방대원 역, 한신문화사, 1995, pp.22~66.

가는 것을 다루기 위한 항목이라면 ②, ④는 서구화 혹은 서구 문명의 영
향에 의해서 주체와 타자에 대한 인식구도 자체가 변화해 가는 과정에 초
점을 맞춘다. 그리고 ⑤의 경우는 서양문학 혹은 일본문학의 영향과 근대
적 민족어의 형성관계를 보편과 특수의 관계맺음 혹은 상호소통의 차원에
서 바라보기 위한 것이다. 마지막으로 ⑥은 문학적 패러다임의 전환을 문
학 내부에서 바라보는 장르론과 문학적 인식론에 해당된다.

　개항·계몽기(개화기)의 문학적 패러다임을 고찰하는 이런 관점은 결과
적으로는 한국근대문학의 기원을 밝혀내고자 하는 시도의 일부이다. 그 기
원에는 전통의 흔적과 서구적 문명의 흔적이 공존한다. 그런 점에서 이 시
기에 만들어지기 시작한 근대적 패러다임 안에는 타자에 대한 모방과 저
항이라는 주체의 이중적 위치가 그대로 투영되어 있다고 할 수 있다. 이
시기 주체의 이중적 성격에 대해서는 가라타니 고진[柄谷行人]이 발표한
「일본정신분석」[2]의 다음과 같은 구절이 참조할 만하다.

　　한편 중국과 일본 사이에 존재한다는 사실이 한반도의 정치적·문화적 형
　태를 규정하고 있다고도 말할 수 있다. 일본에 원리적·체계적인 것에 의한
　억압이 없었다는 사실은, 거꾸로 말하자면 그 체계적인 억압이 강했던 한반
　도가 존재했기 때문이며, 또한 한반도에서는 그러한 반복되는 이민족 침략의
　경험이 '억압'과 '주체'를 강화시켜온 것이다. 이러한 근본적인 '관계'를 떠나
　서 양국의 역사를 생각하거나 관계를 보면 각자의 특수성을 주장하는 것으
　로 귀결될 뿐이다. 중국에 인접하면서도 그러한 정치적·문화적 외압에 노출
　되어 있었던 한국은, 말하자면 중국보다도 더 원리적·체계적이고자 하는 경
　향이 있었다.[3]

　위에 인용한 글은 지리적 결정론의 혐의가 없지 않지만, 한·일간의 근
대체험의 특수성을 넘어서 공통된 패러다임이나 기원을 확인하는 출발점
을 시사한다.

---

2) 柄谷行人, 「일본정신분석」, 《창작과 비평》, 1998, 가을, pp.271~292.
3) 위의 글, p.280.

한국의 근대체험은 보편성으로서의 근대(modern)와는 다른 특수한 역사체험으로서의 '근대'를 포함한다. 이 두 가지 영역이 모방과 저항의 이중성을 그대로 보여준다. 한반도에서 보편 경험으로서의 근대와 특수체험으로서의 근대 사이에서 진동하는 주체의 성격을, 위의 글은 '억압'과 '주체'를 강화시켜온 한반도의 고유한 역사체험과 연결시켜 해석하고 있는 것이다. 따라서 모방의 대상인 '서구적 혹은 일본적인 근대'와 그에 대한 저항(거부감)의 원인인 '체계적인 것에 대한 집착이 강한 주체' 사이에는 화해할 수 없는 균열이 존재한다.

이 글에서 논자는 일본적인 주체를 분열증적인 것으로, 그리고 한국의 주체를 신경증적인 것으로 규정한다.[4] 그리고 그 원인은 지리적인 위치에서 비롯된 두 나라의 역사적 경험 차이에 있다고 한다. 따라서 한국의 근대화 과정은 일본의 경우와 다소 차이를 드러내는 데 그 차이의 원인은 주체의 성격이 다르기 때문이다. 신경증적인 주체의 체계에 대한 강박과 이질적인 체계에 대한 강한 저항은, 한국의 근대화 과정을 제도적인 면이나 인식론적인 면에서 총체성이나 일원론을 지향하는 쪽으로 이끌어 간다.

따라서, 한국의 근대화는 처음부터 두 개의 중심을 가진 이질적인 패러다임이 충돌하는 과정이었다고 볼 수 있다. '전통과 근대'라는 이질적인 체계의 충돌을 통해서 근대적 체험을 쌓은 한국과 달리 일본은 이질적인 두 개의 체계를 서로 해체시켜서 혼합하는 형태로 근대적 체험을 통과했다는 것이다.

인용문의 주장은 여러 가지 점에서 소략하고 다분히 인상적인 추측을 포함하고 있지만 주체의 역사적 성격으로부터 근대체험의 특수성을 끌어내는 방식은 상당히 효과적인 것으로 보인다. 결국 한·일의 근대를 거슬러 올라가면 그 공통점으로서의 서구적 근대성과 이질성으로서의 '주체의 차이'가 드러난다는 것이다. 달리 말하면 한·일의 근대화 과정은 주체의 자기실현 과정의 차이라고도 할 수 있다. 이렇듯 근대성의 특수한 변형태가 한·일의

---

4) 위의 글, p.290.

근대화 과정에서 나타나는 원인은, 타자의 이데올로기인 '근대성(modernity)'에 대한 주체의 대응(모방과 저항)의 양상이 다르기 때문이다.

이 점은 개항기 근대성의 범주 안에서 일본의 근대화 과정과는 다른 특수성이 찾아질 수 있으며 그 차이는 체계에 대한 강박감과 주체 강화의 욕망 때문이라는 견해를 가능하게 한다. 실제로 개항기 이후 한국의 근대 체험은 주체 강화의 욕망이 외부적 체계의 억압에 의해서 극도로 첨예화된 갈등을 표출하는 위기 담론으로 쉽사리 변질될 소지가 있었다.5)

달리 말하면 한·일 두 나라의 근대 체험에는 각각의 특수성이 존재하는데, 그 특수성은 외적 억압체계인 근대적 패러다임에 대한 역사적 주체의 대응이 달랐기 때문에 나타난다. 제도적인 일반성의 이식과 그 이식과정에서 나타나는 주체의 각기 다른 대응은 이후 두 나라 문학의 심적(心的) 제도 혹은 문학성의 차이를 형성한다.6)

---

5) 후쿠자와 유키치는 『서양사정』이 메이지 유신 당시 정부당국자들이 방침을 결정할 때 큰 도움을 줄 수 있었던 것은 정권을 담당한 "여러 번의 지사"들이 "유학의 극의에서 보면 대개 무학 無學"이며, 사문자에 얽매이지 않고 개신을 단행할 용기가 있었기 때문이라고 한다. "새로운 주장을 실제로 옮기면서도 실패하지 않았던 것은 당시 서생들이 한학에 깊은 소양이 없어 한 마디로 평하면 무학이 위학 爲學이 되었다고 단정하지 않을 수 없다"고 한학의 폐해를 설명한다. 그리고, "유신의 지사들이 일을 단행할 때 대담 활발했던 대신 학문은 매우 깊지 않았다 …… 하나의 무사도로 보국의 대의를 중시하고 적어도 자국의 이익이 있으면 아무 것에도 의지하지 않고 추구하는 모습은 마치 물이 낮은 곳으로 흐르는 것과 같았다 …… 사통팔달 자유자재로 운행하는 바람처럼 …… 즉 일본 서생의 머리는 백지와 같았고 적어도 국익이라고 하면 곧장 마음에 새기고 단행하는 데 주저하지 않았다. <u>이것을 중국이나 조선이 유교주의에서 성장하여 마치 자대기홀 自大己忽의 허문 虛文으로 마음이 완전히 오염된 것에 비하면 전혀 차원이 다르다. 그렇다면 유신 당초 일본의 영단은 당시 서생들 다수가 한학을 깊이 맛보지 않았기 때문이며, 조금 기발한 말을 쓴다면 일본 문명은 서생의 무학 덕분이었다고 해도 지나친 말은 아닐 것이다</u>"(『후쿠자와 유키치 전집』 서언)라고 말하고 있다.(中村光夫, 『일본 메이지 문학사』, 고재석·김환기 역, 동국대학교 출판부, 2001, p.55. 밑줄은 인용자) 인용문과 밑줄 부분은 한국의 전통적 지식인의 사상적 체계, 전통 등에 대한 신경증적인 집착이 근대적인 것에 대한 저항과 충돌의 주원인으로 작용한 반면, 일본은 전통적 주체가 확고한 체계성을 갖추지 못한 '백지 상태'였으므로 근대적인 것과 전통적인 것이 비교적 상호 마찰을 일으키지 않고 서로 녹아들어 가는 형국을 이루었음을 보여준다.

6) Eagleton, Terry, 앞의 책, pp.1~66. 참조.

1876년 이후 한국문학의 근대적 성향과 일본문학의 차이는 주체의 차이를 동반한다. 유사한 근대적 제도의 보급에도 불구하고 두 나라의 문학적 근대기획은 그 세부적인 면에서 차이를 드러낸다. 따라서 개항기 이후 조선의 물질·제도적 근대화 과정에 의해 새롭게 출현하기 시작한 근대적 주체의 내면 안에도 '전통과 근대', '저항과 모방'이라는 신경증적인 집착은 여전히 완강한 상태로 남아 있었다.

반면 일본의 경우는 전통의 문제와 근대의 문제를 나란히 병존시키는 방식을 선택했는데 그 방법 중의 하나가 '문화주의'에 토대를 둔 심미적 '국가주의'[7]의 지향이다. 이 점은 일본문학의 전향론이나 사소설, 미학주의적 경향, 천황제 파시즘과 신체제 문학, 동양론 등에서 모두 발견되는 특징이다. 한국의 식민지 근대문학이 정치와 미학의 대립 과정에서 자신의 정체성을 찾아간 것에 비하면, 일본의 근대문학은 정치적인 것들이 미학이나 문학적 형식 안에 녹아 들어간 형태라고 할 수 있다.

문학이 곧 정치와 동일시되었던 식민지 근대문학과 정치적 형식이 미학을 닮아간 일본 파시즘의 기원은, 어긋난 두 나라 근대체험의 특수성을 지시하는 대표적인 사례이다. 한국의 식민지적 체험과 공허한 중심에서부터 파생된 일본 파시즘 미학[8]의 형식주의적 속성은, 두 나라 근대화의 동일한 기원과 이질적 전통을 암시한다.

---

7) 국민을 천황과 국가에 충성하는 충량한 구성원으로 만들기 위한 '국민국가'의 이데올로기를 미적 취향과 행위, 인격, 교양, 문화 속에 주입하는 과정에서 전통과 서구적 근대는 모두 '미적인 것' 혹은 '문화적인 가치를 지닌 것', '고상한 것' 등의 기준으로 새롭게 의미가 부여되며, 국민의 행동양식, 개인의 예의범절은 이러한 문화적 외피를 쓴 이데올로기에 의해서 통제되고 규율된다. 이런 상태에서 '국가', 즉 일본적인 것은 전통과 근대적인 것을 미학적으로 재생산하고 의미를 부여하는 상위규범으로서 작용하며, 전통과 근대라는 양자의 충돌은 이미 그 자체로서의 체계성과 존재의의를 상실한 일시적인 것이 된다. '천황제 국민국가'라는 절대적 권위 앞에서 전통과 서구는 오직 '국가'에 의해서 새롭게 발견되고 의미가 부여되는 수단적인 것으로 전락하고 만다.

8) 丸山眞男, 「日本支配層の戰爭責任」, 『丸山眞男集』, 別卷 p.16. 참조.
　　坂口安吾, 「續墮落論」, 筑摩文庫, 『坂口安吾全集14』, p.587. 참조.
　　柄谷行人, 앞의 글, pp.271～292.

2. 본 론

개화기 문학적 근대성에 대한 여섯 가지 논점의 분류는 어느 정도 편의적인 성격을 지닐 수밖에 없다. 그 편의성은 근대성 범주의 명확한 구분이 곤란하기 때문에 나타나는 것으로 '문학'의 개념과 영역 자체가 엄밀하게 규정될 수 없었던 시대적 특성에 그 원인이 있다. 사회·문화적인 근대성과 일정한 연관성을 지니지만 다른 한편으로 그것과는 다른 근대성을 지니고 있는 예술적·문학적·미적 근대성의 특수성 때문에 이 시기 문학적 근대성은 단절된 '기원'의 의미를 지닌다. 다시 말해서 개화기의 문학적 근대성은 이후 한국 근대문학의 방향과 전개를 지시하며 한국 근대문학의 제도적·역사적 기원을 형성하지만, 그 사이에는 일본이라는 국가체제의 이식이 심각한 단절의 원인으로 존재한다. 결국 이 시기의 문학적 패러다임은 한국문학사에서는 은폐된 기원이며 동시에 훼손된 패러다임이다.

이러한 시각은 임화의 이식문학사론처럼 근대적 정신이라는 보편범주와 서구적 양식이라는 특수범주의 결합으로 근대문학을 규정하는 방식과는 다소 차이를 지닌다.9) 제도적 이식 자체가 서구적인 특수성의 영역에 속하는 것이었던 만큼 장르와 문체 등 문학적 제도와 근대적 정신도 근본적으로 보편범주에 속한다기보다는 특수성과 보편성이 뒤엉킨 영역이라고 할 수 있다. 따라서 한국의 근대문학은 근대적 정신의 측면과 양식의 측면 모두에서 특수·보편의 성격을 공유한다. 그것은 전통과 근대의 상호 전도과정에서도 쉽게 확인된다.

전통은 끊임없이 근대적인 형태로 재규정 되고 근대적인 것 혹은 서구적인 것은 지속적으로 새로운 문화체계로 편입되면서 전통적인 것으로 둔갑한다. 1930년대 후반 문장파를 중심으로 한 전통논의에서 이러한 양상은 잘 나타난다. 반근대적 복고주의를 표방하는 논의와 새로운 근대적 전통의 창출을 민족문학의 과제와 연결시키는 태도 등, 근대문학 초창기의 전통논

---

9) 임화, 『임화신문학사』, 임규찬·한진일 편, 한길사, 1993. 참조

의는 전통의 개념이 항상 고정불변하는 것이 아님을 여실하게 보여준다.[10]

1) 동양의 창출과 지역관념의 재편(④의 경우)

한국문학사에서 '동양정신'이라는 말은 그 개념의 기원이나 본질과 상관없이 '민족'이나 '민중'이라는 말처럼 자기 정체성의 숭고함을 증명하는 가치 근거로서 종종 통용되어 왔다. '전통'이라는 이데올로기를 그 배후에 감춘 채 다른 것을 재단하거나 평가하는 가치기준 혹은 개인적·집단적 신념의 근거가 되어온 이 말에는 그 역사적인 기원이나 실체를 은폐하는 논리가 숨겨져 있다.

흔히 '전통'이나 '동양정신', '민족'을 뚜렷한 실체를 지닌 채 고정되어 있는 관념으로 인식하지만 여기에는 상당한 비논리와 허구적 이데올로기가 개입되어 있는 것이다. "지배 계급은 이념적 표상에 초계급성·불변성을 부여함으로써 그 내부의 투쟁을 사회적 가치판단의 문제로 전화하거나 축소하고 그 표상을 하나의 언어로 통합하기 위해 애를 쓴다."[11]라는 말을 빌리지 않더라도 하나의 이념을 반영하는 말에 "초계급성, 불변성"을 부여하려는 욕망은 분명히 정치적인 것이다. '동양정신'이라는 말은, 그 개념 안에 '선험적 신성성'이라는 허구적 요소가 개입되는 순간 이미 이데올로기적인 변용과 정치적 전도(顚倒)의 산물로 변화하기 때문이다.

이념적 배타성을 드러내는 '동양'이라는 말에는 따라서 어떤 보편적 성격이 결여되어 있다. 그것은 '서구(西歐, occident)/동구(東歐, orient)'라는 이분법적 대립체계의 허위성을 반성하고 그 모순을 지적하고 있는 에드워드 사이드 같은 연구자들에 의해서 빈번하게 지적되어 왔다. '오리엔트

---

10) 황종연, 「한국문학의 근대와 반근대」, 동국대학교 박사학위논문, 1991 참조.

11) volosinov, *Marxism and the philosophy of Language*, Ladislav Matejka, I.R.TiniK, New York: Seminar Press, 1973, p.23.

(orient)'나 '동양(東洋, East)'의 개념은 특정 시기의 이데올로기와 정치적 의도에 의해서 형성된 인위적인 것일 뿐 어떤 보편성과 선험성도 갖추고 있지 않다. 예를 들면 스테판 다나카(Stefan Tanaka)가 「근대일본과 '동양'의 창안」[12]에서 밝히고 있듯이, 동양(東洋, とうよう)이라는 개념이 오늘날처럼 동아시아권을 중심으로 한 비서구 세계 일반을 지칭하는 명칭으로 사용되기 시작한 것은 비교적 최근세의 일로서 근대 일본의 인위적인 '기획'에 의한 것이다. 이 점은 '동양'은 존재해온 것이 아니라 창출된 것이며 그 언어의 기원에는 '정치적 전도'의 과정이 포함되어 있음을 의미한다.

'동양'이라는 말은 객관성과 보편성이 인위적으로 부여된 가치용어이다. 또한, 그것은 서구적 개념의 '오리엔트'와는 달리 일본의 근대 지식인을 중심으로 한 동양인의 '자기 정체성'을 담고 있는 말이다. 따라서 이 말은 전근대적인 중화(中華) 중심의 동아시아 질서로부터 이탈한 일본 근대지식인의 새로운 '문화기획'과 밀접한 관련이 있다.

'동양'이라는 말은 '탈아입구(脫亞入歐)'한 일본이 동양 문화권을 전면에 내세움으로써 서구의 열강과 대등한 위치에 서고자 하는 지극히 정치적인 의도를 포함한다. 동양이라는 말이 처음으로 통용되기 시작한 근세 초기에는 일본 지식인에게 동양이라는 개념은 '전통'이라는 말과 그다지 다르지 않은 것으로 인식된 듯하다. 동아시아 담론의 중심에서 과거 '중국'이 누리던 권위적 위치를 해체하고 그 빈 공간에 근대화의 우등생인 '일본'을 위치시키고자 하는 일본 지식인의 열망이 이 동양이라는 용어 속에 담겨 있는 것이다.

'동양정신'은 이런 일본의 동아시아 담론 구상의 중요한 핵심에 해당된다. 그 안에는 근대 일본이 놓인 이중적 위치에서 파생되는 모순에 대한 자기극복의 논리가 포함되어 있다.

일본의 동양정신은 '반서구'와 '반중국'으로 표상되는 교묘한 이중성을

---

12) Tanaka, Stefan, 「근대일본과 '동양'의 창안」, 최원식 외 3인 편저, 『동아시아 문제와 시각』, 문학과지성사, 1995, pp.170~193 참조.

담고 있다. 서양의 근대화에 대한 대응과 중국으로 표상되는 동아시아 전통으로부터의 일탈이라는 이중의 가치율 사이를 헤집고 나오기 위해서 특별히 고안된 지적 기획의 산물이 바로 동양정신(東洋情神)이다. 따라서 '동양정신'은 은폐된 기원으로서 '반서구'와 '반중국'의 담론을 지니며 그 표면적인 변용 혹은 전도를 '반근대'와 '근대'라는 말로 축약시키고 있다. 반서구의 논리는 '동양정신' 안에서 '반근대'의 논리로 수용되고, 또 '반중국'의 논리는 '전통의 근대적인 재창조'라는 의미에서 '근대'의 논리로 둔갑되는 것이다.

이 시기 지역 관념의 재편은 애초에 지역관념 자체가 근대적 창안물의 일종이었다는 점에서 유럽체제의 전지구적 확산과정을 그대로 반영한다. 예를 들면, 아리프 딜릭(Arif Dirlik)의 「아시아―태평양권이라는 개념」이라는 글에 실린 다음과 같은 진술은 지역관념의 근대적 기원과 그 성격에 대해서 시사하는 바가 많다.

> 지도 위에 그려지는 이 지역의 물리적 윤곽이라는 점에서 보면 구체적인 것처럼 보이는 용어 자체가 인간활동이라는 면에서 볼 때는 추상개념이라는 것이 드러난다. 그리고 지리 geography를 정태적인 물리적 양상이 아니라 인간활동을 중심으로 파악해보면 지리란 인간활동의 출발점이 아니라 산물임이 드러나며, 이는 지리라는 말의 본래 어원학적인 의미, '대지 위에 쓰기 earth inscription'를 되살리는 일이기도 하다.[13]

위의 인용문에서 보듯이, 지역 관념이란 인간활동의 산물(産物)이지 그 출발점이 아니다. 이 점은 동아시아 혹은 동양 등의 용어가 생겨나게 된 배경에는 일정한 지역관념의 재편과정이 필수적으로 수반된다는 사실을 의미한다.

일본에 의한 동양의 창출이나 지역관념의 확장 재편에는 서구 열강에

---

13) Dirlik, Arif, 「아시아―태평양권이라는 개념」, 정문길·최원식 외 편, 『동아시아, 문제와 시각』, 문학과지성사, 1996, p.47.

의한 식민지 침략, 제국주의적인 경제논리가 은폐되어 있다. 지역관념이란 근대적인 제도의 일종으로서 일정한 사회 구성체의 활동방식, 경제적, 정치적 구조에 의해서 인위적으로 조정된다. 그러므로 지역관념 안에는 언제나 국제적인 권력의 중심이동 현상이 반영된다. 예를 들면 태평양 혹은 아시아라는 지역의 근대적 개념을 추적한 아리프 딜릭의 다음과 같은 발언은, 근대 서구의 제국주의적 침략 활동에 의해 파생된 지역 개념의 성격을 정확하게 지적하고 있다.

태평양의 역학에서 일본의 역할의 중요성을 감안할 때, 이 역할의 배후 맥락과 결과를 분명히 해 둘 필요가 있다. 직접적이고 명백한 맥락은 미국이 태평양을 지배하고 미국의 패권 아래 동북아시아에 일본 중심적인 질서가 구축되는 현상이다. (…중략…) '태평양'은 구미의 구축물로, 구조에 있어 아시아 핵심부의 산물이 아니라 유럽으로부터 뻗어나가는 자본주의 세계 경제의 연장으로 태평양권이 조직되어나간 소산이라는 점이다. (…중략…) 일본은 이 구조 안에서 아시아의 공간을 따내려고 하였다. 그리고 (식민주의를 포함하여) 남들이 정해놓은 게임 규칙을 지키며 게임을 할 태세를 보인 만큼은 그러한 공간을 따내는 데 성공했다. 일본과 미국의 모순이란 하나의 동일한 자본주의 사회구성체 내부의 모순이라는 점, 문제는 이 사회 구성체를 누가 지배하느냐 하는 것이라는 점을 이 자리에서 강조해둘 필요가 있겠다. (…중략…) 일본은 처음부터 아시아가 이 지역을 관할해야 된다고 부르짖었고, 일본의 부상이 곧 구미 헤게모니로부터 아시아 국민들의 '해방'을 뜻한다고 강변하는 목소리는 지금도 일본에서 들을 수 있다. 이것은 새로운 태평양상을 지향하는 것이 아니라 기존의 지역구조를 고스란히 둔 채 아시아의(즉 일본의)지배 아래로 끌어들이는 것 이상이 되지 못한다. 이것 자체로만은 애초에 구미의 질서가 창출한 구조와 현저히 다른 방식으로 이 지역을 재구축할 가망이 없다.[14]

근대적 지리공간으로서 남양(南洋)을 대체한 '태평양'의 개념이나 '지나(支那, China)'를 전도시킨 '토우요우(東洋, とうよう)'의 개념이 일본 지식

---

14) 아리프 딜릭, 앞의 글, pp.60~61.

인들에 의해서 새롭게 창안된 까닭은 실제로는 서구적인 자본주의 질서와 그 구조의 역학 때문이다. 중국으로 대표되는 중화중심주의적인 질서를 전복시키고 이 지역에 일본을 중심으로 한 새로운 권력구조를 창출하고자 했던 일본의 노력은, 자연히 '서구적인 게임규칙' ― 근대성(modernity) ― 을 이 공간에 이식하면서 자신들의 헤게모니를 유지하는 방식으로 이루어졌다. 따라서 일본의 화혼양재와 탈아입구라는 주장은 동전의 양면과 같은 것이다.

아리프 딜릭이 지적하고 있듯이, 이러한 근대화 노선은 구미 자본주의 질서와 현저하게 다른 방식으로 이 지역을 재구축할 수는 없다. 마찬가지로 일본을 모델로 한 한국의 식민지적 근대화는 일본적인 자본주의 질서를 축으로 한 지역 질서의 일부를 이루고 있다. 한국의 근대화 과정에서 전통, 동양의 개념과 이식적 근대화는 실제로는 같은 기원으로부터 출발하고 있는 것이다. 동도서기 등, 동과 서의 지역적 대립관념은 실제로는 서구적 질서가 창출한 지역 구조를 내적으로 승인하는 논리이다.

개화기의 근대화 구호는 이 점에서 모두 세계체제로의 편입을 지향하고 있다고 할 수 있다. 결국 지역관념의 재편과정에서 우리가 확인할 수 있는 것은, 지리를 둘러싼 중세적 문화와 근대적 문화 간의 갈등과 충돌이다. 중화중심주의와 그 질서가 해체된 원인은 무엇보다도 민족주의의 탄생 때문이지만, 지역관념의 해체와 재구성을 가능하게 했던 서구 자본주의적 질서의 힘도 적지 않게 작용한 결과이다. 그러므로, 중체서용이나 동도서기, 화혼양재는 그 표면적인 구호와는 달리 탈아입구와 마찬가지로 중화주의의 해체를 촉진시키는 중요한 계기로 작용한다.

2) 동양정신의 기원과 전도 ― 중화주의로부터의 이탈(②의 경우)

오카쿠라 텐신(岡倉天心)[15]이 저술한 「동양의 이상」의 다음과 같은 구절은 일본 근대지식인의 은밀한 지적 패권주의를 드러내는 대표적인 예이다.

　　이처럼 일본은 아시아 문명의 박물관이다. (…중략…) 후지와라 귀족 정치 아래서 당나라의 이상을 반영했던 와카(和歌) Yamato poetry와 부카쿠(舞樂)는, 송대 개명(開明) illumination의 소산인 장중한 선(禪)과 노오가쿠(能樂)처럼, 오늘날까지도 영감과 환희의 원천이다. 일본을 근대적 강국의 지위로 끌어올리면서도 항상 아시아의 혼soul에 충실히 머무르게 하는 것은 바로 이 끈기tenacity이다.
　　이리하여 일본 미술의 역사는 아시아의 이상들의 역사 — 줄지어 부딪쳐온 동방사상의 물결 하나하나가 국민적 national 의식과 맞부딪쳐 모래사장에 자국을 남기고 간 해변 — 가 된다.16)

---

15) "『동양의 이상』은 본래 1903년 2월 런던의 존 머레이 John Murray 출판사에서 영문으로 간행되었다. 영문 제목은 *The Ideals of the East with Special Reference to the Art of Japan*이다.(저자명은 Kakasu Okakura로 되어 있다.) 이 글은 인도여행(1901년 11월~1902년 10월) 때 탈고한 것으로, 같은 시기에 『동양의 각성 *The Awakening of the East*』도 집필되었다.(이 책은 "아시아의 형제 자매들이여!"라고 외치면서 '쇠퇴와 동의어가 된' 동양의 '해방'을 위해 서양에 대한 게릴라전을 전개할 것까지도 주장한다.) 그의 여행 시기는 1898년 학내분규로 도쿄 미술대학 교장에서 물러난 뒤 연대 사직한 요코야마 타이칸(橫山大觀, 1868~1958) 등과 일본 미술원을 창설해 '신일본화(新日本化)'운동을 전개했지만 재정난 등으로 곤경에 처해서 실의에 빠져 있을 때였다. 요컨대 오카쿠라에게 인도여행은 일종의 도피이자 방향모색의 돌파구였던 것이다.
　새뮤얼 헌팅턴을 연상시키는 비교 문명론인 『동양의 이상』은 '아시아는 하나다'라는 도발적인 문구 탓인지 일본 '아시아주의'를 거론할 때 빠질 수 없는 문건 중 하나가 되었다. 하지만 원본이 영문이었기 때문에. 이 책이 일본인들에게 널리 알려지기 시작한 것은 그의 사후인 1922년 일본 미술원이 간행한 『텐신전집』(전3권)의 제1권인 『天心先生歐文著書抄譯』 가운데 『동양의 이상』으로 일본어로 초역(역자 미상)되면서부터였다고 한다. (1913년경 일본의 미술잡지 『硏精美術』이 오카쿠라에게 일본어 역을 교섭했지만 그가 개정판을 생각하고 있었기 때문에 실현되지 못했는데, 당시 번역자로는 이른바 '현실 우익'인 오오카와 슈우메이(大川周明, 1886~1957)였을 가능성이 높다는 설[大塚建洋, 「アジア主義の思想: 岡倉天心と大川周明」, 宮本盛太郎 編, 『近代日本政治思想の座標』, 有斐閣, 1987]이 있다. 당시 토쿄 제국대학생이던 오오카와는 오카쿠라 강의의 청강생이었다.) 이후 1935년(聖文閣本 전집 중)과 1939년(六藝社本 전집 중)에 완역본이 나왔다. 1941년에는 독자들의 요구로 영문판(硏究社)이 복각되었는데, 이 때 해제와 주석을 단 무라오카 히로시(村岡博)가 1943년에 이와나미(岩波)문고로 다시 번역했다."(최원식·백영서 편, 『동아시아인의 '동양'인식』, 문학과지성사, 1997, pp.29~30)

인용문에서 보듯이 오카쿠라는 근대 일본의 위치를 '아시문명의 박물관'으로 규정한다. 그것은 아시아 전통의 근대적 재창조라는 역할을 담당할 자격이 오직 근대국가인 '일본'에게만 있음을 강조하기 위한 하나의 장치이다. 위의 글에서 오카쿠라는 '동양의 이상과 문화'를 말하는 척하면서 사실은 일본의 국민문화의 가치와 이상을 말한다. 이 점은 19세기말 일본 근대 지식인의 자기정체성을 명확하게 보여주는 예이다.

위의 글에서 우리는 또 한가지의 중요한 사실을 발견할 수 있다. 그것은 위에 인용한 오카쿠라의 글에서 '근대적 미학주의'의 흔적을 발견할 수 있다는 점이다. 미학주의는 과학주의와 대립되는 한 쌍으로서 칸트로 표상되는 근대적 사고의 유형을 그대로 반영한다. 그것은 방법적 망각 혹은 괄호 묶기에 해당되는 것으로서 '미학(美學, Aesthetics)'을 완전히 독립된 영역으로 분리시켜 과학주의나 여타의 영역과 병립시키는 체계이다.

이러한 사고는 가라타니 고진이 「오리엔탈리즘 이후―미와 지배」[17]에서 예리하게 지적하고 있듯이 문화적 보편주의, 객관주의를 표상하지만 실은 어떤 대상에 대한 기원을 은폐하는 속성을 지니고 있다. '방법적 망각'이나 '괄호로 묶기'는 도구적 이성에 의한 방법론적 차원을 벗어날 수 없다. 따라서 미학주의의 함정은 그것이 괄호 안에 묶여져 있는 한, 언제나 미적 대상의 기원을 은폐할 수밖에 없다는 것이다.

오카쿠라의 '동양정신'은 이 점에서 다분히 '미학주의적'이다. 그리고 그 미학주의의 근간에는 위장된 객관주의와 배타적 국수주의 혹은 제국주의로 변용될 요소가 충분한 '도구적 이성주의'가 있다. '아시아 문명의 박물관으로서의 일본문화'에 대한 미학적 가치발견은 언제든지 '근대적 강국 일본', '아시아의 혼으로서의 일본 국민의식'을 합리화하는 수단이 될 수 있는 것이다.

한국의 근대문학과 관련된 논리적 함정을 우리는 위의 글을 통해서 확

---

16) 岡倉天心, 「동양의 이상」, 최원식·백영서 편, 『동아시아인의 '동양'인식』, 문학과지성사, 1997, p.34.
17) 柄谷行人, 「오리엔탈리즘 이후―미와 지배」, 1997년 방한 시의 세미나문.

인할 수 있다. 일본에 의해 창안된 '동양', '동양정신'의 개념은 한국문학사의 인식에 중요한 변수로 작용할 수밖에 없다. 일본에 의해 굴절된 근대적 사고체계의 이식과정에서 가장 중요한 위치를 차지하는 것이 바로 '동양', '동양정신'과 그 일부로서의 자기정체성에 대한 확립과정이기 때문이다.

앞에서 살펴봤듯이 일본을 통한 근대문학의 체험은 '근대', '반근대' 논리의 심각한 변용으로 나타날 수 있다. 반서구주의를 '반근대'로 그리고 '반중국'을 '근대'로 인식하는 사고틀의 교묘한 이식과정이 한국문학사에서 그대로 이루어질 수 있기 때문이다. 국민국가(Nation State)인 '일본'을 지탱하는 제도가 '국민국가'를 형성하지 못한 식민지 조선에 '이식'되는 과정에서 이 점은 더욱 심각한 굴절로 나타난다. 예를 들면 '동도서기론'으로 표상될 수 있는 개화기 근대화론과 1920년대 국민문학파의 성격은 '근대적 국민국가'의 부재와 '인식론적인 모순'에 의해서 상당히 불안정한 성격을 지닐 수밖에 없는 것이다.

'동도서기론'은 '전통'의 근대적 재창조와 새로운 '동양' 인식이 없이는 불가능한 것이다. 즉, 동시대적인 자기정체성에 근거할 때만이 '동도서기론(東道西器論)'은 그 의미를 지닐 수 있다. 그러나 이러한 근대적 정체성의 확립은 필연적으로 앞선 시대에 대한 인식론적인 단절과 고대적 전통의 부활, 재창조를 통해서 가능한 것이다. 이 점에서, 한국이나 중국은 일본에 비해서 중세적 전통과의 인식론적인 단절과정이 다소 미약했다고 생각된다.

'동도서기론'과 '화혼양재(和魂洋才)'를 서로 비교한다면 이 점은 좀더 명확해진다. 일본의 근대화론이 '국민국가'의 성격에 좀더 명확하게 부합된다는 것은 주지의 사실이다. '동도서기론'이 지역적 문화구도의 재편성을 의미한다면 '화혼양재'는 국민국가를 지탱하는 '민족주의'의 표어임이 분명하다. 이러한 격차는 '동양', '동양정신'의 개념을 처음부터 민족주의적인 논리로 풀어 나간 일본이, 그렇지 못했던 한국과 중국보다 그 근대성의 심도에 좀더 가깝게 있었음을 의미한다.

동도서기론은 애국계몽기까지도 과거의 '중화주의적 전통'으로부터 그다지 자유롭지 못한 상태였다. 그리고 한편으로는 '반중화주의'를 내부에 숨기고 있는 일본의 근대주의를 구한말 '개화'의 모델로 삼고 있었다. 따라서 이러한 이중성에서 비롯되는 자기 정체성의 모순은 근대주의 형성과정의 중요한 장애가 될 수 있는 것이다.

다음은 미학주의와 근대적 미의식의 함정이다. 앞에서 보았듯이 근대적 미학주의에 틈입되어 있는 '괄호묶기' 혹은 '방법적 망각'의 흔적을 우리는 1930년대의 순수문학과 모더니즘에서 발견하게 된다. 그것은 카프로 표상되는 정치의 논리가 무너진 한쪽에서 '미적 자의식'의 차원을 밀고 나갔다는 긍정적인 평가를 가능하게 하지만 한편으로는 그 안에 감추어져 있는 심각한 자기모순과 정체성의 위기를 직감하게 한다.

해방공간에서 드러난 이태준, 정지용, 오장환의 모습과 30년대 후반 임화의 '문학사 기술'[18)에 대한 관심에는 이러한 측면이 잘 나타난다. 과학

---

18) "현실에 철저히 패배한 자들의 현실 초극방식이 신의 노예가 됨으로써 가능했다면, 서정주는 신의 자리에 미를 앉혔고, 따라서 미가 지배하는 영토의 왕자일 수 있었다. ……(중략)…… 주인으로서의 서양(근대성)을 섬기고 그것의 노예가 되는 일이란 무엇인가. 만일 서양이, 즉 이성의 계몽주의(료타르가 말하는 큰 이야기)가 보편성을 곧바로 가리킴이라면, 근대성의 종이 되어 이를 이 땅에 심고자 하고, 이를 휘두른 임화는 이로써 주체성을 세운 경우라 할 수 있다. 그렇지만, 이 근대성을 하나의 허구(서양 것이지 내 것이 아님의 인식)로 본다면 어떻게 될 것인가. '삶의 구경적 형식' 또는 '원형적 인간성의 존재방식'을 신이라고 보고 그것에 스스로 종이 되고자 한 조연현의 처지에서 보면 임화가 경배하는 신인 근대성이란 한갓 허깨비일 따름이었다." 김윤식, 『김윤식선집3 - 비평사』, 솔, 1996, pp.332~333.

임화나 모더니스트가 추구한 미와 과학성은 근대적 주체가 의지하는 보편적 가치의 양대 기둥이라고 할 수 있다. 위의 인용에서 김윤식은 임화의 과학성(마르크시즘, 근대성)과 서정주의 미의식, 그리고 조연현의 구경적 삶의 형식을 '주체형성'의 세 과정으로 보고 논의를 전개시켜 나가고 있다. 본고에서는 임화의 과학성과 서정주의 미의식(혹은 모더니스트의 미적 자의식)이 근대성의 양면에 해당한다고 보고 그것의 허위성을 자각함으로써 나타난 위기의식이 임화의 문학사 기술과 해방 후 모더니스트의 변화에 대한 원인이 되었다는 관점을 취하고 있다.

과 미학은 보편성을 위장하고 있는 근대적 인식체계의 양면이다. 따라서 카프의 과학주의와 모더니즘의 미학주의가 근대적 주체에 대한 위기의식을 진정으로 극복할 수 없었던 까닭은, 근대라는 폭력적인 보편주의와 객관주의를 은폐하는 정치적 담론의 실체를 명확하게 인식하지 못했기 때문이다.

예를 들면 청록파를 비롯한 1930년대 말~40년대 초 신세대 문인의 성격은 여러 가지 점에서 주목할 부분이 많다. 어쩌면 전통의 근대적인 재창조는 '청록파'를 비롯한 이 시기 문인의 내면의식 속에서 비로소 발견할 수 있을 것이다. 그것은 과거의 전통을 답습하지 않으며 피상적인 계승과 변형을 넘어서 '내면화된 상태'의 특징을 주로 보여준다. 일본 제국주의의 패권의식을 담고 있는 '동양정신'의 당대적 영토와 이들의 문학은 일정한 거리를 지키고 있다. 특히 청록파로 표상되는 이 시기 자연의 발견은 내면화된 자기정체성의 정수라고 할 만하다.

근대성에 대한 인식이 '전통'에 대한 인식을 수정했다는 예는, 1920년대 민요시, 김소월, 한용운 그리고 '청록파' 혹은 30년대 신세대문인과 속칭 문협전통파의 정신적 경향에서 찾을 수 있다. 이 점은 반근대주의의 주장이 실은 근대적 인식체계의 일부라는 주장으로서 김소월, 한용운, 백석, 김영랑, 김동리, 서정주, 그리고 청록파 시인들의 전통주의가 사실은 전혀 반근대적이지 않다는 사실을 의미한다. 이 점은 종래에 이들의 문학적 경향 속에 내포되어 있는 비합리성을 지적하면서 근대성에 대한 함량미달로 평가하던 견해에 대한 재고를 필요로 하는 사실이다.

실제로 청록파 시인들의 시는 근대적인 자아의 자연발견에 해당되는 것으로서 오히려 30년대까지의 한국시사가 지닐 수 없었던 내면화된 풍경을 시로 보여준 대표적인 경우이다. 이 점은 청록파 시인의 자연발견이 전통적인 자연의 발견이나 산수시(山水詩)와는 다른 위치에 있었음을 의미한다. 이미, 앞에서 말했듯이 전통적인 방식으로 행해지던 자연의 발견은 근대적 인식체계를 지니고 근대적 풍경을 발견한 시인으로서는 그 실체를 알 수가 없는 것이다. 따라서 청록파 시인 3인의 자연에 대한 인식이나 전통의 발견은 그 대상만 자연과 전통이라는 것일 뿐 그 인식적 틀은 철저하게 근대적이다.

조지훈처럼 전통적 고적의 세계에 심취했던 경우에도 그것은 근대적 심미주의의 태도를 표방한 것으로서 전통적 선비취향보다는 무관심성의 관조에 가깝다고 할 수 있다. 이 점은 칸트의 심미주의 혹은 무관심성이 박목월, 조지훈의 시적 태도에 스며들어 있다는 의미이다.

이제 청록파에 대한 좀더 자세한 검토로 들어가 보기로 하자.

우선, ① 서정주가 이들에게 '자연파'라는 이름을 붙이게 된 동기가 세 시인이 각기 시적 지향이나 표현의 기교, 율조는 달랐지만 자연을 제재로 하고 자연의 본성을 통하여 인간적 염원과 가치를 성취시키려는 시 창작 태도의 공통점을 지니고 있기 때문이었다는 점, 그리고 ② 이 시집에 수록된 작품들이 광복 직전의 일제 치하에서 쓰여진 것으로서 시사적으로 당연히 중요한 의의를 지닐 수밖에 없다는 점 등 두 가지 사실을 통해서 당시 이 세 시인의 시사적 의의를 유추해 볼 수 있다.

앞의 두 가지 사실은 광복 직전의 열악한 현실이라는 상황적 측면과 '그 상황에 대한 시적 대응으로 나타난 자연의 발견'이라는 '상황과 시인'의 두 축을 그대로 반영하는 명제이다. 결국 『청록집』의 발간으로 인한 '청록파', '자연파'의 탄생은 일제 말기의 현실에 대한 시적 대응을 '자연의 발견과 새로운 해석'이라는 차원에서 생각하게끔 하고 있는 것이다. 그리고 바로 이 점이 박두진, 박목월, 조지훈으로 대표되는 일제 말기 1940년대 시인들의 공통된 세대의식 또는 시대의식을 나타내는 척도라고 할 수 있다. 이런 이유로 『청록집』의 발간은 한국문학사, 시사에서 '자연의 새로운 발견'을 가능하게 했고, 그 자연의 발견과정에서 나타난 '전통적 감각과 요소'에 많은 시인, 독자, 비평가, 문학 연구자의 시선을 주목하게끔 만들었다.

그렇다면 "어떤 까닭에서 세 시인이 마치 약속이나 한 듯이 자신의 시적인 제재를 자연으로 택했고 그 안에서 새로운 시적 전통을 발견하게 된 것일까? 혹시 이 점이 앞에서 말한 일제 말기 시인들의 공통된 시대의식, 또는 세대감각에서 연유하는 것은 아닐까?"하는 생각도 해 볼 수 있을 것이다.

이런 생각에 대한 해답은 1930년대 후반 카프와 모더니즘의 쇠퇴 이후 있었던 한국문학사의 '전통론', '고전부흥론'과 관련시켜 파악한다면 비교적 쉽게 찾아진다.

우선, 당시 '전통론'의 주요 논의가 ≪문장≫지를 중심으로 이루어졌다는 점과 청록파 시인들이 모두 ≪문장≫지를 통해서 처음 문단에 나왔다는 사실은 '청록파'의 자연관과 ≪문장≫의 전통지향성이 서로 밀접한 관계 아래 있다는 것을 증명한다. 두 번째로 청록파와 거의 비슷한 시기에 ≪문장≫지로 등단한 이한직, 김종한, 박남수의 시와 한국시사에서 거의 같은 세대에 속하는 서정주, 유치환, 오장환, 이육사, 백석, 이용악 등의 시를 비교해 봄으로써 이들 시인들 사이에 '전통'과 '자연'을 인식하는 어떤 공통된 세대감각이 존재한다는 사실을 발견할 수 있다.

서정주, 유치환이 보여준 삶과 생명에의 의지와 격정, 분노는 이용악의 '한', '설움과 비통', '유랑민 의식'과 같은 시대적 맥락을 지니고 있고 또한 이한직, 오장환의 소시민적 모더니즘은 그 정서적 측면에서 박남수, 박목월, 박두진과 유사한 면이 있다. 이런 사실은 1950년대 이후 한국시사의 흐름을 전통주의와 모더니즘의 대립으로 도식화하는 견해에 대한 부분적인 유보조건이 된다. 좀더 분명하게 말하면 청록파는 1940년대 한국시단에서 '전통'과 '자연'을 현대적인 정신과 형식으로 재발견했다는 점에서 이미 '전통주의'와 '모더니즘'의 경계를 넘어서고 있다. 다시 말해서 청록파는 자연과 전통의 재발견을 통해서 시적 모더니티의 새로운 영토를 개척해낸 것이다.

청록파의 출현은 일제치하 말기의 시대적 현실이 주는 억압이 젊은 세명의 시인에게 공통적으로 작용한 결과로서 한국의 근대적 자연시의 한 유형을 특징적으로 보여주었다. 이는 근대의 자연시란 결과적으로 그 시대 현실에 대한 반작용일 수 있다는 점을 보여주는 좋은 예이기도 하다.

자연시나 전원시라는 말은 근대 이후의 역사적 인식이 변화하는 과정에서 그 의미가 새롭게 형성된다. 전통적으로 동·서양의 자연관은 '본질 혹은 모방의 대상'이라는 측면을 지니고 있었다. 자연이 인간 삶의 환경이자 세계 그 자체였고 문명적 요소보다는 자연적인 요소가 인간에게 더 친밀하고 완벽한 신의 창조물로 여겨지던 시대에 시나 예술의 평가 척도는 그것이 어느 만큼 자연을 완벽하게 흉내내는가에 달려 있었다. 그러나 근대에 접어들면서 자연에 대한 인간의 의식은 크게 변화되는데 먼저 전통적인 자연미에 대립하는 인위적인 인공미의 출현이 그것이다.

모더니즘의 출현은 '모방의 시', '감정분출의 시'에서 '인위적인 창조와 기교로서의 시'라는 개념으로의 변화과정을 그대로 담고 있다. 자연은 이제까지 누리고 있던 '본질적인 아름다움'의 영역에서 물러나 단지 인간을 둘러싼 외부적 환경 중의 하나에 불과한 것이 된다. 그것은 인간의 창조물인 건축, 즉 도시 자체가 신의 창조물인 자연과 대등한 혹은 우월한 위치를 차지하게 되었다는 사실을 의미한다.

청록파의 자연에 대한 새로운 발견도 본질적으로는 이러한 '근대적 자아의 인식 구조' 안에 존재한다. 즉 청록파의 자연은 현실적인 완성태에 대한 모방의 의미로서의 자연이 아니라 이들 시인에게 내면화되어 있는 '이상적 현실에 대한 동경'이 하나의 형상으로 표현된 것이다. 청록파는 이 점에서 시적 모더니티의 중요한 특징인 '인위적인 창조'의 영향권 안에 존재하며 '현실부정과 유토피아 의식'을 함께 공유하고 있다.

청록파의 시는 1940년대의 억압적 현실을 이러한 시적 모더니티를 통해서 극복하려고 한 노력의 산물이다. 『청록집』에 실린 시 중에서 특히 박목월의 시가 현실적 자연이 아닌 시인의 내면에 있는 '이상적 자연'을 그려내고 있다는 점이 종종 지적되곤 하는데 이 점도 바로 청록파의 시적 모더니티를 증명하는 좋은 예라고 할 수 있다. 현실부정의 인식이 내면 속의 자연을 새롭게 발견, 창조하게끔 유도했고 결국 자연이라는 전통적 소재가 시적 모더니티의 하나로 변신하게 된 것이다.

조지훈의 '정적인 전통주의와 동양적 미의 발견'은 자연을 매개로 한 전통접목과 현실부정이라는 중요한 특성 안에서 설명이 가능하다. 또한 박두진의 '기독교적 낙원(에덴) 이미지'도 현실부정의 테두리 안에 존재한다. 이러한 사실은 이들 세 시인의 자연 인식이 궁극적으로는 현실부정이라는 공통된 의식을 그들이 지향하는 개성있는 이상주의로 채색하는 과정에서 나타난 것이라는 점을 알게 한다.

결국 『청록집』에 실린 시들은 현실부정이라는 내적 정신의 긴장이 '자연'이라는 매개를 통해서 표현된 것이며 그 시들이 보여주는 '자연'은 세 시인의 개성있는 부정정신에 의해서 각각 새롭게 해석된다.

박목월은 정적, 수평적 이동의 이미지를 통해서 자연을 '이상적인 동화(童話) 혹은 동양적 산수화의 세계'로 그려내고 있고 조지훈은 자연을 '전통적 미와 멋의 세계를 발견하고 입적의 경지'에 이르는 수단으로 삼는다. 또 박두진은 기독교적 신앙을 바탕으로 의지적, 수직적, 상승적인 식물 이미지를 통해 자연을 '기독교적 에덴'이라는 이상적 공간으로 그려내고 있다.

이런 특징은 이들 청록파의 시가 현실적 공간으로서의 자연이 아닌 이상적 공간으로서의 자연을 그리고 있다는 중요한 사실을 명확하게 드러내는 것들이다. 그리고 그러한 이상적 공간은 내면의 풍경을 유토피아주의 바꿀 줄 아는 근대적 자아의 인식틀에 속하는 것이다.

3) 새로운 문학관념의 탄생과 언문일치(①, ⑤의 경우)

한국문학사에서 근대성을 논의한다는 것은 종종 이식문학사론의 기원을 탐색하는 작업으로 흐르기 쉽다. 그것은 한국의 근대문학사가 그 기원의 측면에서 내재적인 발전론 위에 구축되었다기보다는 압도적인 서구문학, 더 구체적으로는 다이쇼[大正]기 일본문학의 영향 아래에서 출발되었다고 보여지기 때문이다. 그러나 이러한 사고에도 추론이나 불확정한 사실에 대한 편의적인 배제의 사고가 개입되어 있다. 대표적으로 임화의 이식문학사론은 식민지 현실에서의 근대문학이 어떻게 출발되었는가에 대한 사고의 과정에서 '장르의 이식'을 가장 주의 깊게 바라본 결과 이식문학사라는 예정된 수순을 밟은 한 예이다.

그러나 반대로 자생적 근대문학사론에도 역시 추론과 왜곡된 관점에 대한 무비판적인 적용이 일반화되고 있는 것도 사실이다. 이 점은 영, 정조 이후의 근대적 정신의 성장을 주로 주목하거나 18세기 이후 서민문학의 성장을 근거로 내세우는 입장이 강한데, 실제로는 20세기 이후 근대문학과의 연속성의 입장에서 명확한 증거를 제시할 수 없는 입장이다. 또한 서민문학의 양식이 근대적 시민문학의 양식으로 성장할 수 있었거나 성장했다는 사실을 입증하는 자료도 역시 빈약하기는 마찬가지이다.

한국문학의 근대성에 대한 논의는 이런 맥락에 비추어 볼 때 서구적 기준의 척도를 적용한다는 사실에 대해서 의문을 제기한다면 자생론이나 이식론 모두 그 잣대를 잃어버리는 형국이 된다. 결국, 모든 문제는 '근대성'이라는 척도의 진위 혹은 존재 여부에 대한 판단으로 모아질 수밖에 없는 상황인 것이다.

최근의 근대성 논의가 한국문학 연구자 또는 문단의 핵심적인 쟁점으로 떠오른 배경에는 근대문학의 성격을 규정짓는 근거 자체의 빈약함에 그 인식이 모아졌기 때문이다. 즉, 근대문학은 존재하지만 그러한 근대문학의 본질에 대한 인식이 미비하다는 반성이 문학의 근대성에 대한 관심을 불러오고 있는 것이다.

그러나, 근대성에 대한 인식은 이제 어느 면으로 보나 이미 서구적인 것임에 분명하다. 그것은 동양적인 전통과 단절되었다는 의미에서 서구적이라는 것이 아니라 그 언어의 기원에서 서구적이라는 것이다. 근대성과 근대문학에 대한 논의는 이 점에서 모든 용어의 서구적 기원을 거슬러 올라가는 작업에 다름이 아니다. 특정한 용어의 기원에 대한 탐색은 이 점에서 전통적인 문학 혹은 학문의 체계와 일정한 거리를 둘 수밖에 없다.

> 우리들은 너무 먼 <기원>으로 거슬러 올라가는 일을 경계하지 않으면 안된다. 그것은 곧잘, 가까운 기원에서의 전도를 과거에 투영시키는 일이 되기 때문이다. 소쉬르의 <내적 언어학>을 데리다가 말하는 것과 같은 플라토니즘까지 거슬러 올라가서 바라보는 일은 본질적인 것처럼 보이면서 비교적 가까운 과거 또는 그 정치적인 전도의 과정을 보지 못하는 일이 된다.
>
> （「언어와 정치」）

위의 인용문의 내용은 대략 세 가지 정도로 축약된다. 첫째, 근대이후의 역사주의적 인식 태도는 선험론적인 한계 또는 범주화에서 문제점을 지니고 있다. 둘째, 기원에 대한 탐색은 분석주의 혹은 본질 환원주의에 의해서 실체를 벗어난 모델화에 지나치게 집착하고 있다. 셋째, 근대 이후의 학문체계는 정치와의 무관성을 선험적 근거로 하는 객관의 학문을 가장하고 있다.

앞에서 거론한 세 가지 논점은 근대적인 인식체계에 대한 비판을 담고 있다. 그 핵심은 역사주의적 태도가 사실은 서구중심주의의 논리를 포함하고 있으며 특히 언어의 기원을 은폐하는 점에서 그렇다는 것이다. 언어의 기원에 대한 은폐는, 실제로는 정치적인 함의를 포함하고 있는 언어의 기원과 전파를 순수한 본질 환원주의로 설명하는 과정에서 발생한다.

이 글의 필자는 자신의 다른 글인 「미와 지배」에서도 위에 나열한 세 번째의 항목 '정치와의 무관성을 선험적 근거로 내세우는 가치 중립적 태도의 허위성'에 대해 비판한다. 그는 서양중심주의의 논리가 근대 이후의 미적 태도와 모든 학문적 체계 안에 깊이 내장되어 있음을 인정함으로써 그의 비판적 사고의 틀을 세운다. 그러한 비판의 주된 대상은 근대적 사고체계의 핵심인 자연과학으로부터 파생된 학문체계와 미학 또는 예술학에 담긴 제국주의적이고 폭력적인 자기중심논리이다. 모든 문제를 다시 '정치적인 함의'가 담긴 문맥 안으로 환원시키는 것은 테리 이글턴과 에드워드 사이드에게서도 역시 동일하게 발견되지만, 특히 가라타니 고진은 타자를 괄호로 묶는 배제의 사고가 발생했던 기원으로 회귀하는 역사주의적인 방법을 사용하는 점이 특징이다. 이것은 마르크스의 역사과학적인 방법에 대한 원용인데 연구대상을 하나의 '역사적, 경험적 산물로서의 체계'로 파악함으로써 종래의 역사주의적 태도가 지닌 한계를 비판한다.

위에서 나열한 첫 번째의 인식태도는 근대적 학문체계 안에 포함된 역사주의가 선험론과 범주화의 문제에서 '자율적 체계'라는 괄호묶기에서부터 이미 문제를 내포하고 있음을 지적하는 것이다. 그것은 역사 속에서 발생한 타자에 대한 지배의 현상을 법칙화한 것으로 그 지배의 논리를 은폐한다. 역사 자체가 정치로부터 심각하게 오염되어 있는 상태에서 본질적 기원에 대한 탐색은 종종 "가까운 기원에서의 전도를 과거에 투영시키는 일"에 불과할 뿐이다.

이 점은 또한 두 번째의 비판을 가능하게 한다. 근대적 학문체계와 인식구조 안에 담긴 본질환원주의, 분석주의는 실체를 은폐하는 '가상적 모델'을 재생산할 뿐이라는 것이다. 역사 자체를 거대한 '서사구조'로 파악하는 태도의 밑에는 근대의 역사주의에 대한 근본적인 불신이 포함되어 있다. 그것은 객관을 가장한 주관주의의 자기중심성과 독단의 상대성을 폭로한다.

이런 비판적 인식은 상당히 현상학적이다. 주체와 타자의 관계를 주관과 객관의 근대적 기원으로 소급해서 바라보는 그의 관점은 근대적 학문체계의 기원에 있는 '은폐'를 밝히는 데 집중되어 있다. 이와 같은 견해는 한국문학의 근대성을 규명하는 작업에 참으로 많은 것을 시사한다. 우선, 무엇보다도 근대성이라는 용어를 비롯한 근대문학의 범주 안에서 사용되는 언어의 기원에 대한 탐색의 중요성을 알려주기 때문이다. 근대문학의 형성기에 일본을 통해 수입된 많은 역어와 번역을 통해 재생산된 언어의 기원과 그 형성원리를 추적하는 것이 근대문학의 특성에 접근해 가는 일차적인 과정이라는 점이 이 견해에 의해서 유추된다.

이 점은 다른 한편 근대문학의 시대를 번역문학의 시대, 번역의 원리가 문학적 체계를 양산하는 시대라는 규정도 가능하게 한다. 즉, 모든 번역어, 번역적 문장은 실제로 근대적 문체를 낳고 나아가 언어의 개념적 수정을 가능하게 한다. 예를 들어 '문학'이라는 단어의 기원에 대한 탐색과정에서 우리는 실제로 이 단어가 서양의 '리터러쳐(literature)'라는 말의 번역어로 쓰이기 이전의 개념과 존재여부에 대한 모든 사실이 은폐되거나 지워지고 왜곡되었음을 발견하게 된다. 이것은 사고체계의 심각한 굴절을 의미하는 것으로서 근대문학이 그 형성기보다도 현재에 이르러 더욱 깊이 서구적 체계 속에 들어와 있음을 의미한다.

또한 근대문학을 규정하는 근대성 중에 하나로 번역의 문제가 다루어질 수 있다는 점에서, 이미 근대성 자체의 개념이 서구적인 기준에서 어긋나고 있다는 점도 확인할 수 있다. 그것은 근대적 체험의 특수성이 근대성을 규정하는 하나의 변수가 될 수 있음을 의미한다. 역사적 체험의 차이는 의식의 차이를 동반하는 것이다.

언어의 기원에 대한 탐색과 마찬가지로 근대문학의 중요한 굴절 중 하나는 사고체계의 이식에 대한 문제이다. 예를 들어 근대문학이라는 대상을 바라보는 시점의 측면에서 우리는 서구적 학문체계 혹은 인식구조 안에서만 그것을 인식한다.

가라타니 고진이 '풍경의 발견'을 통해 일본 근대문학의 기원을 말하면서 "풍경이란 인식틀이며, 일단 풍경이 생기면 곧 그 기원은 은폐된다."[19]라고 한 말은 단순히 '풍경'에 한정된 말은 아니다. 그것은 하나의 언어, 사고틀의 번역 혹은 수입은 그 인식의 대상이 되는 모든 대상의 기원을 굴절시킨다는 것이다.

"의식의 바깥 세계에 대한 지각은 전적으로 나 자신의 의식 또는 지각을 통하여서만 가능한 것으로 주관적 또는 주체적인 근거 없이 바깥 세계

---

19) 柄谷行人, 『일본 근대문학의 기원』, 박유하 역, 민음사, 1997, p.32.

가 존재한다고 규정하기란 어려운 일이다. 따라서 현실이라는 것을 의식 바깥의 세계라고 규정할 수는 없을 것이며, 오히려 바깥의 존재에 대한 지각을 통해서 실재하는 내부 세계의 질서라고 생각하게 된다"[20]라는 말에 주목한다면 이 점은 좀더 쉽사리 납득이 될 수 있는 일이다. 주체의 환경 혹은 인식대상으로서의 '자연'이나 '풍경'은 '내부세계의 질서'에 귀속되는 것이며, 니체의 표현을 빌리자면 '원근법적 도착'[21]에 의해 차별화 된 가치관이나 자연관의 내면화 과정이 근대적인 '자연', '풍경', '가치관'의 개념 속에 이미 견고하게 자리잡고 있는 것이다.

예를 들면 '풍경'이 타자와 분리된 주체라는 명확한 인식을 포함하지 않고는 성립될 수 없듯이, 이러한 풍경의 발견은 모든 대상에 대한 인식에 혁명을 일으킬 수밖에 없게 된다. 즉, 문학에서의 풍경의 발견은 엄격한 의미에서 주관과 객관의 분리이며 타자 혹은 주체를 괄호로 묶을 수 있는 인식체계를 지니게 되었음을 의미한다. 그리고 이러한 인식틀의 발생은 이전에 존재하는 모든 인식틀을 수정하며 그 기원을 은폐하게 된다.

"산수화란 풍경화를 통해 처음으로 존재하게 되었다"[22]라는 말은 풍경화에 의해서 과거에 존재하던 산수화에 대한 가치, 개념, 인식 따위가 모두 수정되었음을 의미한다. 산수화에 대한 인식틀이 풍경화에 대비되는 개념으로써 그 명칭과 함께 발견되거나 창안되었다는 것이다. 산수화의 대상이 '자연'이 아니라 자연에 대한 선험적 개념으로서의 '산수(山水)'임을 인식하게 된 것은 원근법으로 대표되는 '풍경화'와의 변별성을 통해서이다. 마찬가지로 문학적 기술 혹은 묘사의 차원에서 '풍경'을 그려내는 기술의 발견은 문학적 문자체계의 혁신을 동반한다.

어쨌든 하나의 인식틀에 의해서 많은 대상의 역사적 기원이 굴절되거나 은폐될 수 있다는 사실은 근대문학의 근대성을 탐구하는 것이 사실은 근대적 학문체계와 문학적 사고틀을 문제삼는 것임을 말해준다. 결국 근대성

---

20) 홍기삼, 「한국 시문학 비평」, 『북한의 문예이론』, 평민사, 1981, p.154.
21) 柄谷行人, 앞의 책, p.51.
22) 앞의 책, p.27.

의 인식은 반대항으로서 '전통'에 대한 인식을 수정하거나 은폐한다. 문학적 근대성은 고전문학에 대한 인식틀 자체에도 심각한 영향을 준다는 것이다.

이 점은 실제로 고전문학에 대한 우리의 인식틀이 근대적 인문학의 사고틀과 동일하다는 점에서 쉽게 확인이 된다. 이것은 또 다른 의미에서의 기원의 은폐라고 할 수 있다.

전근대적인 문학개념은 대체로 아래의 두 인용문을 통해 쉽게 알 수 있다.

① 오직 사람이 가장 귀한 것은 어째서인가? 나는 문학이 있기 때문이라고 말한다. 윤리도덕도 문학을 따라 배워서 알게 되는 것이요, 부국강병도 문명도 문학을 좇아 융성함을 이루는 것이요, 농업과 제조도 문학을 좇아 발달을 기약하는 것이요, 정치 법률도 문학을 따라 공평함을 얻는 것이요, 상업 무역도 문학을 따라 이익을 거두는 것이니……23)

② 學部 編輯局 委員 金澤榮氏는 本是 文學家로 著名한 人이라 近者에 청국 翰林家에 請邀가 되야 所帶職任을 辭免ᄒ고 率眷 渡청 ᄒ얏더라24)

애국계몽기에 통용되었던 문학의 개념을 알려주는 ①의 인용문이나 ②의 내용은 문학가(文學家)개념이 전통적인 문(文) 혹은 문장(文章), 문장가(文章家)의 개념에 지식인, 선비의 개념이 혼탁하게 뒤엉킨 상태임을 보여준다. 즉 ①의 경우는 개화와 문학이 동일한 개념으로 통용됨으로써 신학문과 문학이 같은 개념으로 사용되고 있다. 그리고 ②의 경우는 문장가, 문장의 개념에 선비, 지식인의 개념이 섞임으로써 구학문의 문사(文士)와 유사한 개념으로 문학가(文學家)라는 말을 사용하고 있다. 이 두 개념 사

---

23) 광무 3년 10월 ≪황성신문≫논설, 임화 「개설신문학사」(『임화신문학사』, 임규찬·한진일 편, 한길사, 1993, p.13)에서 재인용.
24) 「쾌재차행(快哉此行)」, ≪대한매일신보≫, 1905. 10. 19.(이현식, 「문학의 자율성, 주체의 발견, 근대라는 미망」, ≪문학과 사회≫, 1998 가을, p.843 재인용)

이에는 거의 비슷한 시기임이 분명한데도 문학이라는 말의 개념적인 분열현상이 뚜렷하게 목격된다.

임화가 지적한 대로 리터러쳐(literature)의 번역어로서의 문학이 아니라 과학, 학문의 뜻으로 사용되기도 하고(①) 또 문장 혹은 글의 의미로 사용되기도 한 것이다. 이 점에서 보면 앞의 경우는 일본적인 신교육의 영향이 두드러지고 ②의 경우는 전통적인 문(文), 학문(學問)의 개념이 더 많이 드러난다. 다시 말해서 이 시기 문학의 개념은 번역어로서의 문학(literature)이 아니라 문, 문장의 개념과 신학문, 과학의 개념이 상호 혼재되어서 사용되었음을 알 수 있다.

이러한 개념적 분열과정은 전통적인 한자 중심의 규범적 문체중심주의와 언어적 계급구조의 붕괴과정을 대변한다. 양반중심의 한문학이 서민 중심의 국문학으로부터 그 우월성을 인정받지 못하게 되면서 한문 '문장(文章)'의 의미는 순국문학 또는 구비문학의 개념에 의해서 훼손될 수밖에 없게 된다. 따라서 문학의 개념은 그 개념의 분열과 함께 외연의 폭이 넓어질 수밖에 없는 것이다.

새롭게 성장하는 서민문학과 외래적인 신학문, 과학의 보급은 문학의 개념과 학문의 개념을 서서히 분리시켜야만 하는 필요성을 불러일으켰고 이에 따라서 이광수의 「문학이란 하(何)오」와 같은 서구적 개념의 문학, 리터러쳐(literature)의 번역으로서의 문학개념이 보편화되었다고 할 수 있다.

이런 문학 개념의 재편은 전통적인 문자체계와 근대적 문자체계의 이질성에 가장 큰 원인이 있다. 전통적인 한문문장과 달리 국문문장은 언문일치라는 규범적 문자체계를 지향하고 있었기 때문에 언어와 그 언어를 바탕으로 하는 문학 개념 자체가 새롭게 재편되지 않을 수 없었던 것이다. 소리글자인 국문을 바탕으로 새롭게 쓰여지기 시작한 '문학' 개념은 구장르와는 이질적일 수밖에 없다는 점에서 신문학, 신장르의 수입과 창출을 필요로 할 수밖에 없다. 따라서, 언문일치의 체계는 신학문과 신장르의 출현과 서로 맞물리는 관계이다. 이광수의 언문일치 문장과 번역어의 개념을 빌린 근대적인 문학 개념의 사용은, 이 점에서 서로 유사성을 지닌다. 즉, 한국문학에서 번역의 문제와 언문일치 문장의 성립은 처음부터 "같은 문제였다"라고 할 수 있다.[25)]

3. 결 론

본고에서 다룬 여섯 가지 주제에 관한 논의를 요약·보충하면 대략 아래와 같다.

첫 번째 주제에서는 사회, 계몽, 개화, 국가, 민족 등의 용어가 근대적인 개념으로 정착되는 과정과 문학관념의 새로운 변화가 주목된다. 특히, 문학이라는 번역어가 전통적인 문(文) 혹은 문장(文章)의 개념을 압도하고 중심적 개념으로서 자리잡는 과정은 근대적 문학개념의 형성과정을 그대로 보여준다. 전통적인 문(文) 혹은 문장(文章)이, 새로운 장르 출현의 토대가 되었던 구소설이나 국문시가, 가사 등을 포괄할 수 없는 개념이라는

---

25) 김동인이 ≪창조≫를 발간하면서 문체 선택의 문제에서 일본과 외국작품을 '본뜨기'했다는 점, 둘째, 창작은 일본어로 한다고 멀한 점 등은 초기 소설문체의 성립이 일본 작품의 선례에 대한 번역의 방식을 우선적으로 선택했음을 알 수 있다. "문예에 대한 온갖 길을 먼저 터놓은 서양이며 일본의 방식을 습답할 것은 물론이다. 그러나 도저히 '본뜨기'로서는 당치 못할 문제가 없을까. 다른 온갖 구조와 내용을 선진에게 그대로 배운다 할지라도 첫째로 당면하는 문제였다"(김동인, 「문단회고」, ≪매일신문≫, 1931. 8. 23~9. 2 ; 『김동인 전집』 16, 조선일보사, 1988, p.310) 3인칭 표현의 문제, 서술어의 문제, 조선어 사용의 문제에서 독창적인 문체를 창안했다고 말하는 김동인의 진술은 어떤 점에서 한국소설의 언문일치(구어체) 문장이 번역과 밀접한 관계에 있음을 의미한다. 그들이 구어체 문장을 창안했다고 하는 까닭은 그들이 사용한 문장이 실제로는 일상적인 구어, 즉 생활어가 아니었음을 의미한다. "교수를 畢하고 라고 하는 말을 '가르침을 끝내고'라 하렸다. '대합실'이라 하는 말을 '기다리는 방'이라 하였다. 명사·형용사·동사·조사에 있어서 <u>조선말로 고칠 수 있는 말이면 전부 조선말로 고쳐 썼다</u>"(김동인, 「文壇十五年裏面史」, ≪新人文學≫, 1934. 11)라는 진술에서 '조선어로 고친다'는 표현은 이미 존재하는 무엇인가를 번역한다는 의미에 가깝다. 실제로, 김동인이 예로 든 사례는 모두 문장의 번역에 해당된다.

점에서 새로운 문학관념의 출현은 필연적인 것이다. 더욱이 문(文)의 개념 속에 내포된 전범이라든가 규범적인 문체라는 개념은 조선 후기에 성장하던 서민계층의 여타 문학 장르를 의도적으로 배제한 개념이라는 점에서 '문장/문학'의 대립은 '귀족적인 구문학과 성장하는 서민대중 중심의 신문학' 사이의 경쟁으로 규정할 수 있다.

또한, 유길준이 「개화의 등급」에서 "개화란 인간 세상의 천만가지 사물이 지극히 선하고도 아름다운 경지에 이르는 것을 말한다"라고 하여 인간 문화의 발전을 '미개화, 반개화, 개화'의 세 단계로 나눈 것은 그 시간관념이 근대적인 면모를 갖추고 있을 뿐만 아니라 서구의 근대적 시간관에서 보이는 세속화된 유토피아를 지향한다. 헤겔의 역사관에서 보이는 세속화된 유토피아로서의 역사의 진보관을 드러내는 이러한 시간관념 등은 '개화'라는 용어가 함의하고 있는 근대적인 개념을 잘 나타내고 있다.

두 번째 주제는 동아시아 지역에서의 근대적인 민족주의의 탄생은 의식적인 중화주의의 해체과정 속에서 파생되었다는 전제를 담고 있다. 중화주의로 상징되는 중세 보편주의로부터 일탈하는 과정에서 일본이 내세운 논리가 '화혼양재(和魂洋才)'라면 조선의 지식인이 내세운 논리는 '동도서기(東道西器)'이다. 마찬가지로 중국의 근대화 구호가 '중체서용'이었다는 점을 고려한다면 중화주의는 일본의 경우 조직적으로 해체되기 시작했고, 조선의 경우에는 소중화의식으로 변용 되었으며, 중국에서는 근대적 민족주의의 논리로 변질되었다.

이 점은 한국과 중국의 논리가 일본보다는 중세적 전통에 깊이 관계되어 있음을 알려 줄 뿐만 아니라 일본의 '화혼양재'가 '탈아입구'로 변화하는 원인을 알게 한다. 즉, 일본의 화혼양재는 '전통'의 문제를 민족주의적인 태도로 접근했다면 조선과 중국은 '전통'을 중화주의적인 문화에서 발견하려고 했다는 점에서 차이를 나타낸다. 이러한 차이는 근대화과정이 이들 삼국에서 의식적인 기획의 일부로서 추진되었고, 특히 정부 관료중심의 관주도 민족주의와 관주도 근대화의 성격을 띠면서 추진되었다는 점을 시사한다.[26]

세 번째 주제는 근대적 문학제도 형성의 사회적 조건으로서 인쇄술과 전기의 보급, 교육의 확산, 신문제도, 근대적 통신(우편, 전신)제도 등 사회적 의사소통을 원활하게 하고 여론을 형성하는 기반 제도와 문학과의 관련성을 다룬다. 특히, 민족적 공동체의식을 상상적으로 가능하게 하는 대중적 여론형성구조와 문학과의 관련성에 주목한다. 언문일치를 새로운 근대적 문어체와 표준문법의 탄생으로 바라보는 관점을 취한다.[27]

네 번째는 유럽세계체제의 확산으로 인해 동아시아 지식인 사이에 나타난 지역관념의 변동과 그 근대적인 재편성을 다룬다. 지역관념의 재편과 함께 파생된 동양, 지나 등의 용어가 근대적인 창안과 변용을 통해 개념화됨으로써 문화적 우열론이 이들 용어 속에 은폐되어 사용되는 과정을 살필 수 있다.[28]

다섯 번째는 근대적인 번역어 형성의 기원을 취급한다. 예를 들면 근대적 문물의 보급으로 인한 새로운 언어의 수입과 번역, 그리고 번안문학과 번역문학의 관계, 언문일치문장의 형성에 미친 번역어의 영향 등을 고찰한다.[29]

여섯 번째로는 개항기에 출현한 새로운 문학장르의 특성을 고찰함으로써 근대적인 문학관념이 어떻게 정착되었는지를 살핀다. 이 주제는 장르론을 기반으로 한 문학개념의 고찰이라고 할 수 있다. 여기에는 한 가지의 가설이 있을 수 있는데 규범적인 장르개념이 존재하기 이전까지 장르개념

---

26) Anderson, Benedict, 「관주도 민족주의와 제국주의」, 『민족주의의 기원과 전파』, 윤형숙 역, 사회비평사, 1991, pp.111~142. 참조.
    이성규, 「중화사상과 민족주의」, 『동아시아, 문제와 시각』, 문학과지성사, 1995, pp.107~153. 참조.
27) 권영민, 「국문체와 근대문학의 성립」, ≪문학사상≫, 1997. 7. 참조.
    김영민, 『한국근대소설사』, 솔, 1997, pp.167~189 참조.
    Anderson, Benedict, 「문화적 근원」, 앞의 책, pp.25~58 참조.
28) 김춘식, 「아시아적 정체성찾기와 명상론―동양정신과 한국문학」, ≪한국문학평론≫, 1998. 여름호, pp.23~32 참조.
    Tanaka, Stefan, 「근대일본과 동양의 창안」, 정문길 외 엮음, 『동아시아 문제와 시각』, 문학과지성사, 1995, pp.170~193 참조.
29) 김병철, 『한국근대번역문학사연구』, 을유문화사, 1975 참조.
    柳父 章, 『飜譯語成立事情(岩波新書 189)』, 岩波書店, 1982 참조.

은 일반적으로 창작자와 독자의 경우가 서로 일치하지 않을 수 있다는 점
이다. 즉 창작자가 교훈성을 강조하는 장르개념을 지니고 있다면 일반독자
는 재미를 강조하는 장르개념을 지닐 수 있다. 특히 신소설의 경우 계몽과
재미가 뒤섞인 과도기적 형태를 띠고 있는 것은 이러한 현상을 잘 나타낸
다. 즉, 구장르인 구소설의 재미에 대한 독자의 기대지평이 신소설의 계몽
지향성을 상대적으로 약화시킬 수 있다.

따라서 이 시기에 나타난 '서사적인 논설과 논설적인 서사'[30]의 형태는
그 용어사용의 정확성에 다소의 문제가 있는 표현이지만[31] 창작자와 독
자의 장르에 대한 기대지평이 서로 다르기 때문에 발생하는 현상을 예리
하게 지적하는 측면이 있다. 교훈(논설)과 서사(재미)가 미분화되어 있는
장르들은 장르의 분화과정을 거치면서 점차 규범화된 장르개념과 문학개
념 안에 흡수된다.

근대적인 출판상업자본의 형성과정에서 저자의 이름이 인기작가로서
인정되어 상품적 가치를 지니게 되면서 '저자의 개념'이 등장하는 것처
럼, 새로운 장르의 분화와 문학작품의 상품 가치화 과정은 서로 맞물려
있다고 할 수 있다.[32] 특히 근대소설의 발생은 여타의 다양한 과도기적
장르를 억압하여 장르의 소멸현상[33]을 주도한다. 규범적 장르개념의 형성

---

30) 김영민, 앞의 책, p.178.

31) 권영민, 「근대소설의 기원과 담론의 근대성」, ≪문학동네≫, 1998 겨울, pp.145~170. 참
   조. 권영민은 이 글에서 김영민의 주장을 "김영민은 그의 『한국근대소설사』에서 수사학의
   차원과 담론의 차원을 혼동하기도 하고 수사학의 영역과 양식의 문제를 서로 혼동하기도
   한다."라고 비판한다.

32) 베네딕트 앤더슨(Benedict Anderson, 『민족주의의 기원과 전파』, p.62)의 다음과 같은 주
   장은 이 점을 잘 나타낸다. "루터는 대중에게 알려진 최초의 베스트셀러 작가가 되었다. 혹
   은 다른 식으로 말하면 그의 새 책을 그의 이름을 바탕으로 <팔> 수 있었던 첫 작가였
   다." 이것은 작가의 이름이 상품의 질을 보장하는 권위로 사용되기 시작했음을 알게 한다.

33) 柄谷行人, 「장르의 소멸」, 『일본근대문학의 기원』, 민음사, 1997, pp.226~238. 가라타니
   고진은 근대소설의 형성을 유사 장르의 소멸이라는 관점에서 바라봄으로써 나쓰메 소세키
   의 소설을 노벨이 아닌 로망스, 고백, 아나토미 등으로 규정한다. 따라서 노벨이라는 장르
   개념을 중심으로 재편된 근대문학의 구도는 필연적인 것이 아니라 우연적인 것이며, 실제
   로는 노벨개념의 중심성을 기반으로 그 주변을 형성하는 로망스, 아나토미, 고백 등을 흡

은 근대적 문학인식을 정착화하면서 실체가 아닌 전범으로서의 장르개념과 문학개념을 산출한다.

그 대표적인 예가 이광수의 「文學이란 何오」이다. 결국 이 시기 문학적 변동은 크게 다음과 같이 세 단계로 나눌 수 있다.

    ① 근대적 제도와 공공영역의 형성기
    ② 다양한 과도기적 장르의 분화기
    ③ 과도기적 장르의 소멸과 근대적 문학관념의 정착기

여섯 가지 주제의 대략적인 검토만으로도 1876년부터 1910년 사이의 새로운 문학이 근대적 제도와 문물의 변화에 민첩하게 대응하고 있음을 알 수 있다. 특히, 대중적 민족주의, 민주주의 제도의 형성과 근대문학의 관계는 필연적인 관계이다.

그러나, 한국의 근대화 과정은 대중적 민족주의가 이니라 관주도 민족주의와 관주도 근대화의 추진에 의해서 그 자율성이 상대적으로 훼손되어 있었다. 1905년 무렵 활성화된 민간주도의 애국계몽운동은 한편으로는 조선의 국가권력이 약화되면서 나타난 일시적인 민간주도의 근대화, 민족주의 운동이었다고 할 수 있다. 따라서 개항기 이후부터 국권 상실기까지의 근대문학은 대중적 지지기반이 취약한 상태에서 전근대적인 재미의 기대가 통속문학으로 흐르는 현상을 낳았고 점차 정론성이 탈각되면서 이광수류의 사회개조를 주장하는 계몽주의 경향으로 변질되었다고 할 수 있다.

세 번째 주제와 여섯 번째 주제인 새로운 장르의 출현과 장르의 소멸현상은 제도사적인 검토와 신소설을 비롯한 이 시기에 출현한 새로운 장르

수한 것이 근대소설의 장르개념임을 밝히고 있다. 그러므로 엄격한 의미에서 노벨의 개념에 정확히 부합하는 근대소설은 존재하지 않으며 '노벨'이라는 가상적인 상상의 장르개념만이 존재한다. 이러한 지적은 한국문학사에서 이광수 이전의 서사장르 일반 그리고 더 나아가서는 전근대적 장르에서 근대장르로 이동한 시가와 여타 장르에도 동일하게 적용될 수 있다고 하겠다.

에 대한 내적 특징의 연구 등 세부적인 고찰이 필요하므로 별도의 논문에
서 좀더 자세한 논의를 전개할 것이다.[34]

---

34) 제도사적인 연구와 장르론적인 연구 사이에 놓인 방법론의 이질성을 떠나서, 이 두 주제
의 비중에 비해서 자료의 보충이 절실하다고 생각되어 본고에서는 심층적인 논의를 피하
기로 한다. 이 책에 실린 연구논문 「장르의 소멸과 근대적 장르 인식」에서 좀더 상세한
논의를 하겠다.

장르의 소멸과 근대적 장르 인식
- 신소설을 중심으로 -

1. '근대문학'이라는 가치기준

1876년 이후 한국문학사의 근대적 진행에 대한 논의에서 '장르론'은 상대적으로 중요하게 취급되지는 못했다. 이 점은 이 시기의 장르를 '과도기적 양식'[1]이라는 명칭으로 부르는 사실에서 역력하게 드러나는 것이다. '과도기적 장르'라는 명칭에는 무의식적이든 의식적이든 '미적·형식적 미완성'이라는 함의가 담겨 있는 만큼 그 이후에 나타날 어떤 '완성형'에 대한 예비적 혹은 맹아적 가치 이상의 의미를 지닐 수는 없기 때문이다. 임화가 신소설을 '과도기적인 것'으로 규정한 이후[2], 이런 생각은 한국문학사에 대한 인식의 중심부에 지속적으로 존재해 왔다.

---

[1] 임화, 김태준, 조윤제, 조연현, 백철 등 초기 문학사 기술자들의 대부분이 이런 견해를 보여주었고 또, 전광용, 이재선, 최원식 등의 연구자들도 이 점에서는 동일한 생각을 지니고 있다.

[2] 임화, 「과도기의 문학」, ≪조선일보≫, 1939. 12. 5.

이런 생각의 배후에는 근대문학을 '완성형의 장르'로 놓고 그 배경적 전사(前史)에 해당되는 여타의 잡다한 양식을 발전과 성장의 도정에 있는 미성숙의 단계, 전근대적인 수준의 문학으로 규정해 온 '직선적 진보와 발전론'의 시각이 존재한다. 장르론을 시간적 발전과 진화의 체계로 놓고 그 '완성'을 하나의 가치규범으로 설정하는 것이 근대적 장르체계이기 때문이다. 그러므로 근대적 장르체계는 어떻든지 간에 그 내부에 '근대적인 체계'를 정점으로 모든 가치를 서열화하는 논리가 숨겨져 있기 마련이다.

이 점에서 한국근대문학사의 진행과정에서 주류를 차지하는 장르개념은 서구적 근대의 완성형에 대한 집착이었다. 또 다른 의미에서 이런 장르체계는 한국의 근대문학이 '서구적 장르체계에 대한 이식(더 세부적으로는 大正期 일본문학의 절대적 영향)'에 의해 형성된 것으로 생각한 임화의 '이식문학론'으로부터 자유로울 수 없게끔 한다. 이 점은 임화의 이식문학론을 '전통'과 '영향'의 상호관계에 대한 중요한 문제의식으로 파악한다고 해도 쉽사리 해결되지 않는다.

임화의 문학사 서술 시각 자체가 근대의 진보적 역사관을 그대로 따르고 있다는 점에서 그의 '신문학사 서술체계'는 '근대문학'이라는 가치의 정점에서부터 연역적으로 구성된다. 결국 한국문학사에서 근대적인 장르에 대한 인식은 서구적 보편성과 과학주의의 패러다임 안에 자연스럽게 귀속되고 있다.

1876년 이후부터 1910년대 사이의 다양한 장르가 '과도기적인 형태' 또는 '근대성의 미달'로 규정되는 것은 이런 역사주의적 시각에서는 당연한 귀결이다. 하지만 보편적 역사주의에 근거한 연역적 인식태도는 근대성의 한계와 문제점에 대한 인식을 종종 희석시킬 가능성이 있다. 예를 들면 신소설에 대한 평가가 전근대적인 이야기문학의 구투를 벗어나지 못했다는 당연한 결론3)은 신소설의 장르적 한계와 가능성에 대한 객관적인 평가를 어렵게 하기도 한다.

---

3) 임화, 「조선소설에 관한 보고」, 조선문학가동맹 연설문, 1946. 6.
　　전광용, 『신소설연구』, 새문사, 1986.
　　김영민, 『한국근대소설사』, 솔, 1998.

2. 비노벨(anti-novel)적인 것과 노벨(novel)적인 것

특정한 '장르'가 지닌 시대적 의미와 역할은 '동시대성'이 그 장르의 규범을 둘러싸고 어떻게 드러나는가 하는 점에서 확인될 수 있을 것이다. 이 점은 근대성의 현현을 모든 가치의 귀속점으로 가정하고 있는 논리의 한계를 벗어나기 위한 것이다.

일찍이 비역사적인 방식으로 장르론을 구축했던 프라이의 병렬적 장르 체계는 개별장르의 역사적, 시대적 필연성을 고려하지 않는다는 점에서 우리에게는 종종 전근대적인 장르의 특성으로 인식되었던 요소까지도 포괄적으로 다룬다. 아나토미, 로망스, 고백, 노벨 등 산문픽션에 대한 분류체계는 장르의 진화를 인정하지 않는 비역사성을 특징으로 한다. 이런 장르 인식은 근대성을 정점으로 '장르의 진화'를 가정하는 방식과는 상당히 이질적인 것이다. 가능한 장르의 체계를 병렬적으로 나열하고 있는 그의 장르론은 로망스나, 고백을 노벨보다 전근대적인 장르로 인식하지 않는다.

다음과 같은 인용문을 통해서도 확인되듯이 그의 문학예술에 대한 견해는 역사적 진화나 발전을 부정한다.

> 예술은 발전하지도 진보하지도 않는다는 것이 문예비평의 정석적인 견해이다. 즉 예술은 고전(古典) 또는 모범을 낳는 것이다. 석기시대에서부터 피카소에 이르는 회화의 <발전>을 말해주는 책들을 언제나 살 수는 있지만, 회화에는 발전이라는 것을 볼 수 없고, 단지 기법상의 변이의 연속만이 있을 뿐이다.[4]

예술의 발전을 인정하지 않는다는 것은 달리 말해서 각 시대에 따른 저마다의 상대적 가치 규범을 인정한다는 뜻이기도 하다. 이 점에서 각각의 장르는 신화적인 원리에 소속되는 한, 모두 동일한 가치를 지닌다. 이 점에서 문화나 예술의 상대적인 가치는 오직 시대적인 선택의 차원에서만

---

4) Frye, N.,『비평의 해부』, 임철규 역, 한길사, 1982, p.483.

논의될 수 있는 것이다. 아나토미, 로망스, 고백, 노벨 사이에는 어떤 발전의 선후관계도 존재하지 않는다. 오직 이러한 장르적 특성을 규정하는 '원리'만이 존재할 뿐이다. 결국, 노드롭 프라이의 장르론은 근대적인 '규범'을 어기고 있다. 달리 말해서 그의 장르론은 근대적인 의미의 노벨(소설)을 탈중심화시키고 그것을 다른 유사 장르의 틈에 끼워 넣는다. 가라타니 고진이 '장르의 소멸'이라고 말한 현상의 이면을 그는 이렇게 노출시킨다.[5] 근대적인 의미의 소설(노벨)은 이 점에서 다른 여타의 장르를 관념적으로 흡수하고 있는 '창안물'이다. 독자는 노벨을 상상하면서도 실제로는 아나토미, 로망스, 고백을 수시로 읽거나 접하고 있는 것이다.[6]

이런 생각은 개화기의 신소설을 비롯한 여러 장르의 작품들이 근대적 장르로 성장하는 과정에 대해 시사하는 바가 크다. 물론 실제로 이들 장르가 지닌 과도기적인 속성이 시대적인 선택요건 혹은 환경에 의해서 점차 근대적인 형태로 변모해 온 것이 사실일 것이다. 하지만 그러한 시대적 요건 중에서도 특히 인위성이 강한 '근대 패러다임'의 작용이 가장 컸다는 점 역시 중요하다. '서양중심주의' 체제의 산물인 '노벨(novel)'을 중심으로

---

5) 예를 들면, "글로 말하는 언어(written word)의 장르—여기에서는 산문이 지배적인 리듬이 되는 경향이 있다—를 가리키는 데 픽션이라는 말을 사용하고 있지만, 그것은 픽션의 진정한 의미는 허구(虛構, falsehood) 또는 비현실이라는 생각과는 충돌하는 것으로 되어버린다. 이리하여 도서관에 자서전 책이 들어갈 경우, 사서가 그 자서전을 쓴 저자가 진짜 자신의 이야기를 하고 있다고 믿게 되면 논 픽션(non-fiction)으로, 거짓말을 하고 있다면 픽션으로 분류하리라고 본다. 문예비평가에게 있어서는 이와 같은 구별이 쓸모가 없을지도 모른다. 픽션이라는 말은, 시의 경우와 같이, 어원적으로 볼 때, 그 자체를 위해 만들어지는 것이라는 것을 뜻한다. 문예비평에 있어서 기본적으로 지속적인 형식을 취하는 어떤 문학작품—거의 항상 산문으로 된 문학작품—에 이 픽션이라는 말을 적용하여도 지장은 없을 것이다. <u>가령 이것이 무리한 주문이라면, 단 하나의 진정한 픽션의 형식은 단지 소위 소설 뿐인데, 소설을 픽션과 동일시하는 임시변통적인 습관에 대해서 적어도 어떤 식으로든 간에 항의가 허용될 수는 있다.</u>"(위의 책, pp.429~430.)와 같은 발언에서 보듯이 픽션의 한 하위 형식일 뿐인 소설(노벨)을 픽션과 동일시하는 방식에 대해 프라이는 이의를 제기한다. 이런 이의제기는 가라타니 고진이 '노벨'을 중심으로 한 장르개념이 여타의 픽션 양식에 대한 인식을 흡수·소멸시키고 있다는 견해와 동일한 것이다. 柄谷行人, 「장르의 소멸」, 『일본 근대문학의 기원』, 박유하 역, 민음사, 1997, pp.226~238 참조.

6) 柄谷行人, 「장르의 소멸」, 위의 책, pp.226~238.

장르적 인식을 정립시켜온 개화기 문학적 근대기획의 결과가 이들 다양한 장르를 '불완전한 것'으로 남겨 놓았고 그 결과는 이들 장르의 소멸과 쇠퇴현상으로 나타났다고 할 수 있다.[7)]

신소설이나 역사·전기소설류, 그리고 개화기 신문의 이야기체 문학 등은 모두 근대의 서자(庶子)로서 적자(適者)가 되지 못한 채 소멸된 장르이다. 이들 장르의 특성은 '노벨'적인 장르규범에 위배된다는 점에서 전근대적인 양식으로 종종 폄하된다. 예를 들면, 개화기 신문의 이야기체 문학과 「금수회의록」, 「경세종」, 「용과 용의 대격전」, 「꿈하늘」 등의 우화적인 요소나 풍자 등은 신소설의 묘사적인 문체와 사실적 서사에 대립되면서 비노벨적이라는 이유로 종종 근대 미달의 요소로 재단된다. 또한 신소설은 사건 전개의 우연성과 구태의연한 소재주의, 상투성 등 근대 소설에 비해서 취약한 구성, 문체 등이 한계로 지적된다.

이런 기존의 견해는 근대적 '노벨'의 규범을 가치평가의 기준으로 사용하고 있는 것이 확연히 드러난다. '노벨'에 대한 인식적 지향이 문학적 근대 기획의 한 축을 이루면서 전개되었고 그 최종적 완성자의 위치를 '이광수'의 「무정(無情)」이 차지한 것이다. 그러나 이광수의 「무정」은 그의 1910년대 단편소설들이 그렇듯이 로망스나 고백의 요소를 완전히 탈각하고 있지는 않다. 이 점은 불완전한 '노벨적 특징'이 이후 식민지성의 핵심으로 떠오르는 계기가 된다.

이 시기의 문학적 근대기획이 불완전한 모습을 보여주게 된 원인은, 비노벨적인 것에서 '노벨'적인 것으로 전이(轉移)되는 과정에 타율적인 힘에 의한 정치적 좌절이 존재하기 때문이다. 그 정치적 좌절의 근원은 일본의

---

7) 개화기 문학적 근대기획은 소박한 문학론의 개진을 통해서 피력될 뿐이지만 신소설이나 역사전기류 소설, 정치소설의 작가들에게서 구소설과는 뚜렷하게 구분되는 나름의 장르관이 있었다는 사실은 이들이 당시의 개화사상, 신문명의 주장과 일정하게 관련된 새로운 장르론을 지니고 있었음을 알게 한다. 물론 이런 장르의식은 근대적인 개념의 '소설'과는 일정한 거리를 지닌 것이었지만 그 의식적 지향점만은 서구적인 근대소설을 목표로 하고 있었다고 할 수 있다. 신채호와 이해조의 소설론은 그 대표적인 예라고 할 수 있다. 이 점은 이후 본고에서 좀더 자세하게 논의될 것이다.

제국주의적인 근대논리와 타율적인 개화에 의해서 파생된 것이다.

일본 명치 10년의 자유민권운동의 좌절이 명치 20년의 문학을 내면, 주체, 풍경의 발견으로 이끌었고 이것이 일본 근대문학의 기원이 되었다고 주장하는 가라타니의 견해를 참조해 볼 때, 1900년대의 개화 자강사상과 애국계몽운동의 좌절은 신소설과 1910년대 초기 단편소설들에게 중요한 영향을 미쳤으리라고 추측된다.

실제로 이광수의 초기 단편은 현저하게 내면 지향적이며 고백의 양식을 보여준다. 이 시기 신소설의 사실적 묘사와 이광수의 언문일치적 문장, 사실주의적인 묘사 등은 일본문학에서 보이는 사생문과 고백의 양식의 출현에 버금가는 문학사적 변화라고 할 수 있다. 이 점에서 1900~1919년 사이의 문학적 근대화는 정치소설, 역사소설, 사회개혁을 주장하는 이야기체 문학 등의 정론성이 탈각되고 사실과 풍경 묘사, 이광수류의 세태와 풍습 개량의 주제 등을 강조하는 변화를 보인다. 이런 변화는 한국의 근대소설사에서 객관적 현실에 대한 총체성을 염두에 둔 풍자와 비판이라는 지적인 요소가 결핍되는 원인으로 작용한다.[8]

개화기 문학적 근대체험의 특수성은 이 점에서 서구적 근대소설에 대한 간접적인 인식과 1900년대 이후의 식민지화 과정에서 발견된다. 특히, 장르인식의 경우에 서구적 규범이 새로운 정전(正典)의 위치를 차지해 가는 진행과정은 주체적인 선택조건의 결여, 개화사상의 변질과 직접적인 연관을 지닌다. 서구적인 근대소설이 시민 중심의 대중적 민주주의, 민족주의의 성장과 일정한 관련을 지니고 있다면 한·중·일의 경우에는 편차는 있지만 미성숙한 시민계급과 서구화와 근대주의의 혼류에 의해서 자아의식

---

8) 한기형, 「신소설과 풍자의 문제」의 다음과 같은 구절은 한국 근대소설의 주관화 경향에 대한 의미있는 지적이다. "우리 근대 소설의 특질 가운데 하나가 인식과 행위의 '주체'에 대한 성찰에는 일정한 성과를 보이나 주인공을 둘러싸고 있는 '세계'와 같은 '대상'의 분석에는 대체로 무력하다는 점이다. 근대소설의 본질이 '세계'와 '대상'에 대한 심원한 분석과 묘사에 있다고 할진대, 이는 우리 근대문학의 심각한 약점이 아닐 수 없다."(민족문학사연구소 편, 『민족문학과 근대성』, 문학과지성사, 1995, pp.179~181)

과 주체성이 현저하게 약화된 '형식적 근대주의'의 면모를 보인다.

3. 이야기책과 근대소설

1946년 6월 임화가 <조선문학가동맹>에서 행한 다음과 같은 연설은 한국의 근대소설의 형성과 특성 그리고 근대적인 소설장르의 인식과정에 대한 의미 있는 발언이다.

① 조선의 현대소설이 전(前)시대의 이야기책으로부터 출발하였다는 것은 주지의 사실이다. 이조 봉건사회 붕괴기에 있어 평민문학을 대표하고 있던 이야기책이 새로 발흥하는 시민적 문학의 건설자들에 의하여 맨 먼저 주목되었다는 것은 당연한 사실이다. 그러나 우리가 말하는 현대소설, 즉 서구적 조건을 구비한 소설양식에 비하여 소박하고 유치할 뿐만 아니라 어느 의미에서는 이질적인 요소를 다분히 포함한 이야기책이 새로운 문학적 표현의 토대가 된 데는 다른 이유가 있다.

여러 가지 경우에 말하는 것이지만 ② 조선 시민계급의 유약성(幼弱性), 다시 말하면 새로운 시대의 사회적 문화적 지향을 가졌으면서도 실제에 있어 그것을 건설할 역량이 결여되었기 때문에 그들은 낡은 문학에다 약간의 개량을 가함으로서 새로운 창조에 대신한 것이다. 이것이 이른바 신소설이다.

일언(一言)으로 말하여 신소설은 낡은 형식, 즉 그전 이야기책의 형식을 그대로 보유하면서 약간의 새로운 정신을 담은 데 불과한 것이다. 이러한 ③ 신소설이 나온 뒤에 종래의 이야기책은 일괄하여 구소설이란 명칭으로 불려지게 되었다.

그러면 신소설과 구소설은 어디에 차이가 있느냐 하면 형식에도 물론 약간의 개량이 가해졌다고는 하지만 기본적인 것은 먼저도 말한 바와 같이 새로운 내용을 담은 데 있다. 새로운 내용이란 그 대 말로 하면 개화사상 즉 시민정신이다. 신소설이란 결국 새로운 내용과 낡은 형식의 절충물, 조화되지 아니한 집합체에 불과한 것이다. 그러면 어째

서 새로운. 내용은 새로운 형식을 창조하지 아니하고 낡은 형식을 이용
하느냐 하면 그 원인은 먼저도 말한 바와 같이 일반적으로 시민정신의
정도가 극히 유치했다는 데 귀착하는데, 특히 ④ 이야기책의 형식과
새 정신이 큰 파탄없이 결합하였는가 하면 그때의 시민정신이란 것이
문명개화라는 데 대한 막연한 요구와 새로운 논리라는 데 국한되어 있
었기 때문이다. 이야기책이야말로 봉건사회 내에 있어 저도(低度)한 발
전단계였던 평민의 윤리적 교훈을 낭독체 설화로 표현한 것이기 때문
이다.
　　이야기책이란 먼저도 이야기했지만 현대소설에 비하면 실로 원시적
인 형태에 가까운 설화문학이요, 그것도 서구의 설화나 민간의 전승과
도 달라 형식과 내용 공히 중국의 영향을 받은 것이어서 생경하기 짝
이 없는 것이었다.
　　이러한 낭독체, 설화형, 교훈담과 현대소설과의 차이는 본질적이어
서 그것의 연장이나 발전 위에서 현대소설의 건설은 기대하기 어려운
것이었다. 결국 신구를 막론하고 이야기책은 일체로 양기되고 현대소
설로 비약하지 아니하면 안 되는 것이다.

　임화는 한국의 근대소설을 이야기책의 전통으로부터 파생되었다고 주장
한다. 그는 근대적 개념의 소설을 서구의 노벨(novel)로 인식하고 있으면서
도 그러한 소설적 규범을 역사적 발전의 필연성, 즉 ‘문학적 근대성’이라
는 보편성에 의거해서 추론한다. 임화의 현대소설은 역사발전의 필연성을
따르는 것이라는 점에서 역사적 체험의 특수성보다는 보편성을 지향한다.
　위의 인용문에서 ‘현대소설, 즉 서구적 조건을 구비한 소설양식’이라는
표현이 단적으로 보여주듯이, 임화는 소설발전의 정점을 처음부터 노벨
(novel)로 상정하고 있다. 따라서 이야기책의 전통으로부터 현대소설의 발
생과 기원을 찾는 임화의 생각은, 조선문학의 특수성을 ‘역사발전의 필연
성’이라는 보편성과 관련시켜 평가하기 위한 방법이다.
　그는 봉건해체기 평민문학의 전통인 ‘이야기책’이 ‘시민문학의 건설자들’
에게 주목되었고 거기서부터 현대소설을 향한 발전의 도정이 시작되었다
고 본다. 따라서 이야기책은 한국의 현대소설의 기원 혹은 맹아가 될만한

필연성을 지니고 있는 것이다. 하지만 이러한 맹아성은 서구적 개념의 소설에 비하면 현저하게 근대성의 수준에 미달하는 것으로서 시민계급에 의해 새롭게 계승되었음에도 본격적인 근대소설로 발전하지는 못하고 신소설이라는 과도기적인 형태로 나타난다.

밑줄 ②에서 보듯이 '조선시민계급의 유약성' 때문에 이야기책의 전통은 근대소설과 직접적인 관련성을 맺지 못한 채 '신소설'이라는 과도기적인 양식으로 전개된다. 이 점은 임화가 이야기책이라는 낡은 양식이 새정신과 결합한 '기형적인 상태'를 신소설로 바라보는 원인이다. 결국, 구소설과 신소설의 구분은 새 정신, 시민정신의 유무로 판가름이 난다. 그러나, 이런 구분은 상당히 도식적이다. 밑줄 ③처럼, 과연 신소설이 나온 뒤에 종래의 이야기책이 일괄하여 '구소설'이라고 불릴 만큼, 구소설과의 신소설 사이의 명징한 구분이 가능한 '장르개념'이 존재할 수 있었는가 하는 점도 의문이다.

실제로 1910년대 이후 신소설이 구소설화하면서 새로운 사상 혹은 시민정신이 형식적인 구호에 불과한 것으로 나타나는 시점에 이르면 신소설은 기존의 이야기책과 좀처럼 구분되지 않게 된다. 결국 신소설의 새로움은 내용성에만 있는 것이라기보다는 전통적인 이야기책과는 다른 형식, 문체에 있었다고 할 수 있다.

임화도 낭독체, 설화형, 교훈담을 이야기책의 특징으로 꼽았듯이, 신소설은 낭독체, 설화형, 교훈담으로부터 사실묘사와 현실성, 개연성, 그리고 동시대성이라는 항목으로 이동해 가는 중간 단계적인 면모를 지닌다. 신소설이 근대소설에 미달인 부분은 이 점에서 현실에 대한 총체적 인식과 묘사의 사실성 등에 있다.

신소설이 근대소설로 보기에 부족한 점은 리얼리즘적인 미학원칙에 현저하게 미달되는 '트리비얼한 리얼리즘' 때문이다. 그리고 "그 때(개화기)의 시민정신이 문명개화에 대한 막연한 요구 같은 것으로 표현"되는 데 그쳤다는 점이 그 가장 중요한 원인이다. 이러한 시민정신의 열악성은

1900년대 정치소설, 애국계몽운동 등의 좌절 이후에 나타나는 대표적인 현상이라는 점에서 한국의 근대소설은 역설적이게도 이야기책의 특징을 완전히 버리지 못한 채 근대소설의 단계로 접어들었다고 볼 수 있다. 이 점은 앞에서 거론한 한국소설의 '주관화 경향'과 일정한 관련을 지닌다.

1900년대의 역사·전기류나 이야기체 기사류 등이 전통적인 이야기책과는 일정한 거리를 지니고 있던 양식이라는 점에서 전통적 이야기책의 낭독체, 설화형, 교훈담 등은 이야기책과 개화기 여타의 서사 장르를 구별시켜주는 변별조건이라고 보기는 어렵다. 즉, 전통적 이야기책은 개화기 서사장르와 문체면에서 보다는 사상, 정신면에서 명확히 구별되고 있고 1910년대 이후의 신소설과는 사상, 정신면보다는 문체면에서 현저하게 나뉘어진다. 이런 점은 1900년대 개화기 서사 장르의 진보성이 탈각되면서 오히려 신소설형의 문학적 근대기획이 주류를 차지하게 되었음을 반증한다.

신소설이 중심이 된 이 시기 문학적 근대기획의 핵심은 '문체의 변화'이다. 아래에 인용한 임화의 글은 이 시기 신소설의 근대성이 무엇을 '중심'으로 추동되고 있는지를 명확하게 밝히고 있다.

> 대부분의 신소설은 그 구조와 생기(生起)하고 발전하고 전개하고 단원(團圓)되는 사건에 있어 구가정소설의 역(域)을 얼마 넘지 못하고 있다.
> 이 점은 인물의 선인악인식 유형화와 권선징악과 아울러 신소설 가운데 남은 가장 큰 구소설의 유제다.
> ① 신소설 작자들은 그들의 이른바 '재미'와 아울러 독자에게 전해주고 싶은 '영향'을 이렇게 밖에 전하지 못하였다.
> 그러므로 우리가 모처럼 신소설 가운데서 발견하고 그것으로써 구소설의 허구성과 비현실성에 대립시키며 새로운 가치로서 평가한 사실성은 극히 중도반단적인 것으로 떨어져 머무르고 마는 것이다.
> ② 신소설 가운데 있는 리얼리즘은 결국 부분적 국부적인 리얼리즘, '트리비얼'한 리얼리티임을 면치 못한다.[9]

---

9) 임화, 「개설신문학사」, 임규찬·한진일 편, 『임화의 신문학사』, 한길사, 1993, p.165. (≪조선일보≫, 1940. 2. 8)

인용한 내용을 참조하면 신소설은 구가정소설의 범주를 넘지 못하며 '재미'라는 통속성과 '권선징악형'의 '구습타파, 문명개화' 등 관념적 교훈을 독자에 대한 '영향력'으로 지닌 장르였다.(밑줄 ①) 이 점은 근대소설의 리얼리즘 원칙에 비추어 보면 통속적 대중취향과 구소설적 형식에 근대적 구호나 시대적 유행조류를 가미한 '대중소설'의 전형적인 면모를 보여준다. 결국 신소설의 근대성은 오직 트리비얼한 리얼리즘, 즉 사실적 묘사의 문체와 풍속묘사 정도에서만 찾을 수 있을 뿐이다.(밑줄 ②) 이 점은 임화의 표현처럼 당시 독자층의 유약한 시민정신이 그대로 반영된 결과이다.

신소설의 대중적 인기는 달리 말하면 '재미'와 관념적 '교훈'의 어설픈 만남 속에서 '소설'을 받아들이고 있는 독자들의 장르인식을 대변한다. 교훈의 관념성은, '문명개화, 신교육' 등의 구호가 독자의 재미에 대한 기대지평을 만족시켜 주기 위한 장치에 불과한 것이었다는 점에서 이미 필연적인 결과였다. 신소설의 묘사적 문체와 국부적 리얼리즘은 1900년대의 개화자강사상과 애국계몽운동 등 정치적인 진보노선이 좌절된 후에 나타난 변질된 개화사상의 결과이다. 이처럼 한국소설의 기원에는 신소설의 국부적 리얼리즘이나 문체주의 같은 현실의 총체성을 압도하는 전도된 리얼리즘이 존재한다.

이런 특징은 정치적 좌절, 억압의 직접적 영향이 소설의 정론성(政論性)을 탈각시키면서 문학적 근대성의 노선이 시민적 정신의 표현이 아니라 대중추수적인 재미와 문체주의로 수정되었음을 나타낸다. 이광수의 「무정(無情)」이 보여준 근대성이 흔히 계몽주의와 언문일치의 문장, 자유연애로 표상된다는 사실을 굳이 거론하지 않더라도 이 점은 이제 누구에게나 쉽게 인식될 수 있는 사실이다.

4. '소설'이라는 관념

1900~1919년 사이의 기간에 소설이라는 장르에 대한 인식은 역사·전기소설이나 정치소설, 신소설을 창작한 작가의 '토로' 속에서 주로 나타난다. 초기에는 신소설 작가의 서문이나 광고문구에서 소설에 대한 당시의 단편적인 생각을 엿볼 수 있고, 1910년대 중반 이후에는 이광수의 「문학의 價値」[10], 「문학이란 何오」[11], 「懸賞小說考選餘言」[12], 양건식의 「支那의 小說及戲曲에 就ᄒ야」[13], 「春圓의 小說을 歡迎하노라」[14], 김동인의 「小說에 대한 朝鮮사람의 思想을……」[15] 등 일본유학생과 중국을 통해 개화사상을 접한 신지식층들을 중심으로 논의가 전개된다. 초기의 소설이 정론성과 계몽성에 대한 의식적인 주장을 담고 있었다면 1910년대 중반 이후에는 정적인 요소와 미적 자율성, 미학적 원리 등에 대한 자각이 소설에 대한 인식의 주류를 형성한다.

'소설'이라는 관념을 둘러싼 논의들은 한국의 근대문학이 정론성과 계몽성의 문학으로부터 점차 미적 자율성과 미학적·형식적 원리에 대한 자각 쪽으로 진전되어 왔다. 마찬가지로 근대적인 장르인식은 앞서 논의한 대중독자들의 기대지평과는 점차 다른 방향으로 전개된다.

신소설 작가나 독자에게 재미와 문체주의, 도덕적 교훈주의라는 통념이 완강하게 자리잡고 있던 시기가 1910년대 중반까지라고 한다면, 이광수의 「무정」은 이런 통념들과 타협하면서 대중적인 미학을 개척해 나간 첫 결과물이다. 그의 미학적인 전략은 계몽주의와 문화적 민족주의로 표방되는 주제의식, 그리고 자유연애와 언문일치로 대표되는 근대적 교양과 문화의 사실적 표현이다. 이런 방식은 식민지 백성과의 통교의 수단으로 '소설'을

---

10) 《대한흥학보》, 1910. 3.

11) 《매일신보》, 1916. 11. 10~11. 23.

12) 《춘추》, 1918. 3.

13) 《매일신보》, 1917. 11. 9

14) 《매일신보》, 1916. 12. 29.

15) 《학지광》, 1919. 8.

생각했던 이광수의 '문학관'이 어떻게 근대적인 '정(情)으로서의 문학'과 관계를 맺을 수 있는지를 추론하는 단서가 된다.

이광수의 문체나 자유연애, 사회계몽적 지식인 인물의 출현 등은 신소설의 관념적 개화사상을 구체적 현실과 매개시키는 정(情)적인 기능을 그의 소설에 부여한다. 이광수의 대중적 성공은 이처럼 리얼리즘과 근대적 시민정신의 미완성을 문체와 묘사적 문장, 관념적 이상주의, 세태와 풍속묘사 등을 통해서 보완하는 방법론의 특성에서 비롯된다.

1900~1919년 사이 동안의 초창기 소설론은 양계초의 '정치소설'의 영향을 받은 역사·전기소설류 계통의 번역·번안소설 작가들에게서 먼저 발견된다. 예를 들면 아래에 인용한 박은식의 「서사건국지」 서문에는 당시의 소설을 그 기능을 중심으로 생각해서 풍속개량과 정치사상의 혁신에 필수적인 것으로 규정한다. 이런 생각은 실제로 이후 신소설 작가들에게서도 지속적으로 발견되는 생각이다. 정치소설의 풍속개화와 사상혁신 등 급진적 정치주의가 탈각하여 신소설의 문명개화와 세태묘사로 이동하고, 다시 이광수의 언문일치 문장, 문화계몽적 현실추수주의로 변질된다.

결국, 한국의 근대소설은 형식과 문체면에서 어느 정도의 근대성을 달성하는 대신 근대적 산문정신에 토대를 둔 현실비판적 소설미학은 상대적으로 결핍된 채로 남겨지게 된다. 이 점은 한국 소설의 주관화 경향과 현실에 대한 총체적 인식을 통한 격렬한 풍자, 비판의식 등 시민적 정신의 정수가 좀처럼 발견되지 않는다는 문제의식을 파생한다.

'소설'이라는 용어의 개념이 근대적인 개념으로 한국문학사에서 사용되기까지의 과정에는 한국문학사에서 나타나는 장르인식의 변천과정이 고스란히 노출된다. 여기에서는 1910년대의 애국자강운동이라는 '정치주의'의 영향권으로부터 한국의 근대문학이 벗어남과 동시에 효용론적인 장르개념은 현저히 약화되고 존재론적인 장르개념이 강세를 보인다는 사실이 쉽게 확인된다.

근대적 장르개념은 1910년대의 시기적 요청에 의해서 민족주의적 열망을 자극하는 '효용론'이 강세를 보이다가 국권의 상실과 더불어 취약한 구한말 부르주아의 세태추수주의와 대세주의를 따르는 대중적 미학주의로 이동해 간다.

> 대저 소설이라는 것은 사람을 감동시키기 가장 쉽고 사람에게 파고듬이 깊어서 풍속 계급과 교화 정도에 관계가 매우 큰지라, 그런 까닭에 서양철학자가 말하였으되 "그 나라에 들어가 어떤 종류의 소설이 성행하는가를 물으면 가히 그 나라의 인심 풍속과 정치사상이 어떠한 것인가를 볼 수 있다"고 하였으니 좋은 말이로다. 이런 까닭에 영국, 프랑스, 독일, 미국 등 각국에 학교가 늘어서고 서재(도서관)가 많고 일체가 백성들이 진보와 교화의 방법이 지극하고 다하였으되 더욱이 그 소설의 좋은 표본으로써 필부필부(匹夫匹婦)에게 경종을 울리고 독립 자유의 대표를 짓고 동양의 일본도 유신의 시절에 일반학사가 다 소설에 온힘을 쏟아 국민성을 배양하고 민지(民智)를 열고 이끌었으니 그 공로를 세움이 어찌 크지 아니한가?
> 우리 대한제국은 전해오는 소설의 좋은 표본이 없고 우리나라 사람이 지은 것은 『구운몽』과 『사씨남정기』 등 수종에 불과하고 중국으로부터 전해진 『서상기』와 『옥린몽』과 『전등신화』와 『수호전』 등이요 국문소설은 이른바 『소대성전』『소학사전』『장풍운전』『숙영낭자전』 등의 종류가 여항지간에 성행하여 필부필부가 일상적으로 섭취하는 음식처럼 제공되는 때는 모두 황당무계하고 음탕하여 본받을 바가 없고 다만 충분히 인심을 흐뜨리고 풍속을 무너뜨려 바른 가르침과 세상을 교육함에 해로움이 얕지 않은지라. 만약 세상의 나라를 예측하는 자로 하여금 우리나라의 현재 홍행하는 소설종류를 가져다 물으면 그 풍속과 정교가 어떠하다고 말하겠는가?[16]

인용한 박은식의 「서사건국지」 서문은, 소설을 풍속 계급과 교화정도에 관계가 큰 것으로 파악한다. 결국, 소설은 정치사상과 밀접한 관련이 있는 것으로서 "세상의 나라를 예측하는 자로서 우리나라의 현재 홍행하는 소설종류를 가져다가", "풍속과 정교"가 어떤지를 물을 수 있을 정도로 중요한 것이다.

---

16) 박은식, 『서사건국지』 서문, 대한매일신보, 1907.(임규찬, 한진일 편, 『임화의 신문학사』, 한길사, 1993, pp.137~138. 재인용)

이런 생각은 실제로 근대민족국가의 형성과정에서 민족의식과 민족적 공동체 의식을 형성하는 데 '소설'이 중요한 기능을 했다는 사실을 기억한다면, 상당한 부분이 수긍될 수 있는 견해이다. 즉, 1900년대 애국계몽기에는 민족적 동질성을 '상상'하게끔 만들어 주는 소설의 출현은 상당히 중요한 문제일 수 있는 것이다. 따라서 박은식의 풍속교화론은 세태묘사론 및 사실적 문체론으로 쉽게 발전한다. 소설적 문장과 묘사에서 민족적 동질성을 자극하는 객관적 상관물의 창안 및 발견은 근대적 '소설' 관념의 형성에 결정적인 역할을 한다. 이 점은 신채호의 다음과 같은 주장에서 좀더 명확하게 확인이 된다.

> 嗚呼라 ① 英雄豪傑의 驅體를 助하여 天下事業을 做하는 자는 婦孺走卒이 是요, 婦孺走卒等 下等社會로 始하여 人心轉移하는 能力을 具한 者는 小說이 是니, 然則 小說을 是豈易觀할 배인가. 委靡淫蕩적 小說이 多하면 其 國民도 此의 感化를 受할지며, 俠慷慨的 小說이 多하면 其 國民이 此의 感化를 受할지니 四儒의 云한바 「小說은 國民의 魂」이라함이 盛然하도다. 韓國에 傳來하는 小說이 太半 桑園溥上의 淫談과 崇佛乞福의 怪話라. 此亦 人心風俗을 敗壞케 하는 一端이니 各種 新小說을 著出하여 此를 一掃함이 亦汲汲하다 云할지로다. ……(중략)…… 然而 ② 近今 新小說이라 云하는 者 刊出이 稀罕할 뿐더러 又 其 刊出者를 觀한 즉 只是 一時牟利的으로 草草撰出하여 舊小說에 比함에 편시百步五十步의 間이라 是히 新思想을 輸入할 者이 無하니 餘가 此를 慨하여 管見을 陳하여 小說讀者에게 警告하노라.[17]

밑줄 친 ①은 신채호의 초기 영웅중심주의적인 사관이 일부 엿보이지만 결과적으로는 천하사업의 주체가 '부유주졸(婦孺走卒)'로 불리는 민중 혹은 대중임을 강조한다. 소설이 '국민의 혼'으로 까지 불릴 수 있는 까닭은 '소설적 감화력'이 '민족적 공동체의식'을 형성하는 데 결정적인 역할을 한다는 자각 때문이다. 이 점은 발터 벤야민이 말한 것처럼 대중이 공허한

---

17) 신채호, 「近今 國文小說 著者의 注意」, 단재신채호선생 기념사업회 편, 『단재신채호전집』 하, 1975, pp.17~18.(≪대한매일신보≫, 1908. 7. 8.)

동질성에 대한 자각을 통해서 근대적 시간을 인식하게 된다는 주장이나 베네딕트 앤더슨의 소설적 시간의식이 민족공동체를 상상하는 중요한 매개가 된다는 지적을 떠올리면 쉽게 이해가 되는 부분이다.[18]

신채호의 소설관은 이 점에서 '민족문학론'의 초기적인 모습을 보여준다. 밑줄 ②에서 신소설과 구소설이 '백보오십보(百步五十步)' 정도의 차이라고 말하는 신채호의 주장은 '소설'이 지닌 감화력과 정치적 의미를 자각한 상태에서 그 내용의 질적, 정신적, 이데올로기적 수준의 저열성을 비판하는 것이다. 이런 그의 비판은 이 시기 신소설의 특질을 예리하게 통찰하고 있다는 점에서 이후 이광수나 김동인 등의 일본 유학생 소설의 통속성, 대중추수주의, 자연주의적 경향을 비판한 「낭객(浪客)의 신년만필(新年漫筆)」[19]과 연속선상에 위치한다.

신채호의 당시 신소설에 대한 우려와 지적은 1910년대 이후 한국근대소설의 정론성 탈각이 '민족문학' 혹은 '민족적 공동체의식'의 창출이라는 대의를 상실해 가는 현상에 대한 비판이다. 이 점은 「소설가의 추세」라는 글에서도 역시 일관성 있게 거론된다. 시민정신과 주체적인 국민의식의 성장에 중요한 역할을 할 수 있다는 소설에 대한 그의 기대는 1900년대 소설의 정론성 탈각과 함께 소설이 '국부적 리얼리즘'으로 변질되는 상황에 직면하게 된다.

---

18) Anderson, Benedict, 『민족주의의 기원과 전파』, 윤형숙 역, 사회비평사, 1991. 참조. "동시성은 근본적으로 중요한 개념이기 때문에 그것을 충분히 고려하지 않고 민족주의의 모호한 기원을 조사하기는 어렵다는 것을 알 수 있다. 중세의 순간적인 현재에 과거와 미래가 동시에 나타나는 시간상의 동시성이라는 개념을 대체하게 된 것은 벤야민의 말을 빌리자면 <동질적이고 공허한 시간>(homogeneous empty time)이다. …(중략)…왜 이러한 변형이 상상의 공동체로서의 민족의 탄생에 그렇게 중요한가는 우리가 18세기 유럽에서 처음 꽃핀 상상의 두 가지 형태, 즉 소설과 신문의 기본 구조를 고려하면 잘 알 수 있다. 왜냐하면 소설과 신문은 민족이라는 상상의 공동체 같은 것을 <재현>하는 기술적 수단을 제공했기 때문이다."
19) 《동아일보》, 1925. 1. 2.

嗚呼라 小說은 國民의 羅針盤이라. 其說이 俚하고 其筆이 巧하여 目
不識丁의 勞動者라도 小說을 能讀치 못할 者이 無하며, 又 耆讀치 아니
할 者이 無하므로, 小說이 國民을 强한 데로 導하면 國民이 强하며, 小說
이 國民을 弱한 데로 導하면 國民이 弱하며, 正한 데로 導하면 正하며,
邪한 데로 導하면 邪하나니, 小說家된 者이 自愼할 바어늘 近日 小說家
들은 誨淫을 主旨로 삼으니 이 社會가 장차 어찌 하리오.[20]

신채호의 소설관은 본질적으로 효용론의 입장에 서 있지만 소설의 효용
에 대한 그의 인식은 그것의 '정적인 측면'과 감화력에 대한 인식 때문이
다. 이런 점은 그의 효용론이 근대 초기 칸트나 쉴러의 미학적 근대기획이
'심적 제도'의 창출을 가장 먼저 염두에 두었다는 점을 감안한다면, 신채
호의 '국민의 혼', '국민의 나침반'이라는 표현은, 그가 국민정신의 창안을
소설이나 예술이 파생시키는 '심적 제도'의 측면에서 사용하고 있다는 사
실을 알게 한다.

'심적 제도'란 미적 자율성이나 근대성의 출발점이라는 점에서 효용론
적인 그의 소설관은 '시민적 교양과 민족 공동체의식'의 정립을 목표로
하는 '심적 제도'의 창출을 지향하는 '계몽적 이성의 미적 기획'을 포함한
다.[21] 「덕·지·체 삼육(三育)에 체육이 최급(最急)」[22]이라는 그의 다른 글
에서 확인되듯이 '근대적 인간'에 대한 그의 이해는 '계몽적 이성기획'의

---

20) 신채호, 「小說家의 趨勢」, 《대한매일신보》, 1909. 12. 2.

21) Eagleton, Terry, 「마음 속의 법: 샤프츠베리, 흄, 버크」, 『미학사상』, 방대원 역, 한신문화
   사, 1995, pp.22~66. "사회적 행위와 미학 또는 후에 '문화'라고 불리워지는 것에 의해
   법은 우리 생의 바로 그 무의식적 구조로서 항상 우리와 함께 있게 된다. 정치학과 미학,
   미덕과 미가 완전히 일치된다면, 그것은 쾌적한 행위가 성공적 헤게모니의 진정한 내역이
   기 때문이다. 그러므로 품위없는 미덕이란 모순된 말이다. 미덕이란 선의 본능적 습관의
   교양이고, 선의 외적 표현은 사회적 품위이기 때문이다."(p.37) 부르주아적인 교양과 취미
   는 서구 근대의 가장 대표적인 심적 제도이다. 결국 정치적, 제도적인 의미에서 심미화된
   도덕률로서 국민적 동질감과 이데올로기적인 동질성을 부여하는 기능을 하는 것이 심적
   제도 혹은 미적 제도이다.

22) 《대한매일신보》, 1908. 2. 9. 덕·지·체 삼육의 완성체로 인간을 사고하는 방식은
   지·정·의의 근대적 분화와 함께 계몽적 이성기획의 중요한 특성이다.

방법을 따르고 있다. '소설'이라는 정서적 영역에 대한 그의 입장은, '계몽적 이성중심주의자'로서 '시민적 교양과 민족적 공동체의식'의 형성을 돕는 '심적 제도'의 일부로 그것을 받아들이는 데 있다고 하겠다.

아래에 인용한 내용은 신소설 작가 이해조의 소설에 대한 자의식을 알 수 있는 부분이다. 신소설 작가로서 자신의 소설에 대한 글쓰기적인 자의식을 보여준다는 점에서 이 시기 소설론의 중요한 자료이다. 이 글은 앞에서 말한 바처럼 신채호, 박은식과는 달리 소설의 개념을 사실적 묘사와 현실성 혹은 실제성이라는 것으로부터 찾고 있다. 허구와 실제의 차이에 대한 명확한 구분이 보이지는 않지만 '소설'에서 단순한 이야기가 아닌 동시대성과 동질성을 발견하고자 하는 것이 중요한 특징이다.

> 무릇 쇼설은 톄지가 여러 가지라 한가지 전례룰 들어 말홀슈 업스니 혹 정치룰 언론혼자도잇고 혹 정탐을긔록한자도잇고 혹 샤회룰비평혼자도잇고 혹 가정을경계혼자도잇스며 기타 륜리 과학교계 등 <u>인셩의 천스만스중 관계 안이되는 자이업느니 샹쾌하고 악착ᄒ고 슯ᄒ고 즐겁고 위퇴ᄒ고 우슌것이모도다 됴혼 지료가되야 긔자의 붓긋을짜라 ᄌ미가진진한쇼설이되나 그러나 그 지료가 미양 옛사룸의 지나간자최어나 가탁의 형질업는것이 열이면 팔구는되되 근일에 져슐한박정화 화세계월하가인등 슈삼종 쇼설은모다 현금의잇난사룸의 실지샤젹이라 독자졔군의 신긔히 넉이는 고평을 임의 만히엇엇거니와 이졔 또 그와ᄀᆺ튼 현금사룸의 실적으로 화의혈(花의血)이라 ᄒ는 쇼설을 시로 져슐할식허언랑설은 한구졀도 긔록지안이ᄒ고 뎡녕히잇는 일동 일졍을 일호차착업시편즙ᄒ노니 긔자의 지됴가 민첩지못홈으로 문쟝의광치는 황홀치못홀지언졍 ᄉ실은 적확ᄒ야눈으로 그사룸을 보고 귀로 그ᄉ정을듣는듯ᄒ야 션악간 족히밝은거울이 될만홀가ᄒ노라.</u>[23]

밑줄 친 부분에서 보듯이, "인셩의 천스만스 관계 안이되는 자이업"고 "샹쾌ᄒ고 슯ᄒ고 즐겁고 위퇴ᄒ고 우슌것이모도다 됴혼 지료가되야 긔자의 붓긋을따라 ᄌ미가진진한쇼설이 되"는 것이 소설이라는 그의 생각은

---

23) 이해조,『화의혈』서문, 五車書廠, 1912, p.1.

신소설 작가로서 '인생만사'라는 소재와 '재미'라는 미덕에 초점을 맞추는 당시의 일반적인 소설관을 반영한 것이다.

이해조는 더 나아가서 자신이 근일에 저술한 자신의 "쇼셜은 모다 현금의잇눈사름의 실적"이라고 하여 "스실은 적확ㅎ야눈으로 그사름을 보고 귀로 그 스정을듣눈듯하야" "밝은거울이 될만하다"고 말한다. 이러한 작가의 발언은 다른 여타의 신소설과 자신의 신소설이 어떻게 다른지를 밝히고 있다는 점에서 '신소설 작가'로서의 작가의 개성적인 자의식을 엿볼 수 있는 대목이다.

이해조는 이제까지의 신소설을 "가탁의 형질업눈 것", "허언낭설"들로 비판하고 자신의 소설은 '현금'이라는 현재성과 사실성을 바탕으로 사실적인 묘사를 통해서 '밝은거울'이 될만하다고 주장한다. 작가의 이러한 말은 이해조에게서 근대적 작가의 한 면모를 엿보게 하는 부분이다. 자신의 글쓰기에 대한 자의식이라든가 작품에 대해서 일정한 '소유권(저작권)'을 주장하고 있는 점 등은 그의 '소설'에 대한 관념이 단순한 '이야기책'의 수준을 넘어서 근대적인 '저작'의 개념을 포함하고 있음을 알게 한다. 또한 리얼리티에 대한 그의 인식은 소박한 수준이기는 하지만 '사실적 묘사', '개연성' 등 국부적 리얼리즘에까지 확산되고 있다.

이 시기 작가 혹은 소설가에 대한 인식은 이미 어느 정도는 근대적인 개념성을 내포하고 있었다고 여겨진다. 1916년 이인직 사망기사의 "이인직 별세/ 조선의 첫 소설가"[24]라는 내용은 이인직이 대중에게 알려진 조선의 베스트셀러 작가였음을 그대로 보여준다. 다른 식으로 말하면 그는 그가 지은 책에 대해서 자신의 이름을 '보증'으로 하여 책을 팔 수 있는 근대적 의미의 저작권을 지닌 작가였던 것이다.[25] 이 점은 이해조의 경우도 역시

---

24) 《매일신보》 제 3358호, 1916. 11. 28.

25) Anderson, Benedict, 『민족주의의 기원과 전파』, p.62. "1522년에서 1546년 사이에 루터의 전체적인 혹은 부분적인 성경 번역판이 총 430판이나 나왔다. 우리는 여기에 최초로 진정한 대중 독자층과 모든 사람이 구해 볼 수 있는 인기있는 대중문학을 본다. 사실 루터는 대중에게 알려진 최초의 베스트셀러 작가가 되었다. 혹은 다른 식으로 말하면 그의 새 책을 그의 이름을 바탕으로 팔 수 있었던 첫 작가였다." 작가의 지위는 독자 대중에

마찬가지이다. 작가의 이름이 상품(책)의 질을 보증하는 권위로 사용되기 시작한 새로운 근대적 출판구조가 형성됨으로써 '소설'의 개념은 전통적인 이야기책과는 완전히 결별하게 된다.

> 그쟈 왈 소설이라 ᄒ는것은 미양 빙공착영(憑空捉影)으로 인정에 맛도록 편즙ᄒ야 풍속을 교정ᄒ고 샤회를경성ᄒ는것이 뎨일 목덕인중 그와 방불ᄒ 사름과 방불ᄒ 사실이 잇고보면 익독ᄒ시난 렬위부인 신ᄉ의 진진ᄒ 즈미가 일층 더 싱길것이오 그사름이 회기ᄒ고 그ᄉ실을경계ᄒ는 됴ᄒ영도 업지안니 홀지라 고로 본긔쟈는 이쇼셜을 긔록흠이 스스로 그즈미와 그 영향이 잇슴을 바르고 ᄯᅩ바르노라[26]

위에서 보듯이 "빙공착영(憑空捉影)으로 인정에 맛도록 편즙ᄒ야 풍속을 교정ᄒ고 샤회를경성"한다는 소설관은 소설적 허구와 진실의 관계에 대한 명확한 인식을 담고 있다. 풍속교정 사회경성이 소설의 효용면이라면 빙공착영은 "진진ᄒ 지미"를 위한 것이다. 그 '재미'란 "방불ᄒ 사름 방불ᄒ 사실"이 있기 때문에 나타나는 것으로 소설이란 독자에게 '현실'에 대한 상호간의 동질성과 공동체성을 발견하게 한다는 점을 지적하고 있다. 현실과 동시대성에 대한 인식은 이해조의 소설관에서 보듯이 점차 근대소설의 핵심적인 덕목이 되고 있는 것이다.

> 한갓 결심하기를 아무쪼록 힘과 정신을 일칭 더하여 악한 자를 징계하고 착한 자를 찬양하며 혹 직설도 하며 혹 풍자도 하여 사람의 칠정에 각축될 만한 공전절후의 신소설을 저술코저하나 매양 붓을 들고 종이에 임하매 생각이 삭막하고 문견이 고루하여 마음과 글이 같지 못하므로 애독 제시의 진진한 취미를 돕지 못하였도다. 혹자의 말을 들은즉 <u>본기자의 저술한 바 소설의 취미는 없지 아니하나 매양 허탄무고하고 후분을 다 말하지 아니하는 두 가지 결점이 있다 하나 이는 결코 생각지 못한 언론이라 하노니 어찌하여 그러냐하면 소설에 성질이 눈에 뵈이고 귀에 들리는 실적만 더러 기록하면</u>

대한 그의 영향력과 밀접한 관련이 있음을 시사하는 구절이다.

26) 이해조, 『화의 혈』, 五車書廠, 1912, p.100.

> 취미도 없을 뿐 아니라 한 기사에 지나지 못할 터인즉 소설이라 명칭할 것
> 이 없고 또는 기자의 말 저술한 소설 삼십여 종이 확실한 소역사가 없는 자
> 는 별로 없으니 볼지어다.[27]

이해조의 다른 소설 「탄금대」 후기에서 사용된 "긔자"는 이해조가 스스
로를 지칭하는 명칭이라는 점에서 '작가'에 버금가는 개념으로 쓰이고 있
다. "본 기자의 저술한 바 소설"이라는 구절은 이해조가 자신의 작품에 대
한 '작가의식'을 드러내는 부분이다. 이런 식으로 그는 자신을 전문적인
글쓰기 장인의식을 가진 '작가'로서 대중 앞에 내세운다. 따라서, 그는 자
신의 소설에 대한 독자들의 평에 대해서 자신의 소설관을 피력하는 데 주
저하지 않는다.

"소설에 성질이 눈에 뵈이고 귀에 들리는 실적만 더러 기록하면 취미도
없을 뿐 아니라 한 기사에 지나지 못할 터인즉 소설이라 명칭할 것 없고"
라는 구절은 이해조가 기사와 소설을 엄격하게 구분하고 있음을 알게 한
다. 이 점은 달리 말하면 동시대성에 대한 인식과 공동체 의식이 형성되는
공공영역에 속하는 '신문과 소설' 양자의 차이를 의미한다. 풍속과 인정을
기록한다는 점에서 기사와 소설이 동일한 유형이지만 그 양자 사이에 사
실(논픽션)과 허구(픽션)의 경계가 있음을 의식하고 있는 것이다.

신소설 작가인 이해조의 이러한 '소설' 인식은 '신소설' 작가에게 근대
적인 의미의 작가의식이나 장르인식이 어느 정도 정착되었음을 알게 하는
부분이다. 또한 이해조의 독자에 대한 발언은 독자들 또한 '소설'을 신문
기사나 설화, 혹은 항간의 이야기와는 구별해서 읽기를 요구한다. 이러한
작가의 요구는 독자 일반에게도 소설의 개념을 재미와 교훈을 매개로 하
는 '허구적 진실'의 장르로 인지시키려는 욕망의 반영이다. 결국, 전문가로
서의 작가의 등장은 '소설'의 개념을 장인적 기예(技藝)의 산물로 고정시
키는 근대적 장르개념을 확산시키는 결과를 낳는다.

이런 신소설 작가의 '장르인식'은 이광수에 이르면 소설적 글쓰기에서

---

27) 「탄금대」 후기, 《매일신보》, 1912. 5. 1.

‘교훈’과 ‘도덕’의 관념성을 비판하고 인정의 묘사가 바로 소설의 본령임을
말하는 주장으로 나타난다.

> 敎訓은 時代에 싸라 變하지마는 人情의 本流는 亘萬世히 一樣이외다.
> 그럼으로 支那의 詩經이라든지, 唐詩人의 아름다운 詩라든지, 西洋에도 호
> 메르의 詩갓흔것은 道德과 法律이 멧滄桑을 當한 今日까지도 如前한 生
> 命을 가지는 것이외다.[28]

인용문에서 보듯이, 소설의 영원성은 ‘교훈과 도덕’이라는 시대에 따라
상대적인 요소에 의해 지탱되는 것이 아니라 오직 ‘인정(人情)’이라는 정
적인 요소에 의한 감동으로만 보장된다. 이광수의 이러한 주장은, 그가 효
용론적인 문학관을 표방했음에도 다른 한편으로는 ‘정(情)의 문학’만이 문
학적 자율성을 보장해 준다는 생각을 지녔다는 사실에 대한 증거이다. 그
의 생각은 문학적 리얼리티가 민중과의 정서적 연계에 의해서 획득된다는
주장을 포함한다. 따라서 그가 식민지 백성과의 정서적 소통의 수단으로
문학을 생각했을 뿐 ‘자신을 문사(文士)라고 생각한 적이 없다’고 한 발언
은 문학적 연대감이 민족적 의식을 고취하는 데 필요했다는 주장으로도
들린다.

이런 태도는 ‘심적 제도’의 근간이 되는 ‘인정(人情)’의 문제를 근대적
도덕률과 결합시키고자 한 그의 계몽적 근대 기획의 입장을 드러나게 한
다. 그의 문학에 대한 태도와 근대적 계몽에 대한 태도는 ‘인정’의 문제를
문학의 영원성과 동일시함으로써 ‘인정’의 묘사와 개혁이 곧 ‘문학성의 달
성’이라는 합일점에 도달한다.

그는 문학작품 내의 ‘인정적 요소’와 현실사회의 ‘인정’ 사이에 가로놓
인 차이를 의도적으로 간과하는 이상주의자의 태도를 취한다. 그의 이상주
의적 태도는 ‘정(情)의 문학’의 최종적인 완성을 ‘현실 교화’라는 대중적
영향력으로 생각한 혐의가 짙다. 이광수에게 ‘정(情)의 문학’이란 문학의

---

28) 이광수, 「현상소설고선여언」, 《청춘》 제12호, 1918. 3. p.105.

미적, 형식적 차원의 문제였을 뿐이다. 반대로 문학의 영향력과 효용의 측면에 대해서는 철저하게 '계몽주의적인 입장'을 취한다.

이러한 모순된 태도가 가능한 것은 '정(情)의 문학'에 대한 그의 태도가 '형식'의 문제에 한정된 것으로써, 근대적 교훈과 도덕적 계몽을 담는 그릇 정도로 생각했기 때문이다. 정(情)의 문학이 문학의 영원성을 보장한다는 그의 생각은 내용/형식의 이원론에 따라 문학성을 형식에서 발견하는 형식주의자의 면모를 나타낸다. 위에 인용한 것처럼 문학의 영원성은 교훈과 도덕이 아니라 '인정(人情)' 즉 휴머니즘의 '형식'에 의해서 보존되며 이것은 그에게는 하나의 '이상'이었다.

이상적 형식은 그가 '인정(人情)'을 비역사적인 것으로 신비화시킴으로서 가능해진다. 그의 계몽적 문학관의 논리는 선험적이고 이상적인 불변의 형식(情의 문학)' 안에 시대의식과 도덕률을 담는 것과 같은 것이다. '정의 문학론', '휴머니즘 문학론'과 문학적 효용론이 이광수 자신에게 그다지 모순되지 않은 까닭은 '정(情)의 문학' 혹은 '인정의 문학'이 선험적인 불변성과 가치를 지닌 고정적 형식이자 미학이었기 때문이다.

'문학성'이란, 이광수에게는 불변적인 형식, 미적 완결성 안에 존재한다. 내용과 형식의 유기적 연관성을 배제한 철저한 이원론적인 사고는 그가 생각한 정(情)의 문학을 '도구적 문학관'으로 변질시킨다. 지·정·의 삼분법에 근거한 그의 근대적 문학관은[29] 문학작품의 형식과 주제를 정적인 것과 지적인 것으로 엄격하게 나누고, 형식과 미학면에서는 정의 문학론을, 그 주제와 영향의 측면에서는 계몽과 도덕을 취한다.

이런 분화된 의식은 한국소설의 미학적 특성으로부터 총체성의 측면을 약화시킨 시대적 현실(식민지화)과 밀접한 관련이 있는 것으로, '내용/형식'의 이분법 또는 지·정·의 삼분법은 전도된 형식주의 미학의 출현을 낳게 된다. 한국소설의 주관화 경향과 현실비판의 구체성 결여 같은 특징은, 정론성의 탈각 이후 나타난 국부적 리얼리즘, 형식주의적 미학으로부터 출발

---

29) 이광수, 「문학이란 河오」, 《매일신보》, 1916. 11. 10〜11. 23.

한다. 이광수의 선험적 형식주의에 기반하는 효용론, 신소설의 관념적 개화주의와 묘사적 문체주의, 1920년대 소설의 자연주의적 성향 등도 모두 이러한 특징으로부터 파생된 것이다.

이 시기 한국의 근대적 소설관념은 리얼리즘적인 근대소설에 비추어 보면 칸트적인 형식주의의 변형과 탈정치성을 중요한 특징으로 지닌다. 이 점은 근대적 소설관념과 취약한 시민정신 혹은 시민계급의 비정상적인 성장과의 관계를 반영한다. 노벨적 소설관의 정립을 중심으로 한 근대적 지향이 실제 작품의 장르적 특성과는 일치하지 않는 비정상적인 결과를 낳은 것이다.

5. 장르의 소멸

한국문학사의 근대적 진행 방향은 그 장르인식의 측면에서 볼 때, 1900년대의 정론성이 좌절되면서 파행적인 굴곡의 과정을 겪는다. 이러한 굴곡은 문학작품의 감상과 향유라는 미적 근대기획의 방향이 일정한 수정을 거쳤음을 의미한다. 대한제국 시대에 관주도 민족주의가 민간적 애국계몽운동으로 전환되면서 시민적 교양과 취미의 기획이 '심적 제도' 형성과 근대적 대중민족주의라는 '상상적 공동체'의 기획에 집중되었고 이 시기 신문·잡지와 소설의 기능은 이러한 영역에서 주로 찾아볼 수 있다.

이 시기 소설의 장르개념은 근대적인 노벨의 개념으로 정립되기 이전으로서 '정론성'을 핵심으로 상상되었다. 그러나 1910년대 이후의 소설 개념에는 '신소설'의 국부적 사실주의 경향과 이광수의 초기단편을 비롯한 1910년대 단편소설의 현저한 내면화 경향에서 보듯이 점차 정치성이 탈각된다. 이러한 변화는 1910년대 이후의 문학적 근대기획을 미적 자율성 혹은 근대성의 성취로 생각하는 근거가 되지만 실제로는 이 당시의 미적 자율성은 이광수류의 '정(情)의 문학'의 확장에 불과하다. 미적 제도를 이성적 계몽주의 혹은 문화적 계몽주의의 기획 아래 재편하는 형태의 새로운 문학적 근대성이 이 시기부터 나타나는 것이다.

이런 문학적 근대 기획은 1900년대의 민족주의와 대중적 민주주의를 바탕으로 한 시민정신의 기획 중에서 한 부분을 담당하고 있던 문학적 근대성의 전면적인 수정을 의미한다. 신소설을 중심으로 한 소설개념이 이광수의 '정(情)의 문학'이라는 미적 기획으로 변화해 가는 과정은 한국의 소설개념이 리얼리즘 정신에 토대를 둔 근대적 소설개념과는 일정하게 차이를 지니고 있음을 의미한다. 이런 특징은 한국소설의 형식주의적인 측면과 주관화 경향으로 지적될 수 있는 것으로서 식민지 문학의 관념적 계몽주의, 묘사적 문체주의, 자연주의적 성향의 원인이다.

개화기의 여러 서사장르가 근대적인 소설(novel) 개념으로 통합, 상상되면서 실제하는 장르의 특성과 근대적 장르인식 사이에 일정한 괴리현상이 나타난다. 1900년대 역사·전기류 서사, 신문의 우화적 이야기체 문학 등이 1930년대 역사소설로 발전된 점에 비추어 보면, 식민지화라는 정치적 원인에 의해서 초기 서사 장르의 비정상적인 쇠퇴와 위축이 이루어진 것으로 추측된다. 이런 위축은 대중 독자와 작가의 의식 속에서 당대적 현실인식 혹은 시민정신의 미약한 토대가 근대적인 소설의 정상적인 성장을 방해하면서 생겨난 현상이다.

다시 말해서 초기 근대문학의 선구자들이 상상했던 근대적 소설의 개념은 비정치성을 전제로 한 미적 근대기획의 특성을 지니고 있었고 이런 근대성은 칸트적 형식주의의 요소를 다분히 포함한다. 문학적 근대기획에서 발견되는 형식주의적인 요소가 선택과 배제의 원리로 작용하면서 대중 지배적인 이데올로기를 재생산한다는 점에서, 식민지시기 소설에 대한 장르인식은 정치성이 탈각된 상태에서 문화적 교양주의만 남은 비정상적인 형태의 것이었다. '심적 제도'인 미학적 근대기획의 한 축을 담당하고 있던 문학적 근대성의 핵심적 요소인 '소설'의 개념이 변천해 온 과정을 살펴볼 때, 한국문학의 근대적 진행 방향은 시민정신의 위축과 탈정치화라는 시대적 상황, 요건에 정확히 부합한다.

　결국, 개화기 서사 장르의 소멸은 근대적인 개념의 '소설'이 자연스럽게 정립되는 과정에서 소멸된 것이 아니라 당시의 정치적 상황과 인위적인 문학적 근대기획의 노선에 의해서 위축·쇠퇴한 것이다. 문학적 근대 기획의 노선 변경은 앞에서 살펴보았듯이 소설에 대한 장르인식의 변천과정 속에서 뚜렷이 확인된다. '근대적 계몽'을 통해 양산하려고 했던 이데올로기적인 '제도'의 성격에 대한 고찰은 이 점에서 이 시기 문학적 근대성의 특성을 밝힐 수 있는 주요한 방법이다.

사회진화론의 유입과 「조선불교유신론」

1. 근대화 교과서로서의 진화론

100여 년 정도의 짧은 근대화의 역사를 지니고 있는 우리의 입장에서 '근대'는 언제나 '가까운 기원'일 뿐 결코 먼 기원이라고 할 수 없다. 그러나, 실제로 근대성을 바라보는 관점이나 혹은 그러한 근대(modern)를 비판하기 위한 반근대성(anti-modernity)의 관점조차 우리는 종종 너무 먼 기원으로 회귀하고는 한다.

전통이나 역사라는 말조차 근대적인 인식론을 전제로 하지 않는다면 그 실상을 파악하기 어려운 것이 사실이다. 시대마다 한 시대를 지배하는 '인식론적 체계(épistémè)'가 존재하고 지배적인 '담론체계'가 존재한다. 이러한, 담론체계는 언제나 절대적 진리를 표방하지만, 니체가 지적한 바처럼 이런 오만한 '진리선언'은 '원근법적 도착'으로 인해 나타난 독선이거나 도그마(dogma)이기 쉽다. 전통이나 역사라는 말 역시, 근대적인 학문체계 안에서는 의심의 여지가 없는 것으로 받아들여져 왔지만, 전통을 내세우는 주체의 상이한 입장에 따라 그 내용이 언제나 달라진다는 점과 역사를 기술하는 주체의 어쩔 수 없는 주관성은, 이 둘을 상대적인 담론체계의 일종으로 규정하는 근거가 된다. 이 점에서 '당연한 것'으로 여겨지는 것에 대한 의심은 담론체계가 일종의 권력과 연관되어 있다는 점에서 학문연구의 '당연한' 출발점이다.

90년대 이후, 근대성 연구와 더불어 대세를 이루고 있는 연구관점은 모든 학문적 체계를 제도로 파악하는 것이다. 제도란 속성상 상대적인 것으로서 그 제도를 인정하는 주체들에게만 유효한 특성을 지닌다. 근대화란 결국, "서구적 인식론에 기반하는 제도의 '이식'과정이었다"라는 전제에서, 최근에 새롭게 진행되고 있는 담론체계의 기원에 대한 탐구는 18세기 이후 진행되어온 유럽체제의 세계화 과정에 대한 고찰이라고 할 수 있다.[1] 달리 말하면 개화기 지식인들에게 가장 큰 위협으로 다가왔던 서세동점의 현실이 어떤 경로를 거쳐 과거와 현재의 생활세계를 지배하고 있는가 하는 것에 대한 문제의식의 표출이다.

사회진화론의 유입에 대해 주목하는 까닭은, 푸코가 19세기를 지배한 '에피스테메(épistémè)'를 '진보적 역사관'으로 규정한 것에서도 알 수 있듯이, 19세기를 움직인 패러다임이 다윈의 생물학적 진화론으로부터 비롯된 사회진화론의 영향하에 있었기 때문이다. 실제로, 제국주의와 식민지 지배를 정당화하는 약육강식의 논리를 자연화(naturalization)시킬 수 있었던 사회진화론은, '인종차별', '계급차별', '인종위생학' 등 근대적 비극의 온상이 되었던 수많은 문제의 기원(origin/Arche)이었고, 동시에 자본주의적인 경쟁을 합리화하는 낙관적 진보론의 이론적 바탕이다.

사회진화론이 구한말 지식인 사회에 유입된 경로는 일본과 중국을 통해서인데, 일본의 가토 히로유키(加藤弘之)와 중국의 량치챠오(梁啓超)의 영

---

1) 이러한 주장의 대표적인 논자는 Immanuel Wallerstein이다. 그는 『역사적 자본주의/자본주의 문명 Historical Capitalism, with Capitalist Civilization』, 『근대세계체제 The Modern World-system』 등의 저서에서 유럽식 자본주의 체제의 세계적 확산이 곧, '근대문명'이라고 단정한다.

향을 크게 입었다. 그리고, 사회진화론은 한·중·일의 진보적 지식인 사이에서 서구열강의 부강(富强)을 이끌어낸 원천으로 인식되어, 그 이론은 19세기와 20세기 초반 동아시아를 지배하는 중심적 담론이 되었다. 결국, 강자의 약자에 대한 지배를 정당화하는 이론인 사회진화론이 아시아 3국 지식인에게는 근대화의 지름길을 가르치는 교과서로 인식되었고, 약자인 자신을 강자로 만들기 위한 '서구 모방하기'가 개화(開化)의 핵심적 전략으로 채택된 것이다.

이런 추세는 20세기 초반까지 지속되어 한일합방 이후 식민지 조선시대까지 계속되는데, 한국의 근대사에서는 1900년대의 계몽적 위생학, 1910년 이후의 준비론 사상, 1905년~1910년에 걸친 애국계몽운동기의 국권운동, 1920년대의 민족개조론에 이르기까지 막대한 영향을 미치고 있다.

일반적으로 그 영향권 밖에 있었을 것으로 생각되는 만해 한용운의 조선불교유신론에서 진화론의 흔적을 확인하는 방법은 이 점에서 역설적인 것이다. 그러나, 진화론의 영향력은 오히려 이런 역설을 통해서 그 영향력의 실체가 더 분명하게 파악될 수도 있다는 것이 본고의 취지이다. 만해(萬海)의 근대사상 속에 포함되어 있는 '진화론 사상'의 흔적을 확인하는 작업은 이 점에서 19세기 이후 근대적 에피스테메(épistéme)를 대표하는 진화론의 유입과 영향에 대한 역설적인 확인 작업이다.

2. 국가유기체설과 사회진화론

한·중·일 삼국의 사회진화론은 개인과 개인의 경쟁을 통한 사회의 발전이라는 스펜서의 자유주의적인 진화론을 지향한 것이 아니라 블룬칠리를 중심으로 한 독일의 국가사상과 결합된 사회진화론을 주된 이념으로 받아들인 것이다.

일본의 경우 명치 초기에는 주로 스펜서의 이론을 통해 사회진화론을 유입했으나, 1880년대 말부터는 독일의 철학과 국가학을 통해서 사회진화론을 새롭게 인식하기 시작한다. 이런 변화는 일본의 근대화라는 정치적 목표와 불가분의 관계에 있는 것이다.

에드워드 모스를 통해 처음 일본에 소개된 사회진화론은, 1877년부터 1886년까지 동경대학에서 철학, 경제학, 정치학을 가르쳤던 페넬로사에 의해 스펜서의 사회진화론이 널리 알려지게 되자 점차 자유민권운동의 이론적인 지침으로 받아들여지게 되었다.[2] 스펜서의 『사회정태론』은 민권운동의 교과서로 사용되었는데 스펜서의 자유방임주의, 국가 불간섭주의는 명치정부의 권위적 정치와 교육정책을 반박하는 근거로 사용된다. 그러나 다른 한편으로 스펜서 이론의 보수적인 측면인 점진적 발전론과 사회정책의 부정은 보수주의자들에게 자유민권운동을 탄압하고 정부의 권위와 정책을 정당화하는 이론적인 근거로 이용되었다.[3]

이런 전후의 사정은 일본의 정치적 입장과 상황의 변화에 따라서 '사회진화론'이 그것을 정당화하는 논리로 이용되었음을 의미한다. 따라서 막부 말기에서 명치 20년에 이르는 기간에는 봉건제를 폐지하고 자본제로 전환하려는 명치정부의 근대화 기획에서 스펜서를 비롯한 영국, 프랑스의 자유주의 사상이 중요한 역할을 했지만, 1880년대 말경에 이르면 국가사상의 강화에 중요한 논리적 기초를 제공하는 독일의 사회진화론이 더 중요한 의미를 지니게 된다.

독일의 사회진화론은 상대적으로 유럽의 다른 국가들에 비해 후진국의 위치에 있던 독일의 입장을 반영하고 강화하는 쪽으로 발전했는데, 그 첫 번째 특징은 기계적, 물질적 '문명(文明, civilization)'의 개념을 부정하고 농촌생활을 모델로 하여 인간의 마음과 정신을 기른다는 유기체론에 기초한 '문화(文化, culture)'의 개념을 전면화 시킨 점이다. 둘째는 자유주의적 개인주의를 부정하고 국가주의를 통한 국민국가의 이념을 강화시킨 것이다.[4]

---

2) 윤건차, 「일본의 사회진화론과 그 영향」, ≪역사비평≫ 32, 1996, 봄, p.313.
3) 전복희, 『사회진화론과 국가사상』, 한울, 1996, pp.46~47.
4) 西川長夫(니시카와 나가오), 『국민이라는 괴물』, 윤대석 역, 소명출판, 2002, pp.101~108.

일본에 유입된 독일의 사회진화론은 국가 유기체설과 결합된 것으로 천황제 국가주의 사상을 정립하는데 중요한 역할을 한다. 일본의 국가주의는 예링과 블룬칠리의 영향을 받은 가토 히로유키(加藤弘之)에 의해서 주로 정립되는데, 그의 사상은 이후 중국, 조선 등의 지식인에게 사회진화론을 대표하는 논지로 인식된다.

예링은 "권리는 진화단계를 거쳐 우승열패의 결과 경쟁에 의해 진보하는 것"이라고 했고, 블룬칠리는 "우승열패의 세계는 진화에 따라 궁극적으로 우내대공동(宇內大共同)이라는 세계국가에 도달할 것"이라고 말한다. 이 두 사람의 영향을 입은 가토 히로유키는 세포로서의 개인은 전체로서의 국가의 이익을 도모해야 하는 의무가 있으며, 거기에서 개인에게 가장 중요한 것은 애국심과 실천이라고 단언한다. 그리고, 만물의 진화과정은 어디까지나 우승열패의 법칙을 따르며 그것을 추진하는 가장 근본적인 본능은 이기심이라고 주장한다. 또한 개인은 사회나 국가라는 유기체에 속하므로 결국 그 이기심의 발로는 필연적으로 애국심으로 귀착되어야 한다고 강조한다.5)

가토 히로유키의 주장은 모든 개인의 가치를 '국가(國家)'에 종속시키는 것으로서 일본에서의 '국민(國民)', '국가(國家)', '문화(文化)' 개념을 형성시키는 출발점이다. 이것은 후발 근대화 국가인 일본의 정치적인 선택을 반영하는 것으로, 아시아 여타의 국가에 대해서 국가주의적인 강자의 논리를 강조하고 '아시아 연대주의'를 내세우면서, 내부적으로는 '국민'을 통제하는 이데올로기적 장치를 마련해 가는 논리이다.

당시 조선과 중국의 입장은 부국강병을 지향하고자 하는 열망에서는 서로 마찬가지였다는 점에서 가토 히로유키의 사회진화론은 이 두 나라에도 동일한 영향을 미치는 논리였다. 결국, 조선의 경우에도 구한말의 애국계몽운동에 부국강병의 열망으로 가득 찬 국가주의적 '사회진화론'이 강세를 떨치게 되었고, 제국주의의 논리를 내부적으로 수긍함으로써 국가간의 약

---

5) 윤건차, 앞의 글, pp.318~319.

육강식을 대세로 받아들이게 된다.

이런 사회진화론의 영향은 애국계몽기와 식민지 시대 전체를 지배했던 인식틀(épistémè)로서 여타의 사회·문화적인 제도와 개념의 형성에 지대한 영향을 미치게 된다. 특히, 동아시아 삼국에서 사회진화론이 미친 영향 중 가장 본질적인 것은 바로 '국가주의' 혹은 '민족주의'의 형성과 '국민국가'의 이념 형성에 관계된 것이다. 국민국가란 그 자체로 근대의 대표적인 발명품이라는 점에서 국민국가의 이데올로기를 강화하는 물질적·이념적 장치들에 미친 사회진화론의 영향은 상상을 불허하는 것이다.

민족문학, 국민문학, 민족성, 국민성, 국민주의, 국민교육헌장, 국민교육, 국민소설 등 공동체의 이념이 '국가' 혹은 '국민'이라는 용어로 최종적인 귀결을 보이는 것은, 근대성·근대주의가 '국가'를 정점에 놓는 공동체적 합일과 통합의 기획이었음을 의미한다. 특히, 다른 여타의 국가를 상호 독립적인 유기체로 파악하는 '국가 유기체설'의 영향은 국민, 국가를 배타적인 '공동체'의 지상적(至上的) 가치로 만드는 원인이다.

3. 「조선불교유신론」의 근대사상

근대 초기 지식인 사이의 지배적 담론으로 작용하던 사회진화론이 만해 한용운의 「조선불교유신론」(1913)에 어떤 영향을 미쳤는가에 대해서는 확인된 기록이 없지만, 「조선불교유신론」의 곳곳에 보이는 '제도'의 개선과 '진보', '진화'에 대한 주장의 피력 등에서 그 영향관계를 추측할 수 있다. 특히, 만해의 「조선불교유신론」에서 '유신(維新)'이라는 발상이 서구에서 유입되어 들어온 타종교와 서구사상과 철학에 대한 대타의식의 산물이라는 점에서, 그 영향이 또한 간접적으로 확인된다.

예를 들면, 칸트, 데카르트, 베이컨 등 서구 사상가의 철학과 불교의 유사성을 비교하는 부분이라든가, 서구 종교의 포교를 세력(勢力)의 문제로 바라보는 관점 등은 전형적인 진화론의 생존경쟁과 우승열패의 관점을 취하고 있다. 다시 말하면, 스스로 강해져야 한다는 '자강론(自强論)'으로 변형된 진화론을 그대로 취하고 있는 것이다. 그 이론을 「조선불교유신론」의 저술과정에서 직접 적용했는지는 쉽게 확인되지 않으나, 진화론의 창안자인 다윈의 이름이 여러 차례 거론된다는 점, 우승열패, 생존경쟁, 진화, 진보 등의 용어가 자주 쓰이는 점도 이런 추측을 가능하게 한다.[6]

그리고, 「조선불교유신론」의 내용을 벗어나서 만해 한용운과 당대 지식인과의 관계 면에서 살펴보면, 만해 한용운에게 문학적인 측면에서 많은 영향을 미친 것으로 알려진 백화 양건식이 '진화론 사상'으로부터 많은 영향을 받은 적이 있다는 점도 시사하는 바가 많은 사실이다.

백화 양건식의 「석사자상」[7]은, 진화론의 생존경쟁을 신봉하는 주인공이 무력한 걸인을 보자 무의식적으로 자선행위를 하게 되고 이 행동이 자신의 소신과는 모순됨을 뒤늦게 깨닫는다는 내용의 짧은 소설이다. 이 작품은 진화론 사상에 대한 양건식의 불교사상적 비판이라고 볼 수 있는데, 진화론 사상과 불교의 보시행위를 서로 모순된 것으로 대비시키고 있는 점이 특징이다. 이 밖에도 「슬픈 모순」, 「타산한 생」 등에서 이상과 현실의 모순을 보여주는 작품을 계속 발표하는데, 현실을 지배하는 원리는 사회진화론에 기반하는 '우승열패', '약육강식'이라면 불교적 세계관에 근거한 이상은 자비와 희생으로 나타난다.

일반적으로, 개화기 이후, 사회진화론의 도입과정에서 '우승열패', '약육

---

6) 예를 들면, 「사원의 위치」 항목에서 절이 산에 있으면 좋지 않은 이유를 열거하는 중에 두 번째로 거론한 것이 모험적인 사상이 없어진다는 것이다. 이 때, 자신이 꾸었던 꿈을 예로 들어 설명하는데 그 때 등장하는 인물이 다윈과 나폴레옹이다. 만해와 두 사람이 배를 타고 가다 험한 파도를 만났으나 다윈과 나폴레옹은 전혀 당황하는 기색이 없었고 다윈은 더구나 무엇인가를 골똘히 생각했다고 한다. 잠시 후 다윈이 하는 말이 항해를 여러 번 하는 동안 풍랑도 만나고 물에 빠지는 체험을 수 차례 했고, 그리고 나니 두려움이 없어졌다는 것이다. 그리고는 "지금 내가 바다를 모르고 배를 모르고 나를 모르는 소이(所以)는 다 무형의 진화(進化)라 하겠으니 아까 생각한 것도 역시 진화의 이치에 관한 것이었다."라고 말한다.(한용운, 「조선불교유신론」, 『한용운 전집 2』, 신구문화사, 1973, p.65)
7) ≪불교진흥회월보≫ 1, 1915.

강식'의 논리는 처음에는 비판적으로 인식되었으나, 점차 시대적 대세로 수긍되는 과정을 거쳤고, 반대급부로서 '만민공법(萬民公法)'이나 '국제법(國際法)'에 대한 강한 신뢰를 통해서, 우승열패의 현실에서 약자의 권리가 보호될 수 있는 가능성을 발견하기도 한다.

만해의 「조선불교유신론」에은 진화, 진보의 합법칙성에 대한 인식이 곳곳에 보이는 한편 평등주의, 구세주의, 세계주의, 평화주의가 강하게 피력되어 있어 진화론의 약육강식과 우승열패를 대세로 받아들이면서도 불교 정신을 통해서 그 모순점을 극복하려고 한 흔적이 여러 곳에 보인다.

이 점은 중국의 사회진화론자인 장병린이 불교의 유식론과 장자의 제물론 사상에 바탕을 두고 '진화론'이 강자의 논리를 대변하는 것을 비판적으로 극복하려고 했던 것과 일맥상통하는 것이다. 장병린은 도덕적으로는 선과 악이, 생활면에서는 고와 락이 병진한다고 하여 사회가 더 첨예한 투쟁으로 향하는 불가역적 과정의 현세태와 가역적 과정의 잠세태로 이루어져 있다고 주장한다.[8]

그는 진화의 과정을 표층에서 늘 사회의 진전으로 드러나는 측면과 때로는 퇴화하는 것으로 여겨지기도 하는 심층적 측면의 이중적 과정으로 파악하고, 중국과 서구를 서로 다른 구조에 속한다고 생각했다. 서구가 진화하는 표층을 이룰 때, 중국은 '상대적으로'(서구의 입장에서 보면) 퇴화하지만, 중국은 야(野)의 입장에서 서구로부터 강요되는 동일성의 논리를 비판해야 한다고 주장한다. 이런 생각은 진화론에 대한 주체적 수용을 대표하는 것이다.

한용운의 「조선불교유신론」은 이 점에서 진화론에 대한 주체적 수용의 측면을 여러 곳에서 보여준다. 특히, 유신(維新)에 대한 생각이나, 진화와 진보의 생각에 대한 주체적이고 유연한 적용은 사회진화론의 자연화된 편견과 사이비 과학적 요소에 대한 비판적 이해를 보여주는 부분이다. 사회

---

8) 조경란, 「중국에서의 사회진화론 수용과 그 극복」, 《역사비평》 32, 1996, 봄, pp.332~333

진화론은 근본적으로 자연상태에서의 적자생존의 원칙을, 인간 사회에 적용하고 있다는 점에서 근본적인 모순점을 지닌다. 그러나, 이러한 모순점에도 불구하고 19세기 서구인은 자신들의 시대가 과학의 시대라는 오만한 자부심으로 인해, 자연현상은 곧, 사회현상에도 동일하게 적용될 수 있다고 생각했고, 인간의 사회는 자연법칙에 위배되지 않는다는 전제하에 사회진화론을 '자연화(naturalization)'시킨다.

'자연화(naturalization)'되었다는 것은 근본적으로 자연이 아닌 대상이나 현상을 자연적인 법칙에 따르는 자연스러운 현상으로 설명하는 방식이다. 이런 자연화의 사고는 지배이데올로기를 정당화하는 수단으로 사용되곤 하는데, 사회진화론은 특권층과 지배계급의 정치적 이익을 대변하기 위해서, 빈부의 격차나, 인종적 편견 등을 자연법칙에 의거한 당연한 현상, 피치 못할 법칙으로 설명한다.

사회진화론은 후에 국가 유기체설과 결합함으로써, 인종우생학으로 발전되고 이런 독단적 논의는 백인종의 황인종에 대한 우월성이라든가, 게르만 민족의 위대성과 같은 제국주의 팽창과 식민지 수탈의 이론적 근거로 작용한다. 제국주의적 팽창정책과 같은 정치적 수단, 정책을 자연법칙에 순응하는 것으로 효도함으로서 19세기~20세기의 세계정세는, 약육강식과 우승열패가 지배하는 제국주의의 시대가 된다.

사회진화론의 막강한 영향력에 의해서, 동아시아 3국은, 근대화 초기에는 양무운동과 같은 형태의 군비강화를 개화의 급선무로 삼다가 점차 변법자강운동이나 탈아입구와 같은 구호에 따라 서구의 제도와 문물, 그리고 스펜서, 모스 등의 사회진화론, 칸트와 데카르트의 철학, 블룬칠리의 국가 유기체론과 결합한 사회진화론 등을 받아들인다. 그리고, 이러한 서구사상의 영향 아래에서 근대화 정책을 추구하는데, 그 방식은 제도와 문물의 개선에 우선적으로 초점을 맞추고 있었다.

이 점에 비추어 보면, 한용운의 「조선 불교유신론」 또한 불교의 근대화를 위한 제도적 개선을 주장하고 있다는 점에서 이런 추세에서 크게 벗어나지는 않는 것이다. 특히, 서구사상에 대한 지식을 바탕으로 변화된 현실에 적응해 나갈 수 있는 불교를 건설한다는 취지는 사회진화론의 맥락에 그대로 합치된다.

일반적으로 초창기 근대화 정책과 사상을 대변하는 개화사상이나 계몽주의에서 가장 강조하는 것은 '교육'이다. 특히, 교육제도의 정비는 개화사상의 핵심이라고 할 수 있다. 「조선불교유신론」에서 "승려의 교육" 항목은, 근대적인 교육제도의 틀을 갖추어 승려를 교육해야 한다는 주장을 담고 있다는 점에서 '제도적인 근대화'의 방식을 불교개혁에 적용하고 있는 부분이다.

특히, 보통학교와 사범학교 설립의 문제를 가장 우선시하고 있는 내용은 불교뿐만 아니라 일반 교육제도에도 동시에 해당되는 내용이다. "대저 문명은 교육에서 생기는 것이니, 교육은 문명의 꽃이요, 문명은 교육의 실과라 할 수 있다"[9]라는 구절에서, '문명(文明)'이라는 용어는 기본적으로 진화론적 사고를 바탕에 지니고 있는 말이다. 유길준이 개화의 등급을 미개화, 반개화, 개화의 삼 등급으로 나눈 것이 모스와 후쿠자와 유키치(福澤諭吉)의 진화론에 영향을 받아서 역사발전의 단계를 삼등분한 것이듯이, 문명(文明)이라는 말은 진보나 개화와 함께 역사 발전론의 핵심을 이루는 용어이다.

한용운의 진화론은 불교의 성질을 설명하는 다음과 같은 구절에서 그 단초를 확인해 볼 수 있다.

> 사람들이 종교를 믿는 것은 무엇 때문인가. 우리들의 가장 큰 희망이 여기에 있기 때문일 것이다. 희망은 생존과 진화의 밑천이라고도 할 수 있으리니, 만약 희망을 지니지 않는다면 우리는 아무렇게나 게으르게 살아서, 그날그날을 편히 지내는 것으로 만족할 것이 틀림없다. 그렇다면 누가 정신과 육체를 괴롭혀 가면서 일을 하려 하겠는가. 따라서 희망이라는 것이 없으면 사람이건 사람이 아닌 것이건 이 세상에 존재하는 모든 것이 거의 없어질 것

---

9) 한용운, 앞의 글, p.47.

이며, 설사 존재한다 해도 황폐(荒廢), 음악(淫惡)에 흘러 전일의 모습은 찾을 길이 없을 것이다.[10]

희망이 생존과 진화의 밑천이라고 할 때, 이 말은 희망이 결국 문명화의 길로 나아가는 원천적 욕구라는 말에 다름이 아니다. 더구나 진화의 문제를 '생존'의 문제와 직결시키는 태도는 '적자생존', '도태'의 개념을 염두에 둔 것이라 할 수 있다. 희망이 없으면 이 세상에 존재하는 모든 것이 없어진다는 절멸의 개념이나 황폐, 음악(淫惡)에 빠진 도태나 퇴보의 모습 또한 진화론의 영향을 느끼게 한다. 노력 여하에 따라서 진화와 퇴보가 결정된다는 주장은 진화론을 '자강론', '자조론'이나 '준비론', '실력양성론'으로 변형해서 받아들인 개화기 진화론의 전형적인 주장이다. 특히, 진화론의 유입과정에서 량치챠오(梁啓超)의 글이 그 중요한 통로역할을 했다는 점을 감안하면, 량치챠오를 여러 번 인용하고 있는 「조선불교유신론」에서 진화론적 사고가 발견되는 것은 어쩌면 당연한 일이다.

여기서 중요한 점은, 서구의 진화론이 우생학적인 발상으로, 유전적인 형질에 의해 우수인종과 열등인종의 차별 근거를 마련하는 데 반해서, 선험적인 유전인자가 아니라 '희망'과 '노력'이라는 주체적 행동에 의해서 진화의 여부가 결정된다고 주장한 점이다. 약자의 입장에서 강자가 되는 방법으로 진화론을 받아들인 한 예라고 할 수 있다.

일본, 중국, 조선의 공통점은 진화론을 근대화의 교과서로 인식한다는 점이다. 근대화란, 이 점에서 '강자가 되기 위한 과정'이며, 힘을 육성하는 시스템이다. 동아시아 삼국에서 국가주의와 근대적 국민국가의 형성이라는 명제가 최대의 관심사가 될 수밖에 없었던 것은 이런 점 때문이다. 서구의 진화론이 우생학, 인종학 등 차별을 자연화하고 정당화하는 논리로 차용되었다면, 동아시아 삼국은 그 차별화의 논리를 '개조', '개량', '개화'라는 '문명화의 구호'로 받아들인다. 결국, 문명화란 선험적인 우열론, 혈통주의, 인종주의를 환경론, 자조론으로 변형시킨 개념으로 이들 나라에 받아들여

---

10) 위의 글, p.36.

진 셈이다. 이 점은 신채호, 안창호, 이광수, 주요한 등에게 진화론이나 준비론 사상이 자기변혁을 위한 이론적 지침으로 받아들여지면서도 동시에 '식민주의'의 올가미로 작용하는 이유이다.

3·1운동 이후 실시된 일본의 문화정책은 문화, 문명의 개념을 '식민주의 정책'으로 차용한 것으로서, 준비론, 자조론을 식민지 백성에게 유포시키는 역할을 한다. 즉, 스스로 강해지기 위해서는 민족을 개조하고, 생활을 개량하고, 문명화가 되어야 한다는 이데올로기를 앞세움으로써 식민지 민중을 '제국'의 신민으로 육성해나가는 교묘한 전략이 이러한 통치 이념에 내포되어 있는 것이다. 문화의 개념에 내포되어 있는 '우월성의 표지'는 '국민'이라는 통합적인 규범을 획득한 개인의 양성, 인격주의로 통합되는 규율과 규범의 일반화에 의해서 획득된다. 달리 말하면, '국민'이 되는 것이 곧 '문화인'이 되는 것이라는 생각이 근대 초기의 '문화주의' 안에 포함되어 있는 것이다.

다음으로, 「조선불교유신론」의 「포교」 항목에서 만해는 우승열패가 '세상의 문명의 불이법문임을 알겠다'라고 하여 사회진화론에 근거한 제국주의 침탈을 일부 수긍한다.

> 무릇 갑(甲)의 세력이 을(乙)의 세력을 능가한다고 할 때, 도덕적 견지에서 말한다면 죄는 갑에 있고 을에 있지 않은 것이 된다. 그러나 공례(公例)에 서서 볼 때에는 도리어 죄가 을에 있고 갑에는 없는 것이 된다. 무엇으로 그런 줄을 아는가. 단순한 도덕적 견지에서 보면 천하 만물이 세력 탓으로 서로 뺏고 서로 해쳐선 안된다는 것은 새삼 판단을 기다릴 것도 없는 일이다. 그러나 우열(優劣), 승패(勝敗)와 약육강식(弱肉强食)이 또한 자연의 법칙임을 부정할 길이 없다. 우수해지는 까닭, 강해지는 까닭, 약해지는 까닭의 이치가 단순치 않아서 장구한 시일을 두고 열거한대도 다하기 어려운 터이나, 뭉뚱그려서 말하면 세력일 따름이라고 할 수 있다. 비유하자면, 갑의 세력은 물 같고 을의 세력은 땅과도 같다 ……(중략)…… 여기에 이르러 갑의 세력은 처음부터 죄가 있느니 없느니 하는 책임이 없고, 을의 세력이 스스로 높고 낮음이 있어서 수난을 겪음을 알게 된다. 세상에서 을에게 죄 있다 하지 않고 갑에게 죄 있다 하는 것은, 스스로 돌아봄에 있어서 밝게 보지 못한

사람이니, 무릇 천하에서 을 노릇을 하는 측에서는 마땅히 이런 견해를 가지고 사태를 바르게 이해함이 좋을 줄 안다. 지금 다른 종교의 「대포」가 무서운 소리로 땅을 진동하고, 다른 종교의 형세가 도도(滔滔)하여 하늘에 닿았고, 다른 종교의 「물」이 점점 늘어 이마까지 삼킬지경이나, 그들이 조선 불교에 무슨 죄가 있다는 것인가.

　　조선 불교가 유린된 원인은 세력이 부진한 탓이며, 세력의 부진은 가르침이 포교되지 않은데 원인이 있다.[11]

사회진화론에 따른 약육강식의 경쟁원리를 수긍하는 위의 구절은 두 가지 차원에서 문제점을 노출하고 있다. 첫째는, 종교의 포교와 국제사회의 세력관계를 동일시한다는 점인데, 그 결과는 다른 종교의 세력이 커서 불교를 압도하는 것이 어디 '타종교의 죄이겠는가?'라는 질문과 힘이 약해서 국권을 뺏긴다면 그것이 어찌 타(他)국가의 죄인가? 하는 것이 동일한 논리선상에 선다는 점이다. 자조론, 자강론으로 변형된 근대주의, 진화론은 다른 한편으로 식민주의와 동일한 논리적 기반을 지닐 수밖에 없는 것이다. 실제로, 인용한 글의 앞에는 다음과 같이 우승열패의 국제정치를 수긍하는 대목이 나온다.

　　서양 말에 「공법(公法) 천 마디가 대포 일문(一門)만 못하다」는 것이 있다. 이것을 철학적으로 부연해 말하면, 진리가 세력만 못하다는 이야기가 된다. 나는 처음 이 말을 들었을 적에 저도 모르게 그 말이 하도 속된지라 스스로 문명한 사람의 말에 낄 수 없다고 생각했었다. 그러나 세상의 풍조가 오늘날 같이 경쟁이 심함을 보고 난 뒤에는 비로소 이 말이 속되지 않을 뿐 아니라, 요즘 세상의 문명의 불이법문(不二法門)으로 삼기에 족함을 알았다. 사물의 존망성쇠를 겪어 동서양 역사 중에 참담한 자취를 남긴 것들은 어찌나 그리도 공법에 의해서가 아니라 대포에 의해 그렇게 되고, 진리에서 나온 것이 아니라 세력에서 나온 일들이었는지를 나는 자주 보았던 것이며, 결토 한 번 본 것이 아니었다. 이 같이 서양인의이 말이 전세계의 금과옥조가 되고도 남음이 있음을 부정할 길이 없다.[12]

---

11) 앞의 책, p.60~61.
12) 위의 책, p.60.

물론 이 글 뒤에 그것이 '야만적이라는 것', '도덕과 종교의 입장에서 이는 찬양될 수 없다는 것'을 말하고 있지만, 결국 세력이 없다는 것 또한 '죄'라는 사실을 인정하고 만다. 이런 한용운의 생각은 사회진화론을 알고 있던 당대 지식인들 대부분에게 공통된 생각이었는데, 신채호, 윤치호, 안창호, 박응진 등 독립신문과 대한매일신보의 논객을 포함한 진보적 지식인의 대부분은 1905~1910년 사이의 기간에 당시의 국제정세를 '약육강식'의 시대로 인정했을 뿐만 아니라 그것을 자연법칙을 따르는 순리적인 일이라고 생각하고 있었다.

약자의 입장에서 강자의 횡포를 억울하게 당하는 것이 분하기는 하지만 "그것이 어디 강자를 탓할 일인가 스스로의 힘없음을 탓할 일이지"라는 자조(自嘲)가 더 강하게 자리잡을 수 있었던 것은 실제로 사회진화론을 자연법칙과 동등한 진리로 인식했기 때문에 벌어진 현상이다. 이런 사고방식은 이들로 하여금 애국계몽운동을 추진하면서 '자강운동'을 전개하게 하는데, 이들이 '의병운동'에 비판적이거나 찬성하지 않았던 것은, 의병의 힘이 아직 미미하여 그 저항이 결코 득이 되지 않는다고 판단했기 때문이다. 결국, 애국계몽기 이후부터 1920년대 초반까지 더 나아가서는 3·1운동 시기까지도, 힘의 열세를 만회하기 위해 고안되고 선택된 행동방침은 전반적으로 '준비론'에 입각하여 세워지게 된다.

4. 근대지식인과 국가주의

앞에서 거론한 것과 같이 20세기 초 근대적 지식인의 진화론에 토대를 둔 제국주의적 발상은 한국뿐만 아니라 중국의 량치챠오에게서도 동일하게 발견된다. 그는 처음에는 제국주의를 중국에 대한 저주할 만한 침략이라고 비판하다가, 사회진화론의 영향을 받은 뒤에는 민족 제국주의를 주장하면서 제국주의가 민족주의가 발전된 자연적인 현상이며 자연의 법칙에 따른 것이고 역사적 필연성을 지니므로 제국주의 국가의 무력적 공격은 비도덕적인 것은 아니라고 생각하게 된다.

그는 또 맬서스와 다윈의 이론에 의하여 민족제국주의가 형성되었고 제국주의가 나타난 이유는 모두가 생존경쟁과 자연도태의 세계에서 강자가 되려고 노력하기 때문이라고 설명한다. 사회진화론의 영향에 의해 그는 더 이상 제국주의를 비판할 수가 없게 되었고, 비문명화된 국가에 대한 제국주의적인 침탈은 진화론의 이치에 따른 강자의 권리이며, 문명국은 미개국의 국민을 계몽시킬 윤리적 책임이 있다고 하여, 제국주의의 침탈을 비문명국에 대한 문명화의 한 계기로 인식한다.13)

이 점은 사회진화론의 반동적이고 보수적인 영향이 작용한 것으로 일본에서는 가토 히로유키(加藤弘之)가 '천부인권설'을 주장하던 입헌주의자에서 천황제 국가주의자로 변신한 것과 유사한 경우이다.

이런 전도된 가치관은 ≪독립신문≫의 영문판 The Indenpendent의 다음과 같은 사설에서도 역시 동일하게 눈에 띈다.

> 이 우주의 창조자는 이 쓸모 없는 계곡들과 그 속의 광물자원을 활용하지 않은 채로 남겨둘 생각이 없으셨다. 그것들은 인류를 위해 보존되어 온 것이므로 누가 활용하든 풍부함과 유익함을 세상에 가져다준다면 그건 인류에게 좋은 것이다.14)

> 서구 문명이 어디에 유입되어 뿌리를 내리든지 그곳은 완전히 새로운 나라로 변모했음을 역사는 우리에게 말해준다. 아메리카 서쪽의 '거칠고 파란 많은' 로키 산맥의 대초원은 행복하게 되었다. 태평양 철도가 로키 산맥과 알칼리성의 땅의 세이지 브러쉬를 관통한 후, 수백만의 많은 사람의 집들 그리고 인도와 아프리카의 열대해안들의 많은 곳들이 가장 계몽된 인간들의 거처로 변하였다. 우리는 서구문명화가 아시아 대륙의 모든 구석에 침투하여 창조자의 아름다운 땅을 세계도처의 그의 사람을 위하여 사용될 때가 오기를 희망한다.15)

---

13) 전복희, 『사회진화론과 국가사상』, 한울, 1996, p.92. 참조
14) The Indenpendent, 1896. 11. 12. 논설.(전복희, 위의 책, p.121. 재인용)

이 두 논설은 약소국의 자원착취를 문명국이 행하는 문명화라고 미화하면서, 문명국의 권리로서 약소국의 식민화를 규정하고 있다. 이런 사고방식은 제국주의적인 힘에 대한 선망을 포함한 것으로 한말 중산 부르주아 계층의 국가관을 여실히 드러내는 대목이다. 결국, 약육강식은 진화론이라는 자연법칙에 따른 것으로 미화되면서, 심지어는 강국의 약소국에 대한 침탈마저 문명화의 한 과정으로 바라본다. 이 점은 한말 중인층이 합방이후 자발적인 친일을 택했고, 윤치호가 독립운동을 비판하고, 3·1운동에 회의적이었던 간접적인 이유이다. 따라서 한일합방의 과정에는 당시 국가의식이 희박한 중산 부르주아 신흥계급의 자발적인 매국도 중요한 역할을 했다고 볼 수 있다.

이인직이 자진해서 이완용과 일본인 고마츠 미도리(小松綠) 사이에서 합방의 매파 노릇을 한 것도 이런 점에서 시사적이다. 이인직의 「혈의 누」나 「은세계」에서 나타난 문명관이나 의병운동에 대한 태도 등에서 이런 경향은 이미 두드러지게 나타난다.

사회진화론의 유입이 근대 초창기 정신사에 미친 영향은 쉽사리 판단을 내리기 어려울 정도로 뿌리깊고 중요한 것이다. 더욱이 일본과 중국을 통해 받아들인 사회진화론 속에서 개인주의보다는 국가주의나 국가유기체론의 주장을 더 많이 흡수함으로써, 한국의 민족주의는 초기에 이미 생존투쟁과 약육강식의 논리를 인정하는, 힘을 지향하는 민족주의로 형성된다.

뿐만 아니라 국가유기체론과 결합된 사회진화론은 '인종주의'나 '혈통적 우월성'에 기반한 국수적 민족주의, 제국주의로 발전한다는 점에서, 1940년대 일본의 '대동아 공영권 구상'의 기원이자 '내선일체' 주장의 기원이 된다. 인종주의에 근거로 한 '한·중·일' 삼국의 아시아 연대론은 이미 1880년대 초부터 주장되는데, 일본은 중화주의를 분쇄하는 동시에 아시아주의를 앞세워 스스로 아시아에서의 패권을 획득하기 위한 구상을 여기서 제시한다. 역사의 진보를 '황인종과 백인종의 대결'로 축약한 이 구상은

---

15) The Indenpendent, 1896, 11. 14. 논설.(위의 책, pp.121~122. 재인용)

결국, 태평양 전쟁의 원인으로까지 확산되며, 사회진화론의 여파는 두 차례의 세계대전이 끝날 때까지도 그 위력을 잃지 않았던 것이다.

만해 한용운의 「조선불교유신론」 역시 동시대의 중심 담론인 '사회진화론'으로부터 무관하지는 않으나, 조선의 정치와 개화에 관한 내용을 다룬 글이 아니어서 표면적으로는 커다란 특징을 보이지는 않는다. 그러나, 만해의 사상 전반에 비추어 본다면 사회진화론의 영향은 결코 적지 않다고 할 것이다. 「조선불교유신론」에서 제시하는 제도적인 개혁의 방침들에는 변화하는 세태에 대한 대응의 중요성이 강조되고 있는데, 그 세태에 대한 인식의 첫 번째가 '우승열패'라는 것으로 인식된다는 점에서, '불교유신'의 필요성은 결국 우승열패의 현실에 적응하고자 하는 위기의식의 소산이기 때문이다.

계몽주의적 세속성과 낭만주의적 내면
- 근대성과 자연, 전통, 서정 -

1. 근대적 내면 형성과 자연 · 전통

　동아시아적인 전통의 논의와 더불어 1990년대 이후 그 중요성이 부각되어온 시문학에서의 '자연'과 '정신주의' 문제는, 한국근대문학 100년의 의의를 검토하는 작업에서도 역시 중요한 논점으로 취급되고 있다.[1] '전통'의 측면과 '근대성' 혹은 '근대적 미학'이라는 서로 이질적인 양쪽 진영에 두 다리를 걸치고 그 교량적 역할을 하거나, 아니면 격렬한 대결장이 될

---

1) 대산재단에서 주최한 심포지엄 "현대 한국문학 100년"의 네 번째 주제가 "시와 자연과 문화"라는 점은 '자연'의 문제가 최근의 90년대 이후의 '정신주의'나 '신서정', 혹은 최근 젊은 시인들의 자연서정적인 경향 때문에만 중요시되고 있지 않다는 것을 의미한다. 물론, 근대성 논의와 결부된 생태환경의 문제가 '자연'의 중요성을 더욱 부각시키고 있는 것은 사실이지만 더 본질적인 측면에서 보자면 '자연'이라는 용어가 한국문학의 미학과 특징을 규정하는 데 상당한 유용성을 지니고 있기 때문이라고 할 수 있다. 이 점은 주요한, 김소월, 김억, 한용운, 정지용, 이육사, 김영랑, 서정주, 청록파의 계보를 두루 살펴도 역시 타당한 견해이다.

수밖에 없었다는 점에서 그 중요성은 과거와 현재에만 한정되는 것이 아니라 여전히 미래적이며 지속성을 지니고 있는 것이다.

이미, 한국의 자연서정시는 1970년대에 전근대적인 동양전통과 가치관의 한 축을 담당하는 '미적 원리'를 지니고 있으면서 동시에 근대적 제도의 일부로서 새롭게 발견된 '형식 미학'이라는 서로 조화되기 어려운 양면성을 지니고 있어 불구화된 형이상학과 '정신적 궁핍'에 머무는 등 결과적으로 실패에 이르렀다는 평가를 받은 바 있다.[2] 또 최근에는 한국의 자연서정시가 유기시론의 범주 안에 머물기 때문에 탈근대적 차원에서 볼 때, 위계성의 미학·제국주의적인 착취의 미학을 재생산한다는 비판[3]과 더 나아가서는 '파시즘 미학'의 한 부분인 유기체론과 폭력적인 동일성의 미학에 머물고 있다는 비판까지 받기도 했다.[4]

그러나, 이러한 비판적 목소리가 있지만, 여전히 한국의 근·현대시가 '자연·서정'이라는 두 개의 '가치규범'을 중심으로 논의될 수밖에 없다는 점은 대부분의 연구자가 쉽사리 수긍하는 사실이다. 결국 '자연과 서정 혹은 정신주의'는 비판의 대상이면서도 대부분의 시인에게는 여전히 '미완성의 가치', '이상적 가치'로 추구되고 있는 것이다. 그것은 이런 모순이 실제로는 '자연' 그 자체에 문제가 있는 것이 아니라 그것을 둘러싼 주관적 가치관과 인식·미학적 차원을 둘러싸고 벌어지고 있기 때문이다.

"의식의 바깥 세계에 대한 지각은 전적으로 나 자신의 의식 또는 지각을 통하여서만 가능한 것이므로 주관적 또는 주체적인 근거없이 바깥 세계가 존재한다고 규정하기란 어려운 일이다. 따라서 현실이라는 것을 의식 바깥의 세계라고 규정할 수는 없을 것이며, 오히려 바깥의 존재에 대한 지각을 통해서 실재하는 내부 세계의 질서라고 생각하게 된다"[5]라는 말에 주목한다면 이 점은 쉽사리 납득이 될 수 있는 일이다. 주체의 환경 혹은

---

2) 김우창, 「한국시와 형이상─하나의 관점」, 『궁핍한 시대의 시인』, 민음사, 1977.
3) 구모룡, 『문학과 근대성의 경험』, 좋은날, 1998.
4) 김철, 「민족─민중문학과 파시즘 : 김지하의 경우」, 『현대 한국문학 100년』, 민음사, 1999.
5) 홍기삼, 「한국 시문학 비평」, 『북한의 문예이론』, 평민사, 1981, p.154.

인식 대상으로서의 자연은 '내부세계의 질서'에 귀속되는 것이며, 니체의 표현을 빌리자면 '원근법적 도착'[6]에 의해 차별화 된 자연관의 내면화 과정이 근대적인 '자연'의 개념 속에 이미 견고하게 자리잡고 있는 것이다.

다시 말해서, 한국 자연서정시에 대한 비판은 자연의 내면화된 원근법 혹은 내부세계의 질서 속에 편입된 자연관을 주된 문제로 삼고 있다. 한국 근대문학에서의 '자연의 발견'은 이 점에서 가라타니 고진이 『일본근대문학의 기원』에서 지적하는 '풍경의 발견'과 유사한 측면을 지닌다. "주위의 외적인 것에 무관심한 <내적 인간 inter man>에 의해 처음으로 풍경이 발견되고 있는 것이다. 풍경은 오히려 <바깥>을 보지 않는 자에 의해 발견된 것이다."[7]와 "풍경이 일단 성립되면 그 기원은 잊혀져버린다. …(중략)… 주관(주체)/객관(객체)이라는 인식론적 공간은 <풍경>에 의해 성립된 것이다. 즉 처음부터 존재한 것이 아니라 <풍경>에서 파생한 것이다."[8]라는 두 구절은 실제로 한국 낭만주의 시의 자연발견과 그에 대한 모더니즘적인 비판의 과정을 그대로 압축하고 있다. 주요한, 김소월, 홍사용의 내면으로부터 '질서화'를 얻은 자연의 모습은 하나의 원근적 체계를 갖춘 풍경, 즉 일정한 가치관을 투영해 낸다. 그리고 이러한 원근적 풍경으로부터 '센티멘탈리즘'을 발견한 카프나 김기림의 비판은, 실제로 '주관/객관'의 이분법적 체계에 근거한 인식론적 사고의 결과이다.

이처럼 한국 자연서정시에 대한 논의와 비판의 과정에는 '자연' 혹은 그에 대응하는 개념어로서의 '현실'을 둘러싼 '내부적 질서'나 '심적 제도'[9]의 투쟁이 상대적으로 은폐되어 있는 것이다. 따라서, '자연의 미학화' 과정은 당대의 현실을 규정하는 이데올로기와 가치관, 내면적 풍경이 복잡하게 뒤엉켜 있어서 실제로 근대성 담론의 다양한 각축장이라고 할 수 있다. 그 원인은 '전통'에 대한 등가어로서의 '자연'과 그것에 대한 미학적 접근

---

6) 柄谷行人, 『일본 근대문학의 기원』, 박유하 역, 민음사, 1997, p.51.
7) 위의 책, p.36.
8) 위의 책, p.48.
9) Eagleton, Terry, 『미학사상』, 방대원 역, 한신문화사, 1995, pp.22~66 참조.

(원근법적 욕망)이 파생시킨 '풍경', '객관', '현실'이 서로 대립하지만, 실제로는 같은 '체계' 혹은 '패러다임' 안에서 '동일 기원'을 지니고 있기 때문이다. 근대적 내면의 형성이라는 '낭만주의적 명제'가 다시금 중요시되는 것도 이런 까닭에 근거한 것이다.

2. 계몽주의적 세속성과 낭만주의

계몽주의의 특성을 나타내는 중요한 단어로 우리는 대개 교양, 합리성, 그리고 세속성의 세 가지를 꼽는다. 그러나 일반적으로는 교양과 합리성의 미덕을 강조할 뿐 그들의 세속적인 출세욕과 상호간의 야비한 비판 같은 것에는 별로 주목하지 않는다. 그것은 그들이 하나의 공통된 사상을 매개로 하여 뭉친 집단이 아니라는 점, 그리고 그들의 '집단'이 일정한 심리적 연대의식에 의해 이루어진 것이라는 점에서 쉽게 확인된다. 실제로 그들은 다양한 사상적 편차를 지니고 있었고 상호간에도 끊임없는 비판과 토론을 서슴지 않았다.[10]

계몽주의와 낭만주의의 경계지점에서 우리가 주목해야 할 것은 바로 이러한 세속성과 민족적 자각 사이의 대립, 그리고 계몽주의적인 교양과 합리성이 도출해낸 혼란과 가치관의 붕괴가 야기한 반이성주의적인 경향의

---

10) "계몽사상가 일가라는 은유법을 만들어낸 사람은 내가 아니다. 계몽사상가들 스스로 그 말을 썼다. 그들은 스스로를 공통의 충성심과 공통의 세계관을 가진 <작은 집단 petite troupe>으로 생각했다. 그들은 고도의 정신적 싸움을 거치면서도 이러한 감정만은 지켜나갔는데, 당파의 노선을 가지지는 못했지만 그들은 하나의 당파였다. 그들은 지극히 무자비하게 서로 비난을 일삼았지만, 세인의 이목을 끌게 되면, 그들은 아주 정중한 말로써 논쟁을 가라앉혔다. 더욱이, 귀찮은 공격이나 그에 대한 두려움 때문에 계몽사상가들은 결국 자신들의 공통적인 요소가 무엇인지를 기억해 내고, 자신들을 분열시키는 것을 잊게 되었다. 분서, 감옥에 간 급진적 저술가, 비난을 받은 이단적 문구에 대한 보고는 충분히 많았다. 그러자 마치 싸움을 일삼던 장교들이 갑자기 전투에 임하게 된 경우처럼 그들은 전열을 가다듬었다."(피터 게이, 『계몽주의의 기원』, 주명철 역, 민음사, 1998, p.25.)

출현이다. 예를 들면, 계몽주의자들이 국경과 민족을 넘어서 그들만의 일가(一家)를 의해 충성했고 이러한 국제주위적인 그들의 경향은 낭만주의자들의 민족주의적 성향과는 서로 대립되는 것이다. 이 점은 나폴레옹에 대한 인식의 반전과도 밀접한 연관이 있다. 프랑스 혁명의 지지자로서의 계몽주의적인 신흥부르주아 지식인들이 나폴레옹의 황제즉위와 동시에 깨달은 것은 해방이 아닌 민족적 억압과 차별의 현실이다. 유럽에서 민족주의의 등장과 낭만주의의 출현은 실제로 유럽체제의 제국주의적인 확장과도 밀접한 연관성을 지닌다.

> 계몽사상가들은 잘 훈련된 부대들도 아니었고 그렇다고 엄격한 사상의 학파도 아니었던 것이다. 그들이 조금이라도 무엇을 구성했다면, 그것은 학파보다는 더 느슨한 것으로 일가(一家)라 불러야 마땅할 것이었다.
> 그러나 계몽사상가들이 일가를 이루었다면 그것은 풍파가 많은 일가였다. 그들은 연합군이었고 종종 친구였지만, 공동의 이해관계를 증진시키는 일 못지않게 전우를 비판하는 일도 즐겁게 생각했다. 그들은 서로 끊임없이 토론을 벌였고, 때로는 결코 정중하지 않은 토론을 주고 받았다. 나중에 계몽주의자에 대하여 퍼부어진 비난 가운데 대부분은 애당초 계몽사상가들이 자기네끼리 주고 받은 것이다. 소박한 낙관론, 거짓 합리주의, 사이비 철학 따위가 그렇다. 계몽사상가들의 시대부터 흔히 있었던 오해 중에는 그들 스스로 만들어낸 것도 많았다. 볼테르는 루소의 원시주의에 대해 유언비어를 퍼뜨렸고 디드로와 빌란트 Wieland는 그 말을 그대로 반복했다. 흄은 볼테르의 우아한 재치를 명랑한 무책임으로 잘못 파악한 사람들 가운데 하나였다.[11]

인용문의 내용은 계몽주의에서 낭만주의로의 이행과정에 대한 선행연구자의 다음과 같은 발언과 상당부분 일치하는 내용이다. "單一的인 世界觀의 붕괴와 이에 따른 전통적인 가치체계의 상실이 현대 서구 知性史의 핵심적인 사실을 이룬다"[12], "18세기의 합리주의 세계가 어떻게 계몽주의 작가들에서 그 첫 비판자를 얻게 되는가를 안다. 理性의 작가들은 그들의

---

11) 위의 책, pp.23~24.
12) 김우창, 앞의 책, p.36.

시대의 소산인 이성으로써 당대의 사회적, 知的 질서의 공격에 나섰다. 그러나 이성에 의한 특정한 理性的 질서의 공격은 모든 이성적 질서에 대한 不信을 낳고 드디어 다음 세대의 낭만주의 운동의 감정적 주관주의를 준비하게 된다."13)

이 두 발언은 이 선행연구자의 글에서 한국 계몽주의와 낭만주의의 관계에도 그대로 적용된다. 그러나 이 대목에서 우리는 서구 계몽주의가 낭만주의로 교체되는 과정과 한국지성사의 전개과정을 지나치게 단순화하여 일치시키려는 '작위성'을 느끼지 않을 수 없다. 계몽주의자들의 상호비판에서 야기된 일원적 가치관의 붕괴로 인한 이성에 대한 '불신'이 "세계관의 根底에 대한 탐구, 생에 대한 어떤 독단적 이론이 아니라 세계를 그 스스로의 모습으로 창조하는 主觀의 어둠 속에로의 탐구"14)로 전개되었다는 점은 이미 앞서 살펴보았듯이 서구 낭만주의의 발생과정에 대한 설득력 있는 견해이다. 그러나, 이 연구에서 이광수, 최남선 이후 한국문학의 실패와 결핍요인을 "세계를 그 스스로의 모습으로 창조하는 主觀의 어둠 속에로의 탐구"가 철저하게 이루어지지 못했기 때문이라고 본다거나, "(한국시의-인용자)개인적인 문화에의 도피는, 앞에서 말한 바와 같이 동양의 전통이 본질적으로 조화의 전통이었기 때문에 더욱 조장되었다고 할 수 있다. 그것은 조화를 깨뜨리는 부정적인 요소를 어떻게 다룰 것인가에 대하여는 별다른 대책을 가지고 있지 않은 전통이었다. 否定의 전통을 갖지 않는 곳에서 의지할 수 있는 전통이라고는 禪的인 것밖에 없었던 것이다. 아니면 시인은 <고발>이 아니라 <한탄> 속에서 혼란으로부터의 출구를 찾을 수밖에 없었다"15)라는 주장은 한국문학사의 특징을 지목하는 탁견이면서도, 다른 한편으로는 지나치게 서구편향주의를 노출하고 있는 듯하다.

이 연구자의 견해에 따르면 한국시는 서구적 형이상학의 밀도 있는 실천이 없었고 그 점에서 '교리와 분열된 현실'의 간격을 뛰어넘을 수 없었

---

13) 위의 책, p.39.
14) 위의 책, pp.38~39.
15) 위의 책, p.69.

으며 결과적으로는 동양적 조화의 전통과 한탄, 선적(禪的) 정취 속에 안주한 것으로 평가된다. 이런 평가는 많은 부분에서 한국 자연시의 기원과 그 공과를 지나치게 협소하게 평가하는 면이 적지 않다. 한국 자연서정시와 순수시 운동의 한계 내지 정신적 빈곤과 '형식미학'에의 경도 등에 대한 지적은 타당한 것이라고 해도 그 원인을 동양적 조화라는 전통과 선적 취향에의 몰입에서 찾는 것은 지나친 '숙명론적 인과론에 따른 해석'이면서 동시에 '결정론' 혹은 '예정론', '순환론적 사유'를 드러내는 것이다.16)

한국 근대시사에서 전통이나 자연, 선적 정취의 발견은 사실 근대성과 어긋나는 것이기보다는 그 자체가 변형된 근대성의 산물일 가능성이 높다. 앞서 1장에서 거론했던 풍경의 발견을 떠올린다면 한국시에서 자연·전통의 발견과정은 근대적 자아의 내면 형성과정에 그대로 일치한다는 사실을 쉽사리 짐작할 수 있을 것이다.

전통, 동양정신, 민족, 민요 등의 개념은 김우창 교수가 주장하듯이 선험적인 것이라기보다는 타자에 대한 인식과 더불어 발견된 근대적 원근체계의 일부이다. 따라서 이러한 가치개념은 그의 표현을 빌리면 "시적 視覺", "불가시적인 원형관계 속에서 가시의 세계를 구성해내는 정신활동"에 속하는 것들이다.17)

---

16) 아이러니를 분열적 현실의 차이를 말하는 장치로, 또 위트를 강조하는 김우창의 견해는 예를 들면 역설과 은유를 파시즘적인 동일성 담론 혹은 유기시론으로 지적하는 도정일의 견해와 상당히 유사한 측면이 있다.(졸고, 「근대성과 정신주의」, ≪한국문학연구≫ 22집, 동국대학교 한국문학연구소, 2000. 참조)

17) 한국문학사에서 동양정신이라는 말은 그 개념의 기원이나 본질과 상관없이 '민족'이나 '민중'이라는 말처럼 자기 정체성의 숭고함을 증명하는 가치근거로서 종종 통용되어 왔다. '전통'이라는 이데올로기를 그 배후에 감춘 채 다른 것을 재단하거나 평가하는 가치기준 혹은 개인적·집단적 신념의 근거가 되어온 이 말에는 그 역사적인 기원이나 실체를 은폐하는 논리가 숨겨져 있다. 흔히 '전통'이나 '동양정신', '민족'을 뚜렷한 실체를 지닌 채 고정되어 있는 관념으로 인식하지만 여기에는 상당한 비논리와 허구적 이데올로기가 개입되어 있는 것이다. "지배 계급은 이념적 표상에 초계급성·불변성을 부여함으로써 그 내부의 투쟁을 사회적 가치판단의 문제로 전화하거나 축소하고 그 표상을 하나의 언어로 통합하기 위해 애를 쓴다"라는 말을 빌리지 않더라도 하나의 이념을 반영하는 말에 "초계급성, 불변성"을 부여하려는 욕망은 분명히 정치적인 것이다. '동양정신'이라

문제는 오히려 이러한 가치개념들이 근대적인 모순성을 그대로 내포하고 있다는 보편적인 한계를 지적해 내는 것이다. 서구시의 형이상학적인 측면이 현실의 분열상을 담아내는 극렬한 거부를 보여주었다는 높은 평가에 근거한 한국시의 폄하는 이 점에서 정당한 관점이 아니다. 서구 낭만주의가 파시즘으로 발전된다거나 모더니즘 안에 제국주의적 속성이 있다는 비판에서 알 수 있듯이, 결과적으로는 그들의 시도 근대성의 모순을 내포한 미학적 한계를 지닐 수밖에 없다. 따라서, 한국의 근대시도 미완성된 근대 또는 근대성의 한계점을 그 안에 내포할 수밖에 없었다는 차원에서 비판이 이루어져야 할 것이다.

이런 점에서 앞서 거론한 계몽주의와 낭만주의의 교체시기의 특성에 주목하는 것은 한국문학사의 기원을 살펴보는 데 상당히 유용한 일이다. 우선 계몽주의의 세속적 특성에 주목할 때, 한국의 친일문학과 계몽주의의 연관성은 어느 정도의 필연성을 지닌 것으로 파악된다. 이인직, 이해조, 최찬식, 안국선 등의 신소설 작가가 본래 친일적이었거나 1910년대 이후 친일적 성향으로 변화하는 것 등은 실제로는 계몽주의적 교양과 합리성의 세속성, 그리고 국제주의적인 연대의식에 일정한 요인이 있다고 여겨진다.

이런 사실은 이광수, 최남선을 비롯해서 독립협회나 안창호의 준비론 사상, 더 거슬러 올라가면 유길준을 비롯한 개화파 지식인에 이르기까지 문명, 개화, 교양, 교육, 계몽 등의 논리가 민족주의적인 애국의 구호를 능가하는 최상의 가치로 받아들여지고 있음을 통해서도 다시 확인된다. 즉 계몽주의의 세속성은 신흥부르주아 혹은 중인 계층의 실리성과 적절하게 부합된다는 점에서, 민족주의적인 명분보다는 문명과 교양, 교육을 매개로 한 친일적 연대에 경사될 성향이 농후하다. 이광수, 최남선의 민족주의가 관념적인 수준에 머문다거나 그들의 계몽주의적인 실천이 현실과 괴리된 선각자 의식의 차원을 벗어나지 못하는 점도 이런 사실을 뒷받침하는 증

는 말은, 그 개념 안에 '선험적 신성성'이라는 허구적 요소가 개입되는 순간 이미 이데올로기적인 변용과 정치적 전도(顚倒)의 산물로 변화하기 때문이다.(졸고, 「개화기의 문학적 근대성」, 《동악어문론집》 33집, 1998. 12. p.295)

거이다. 특히 이인직의 신소설 전반에 드러나는 노골적인 친일적 성향은 한말 중인 계층의 세속적 합리성과 신문명, 교양에 대한 동경의 욕구가 자연스럽게 발현된 것으로 보인다.

한국 계몽주의 문학의 실패는 관주도 민족주의의 근대적 기획이 실패로 끝난 1900년 이후, 애국계몽운동의 이념적 불완전성에 일정한 정도의 원인이 주어진다. 국가보다는 계몽주의적인 연대성에 기울고 있는 친일적 지식인의 자발적 친일의 배경에는, 계몽주의적 세속성과 문명개화론에 경도된 그들의 합리적 타산이 아직 채 정립되지 않은 상태였던 근대적 민족주의와 명분론을 압도하는 상황이 존재하고 있는 것이다.

제국주의 시대에 후발 근대화 국가가 추진하는 계몽주의적 기획은 본질적으로 민족주의의와의 상충을 해결하지 않으면 그 성과를 기대하기 힘든 것이다. 이 점에서 일찍이 관주도 민족주의를 성공시킨 일본의 경우는 계몽주의의 세속성을 철저히 '도구적 합리주의'로 변질시킨 '형식주의적인 근대화', '기술적인 근대화'의 특징을 나타낸다. 또한, 가라타닌 고진이 지적하고 있는 바처럼, 자유민권운동의 실패 이후 국가주의체제 아래서 낭만파의 내면발견, 풍경의 발견 등이 명치 10년기에 이루어지면서 근대적인 내면과 "일본, 근대, 문학"의 세 가지 제도가 형성된 것이다.

이런 모델에 비추어 보면 한국의 근대화는 관주도 민족주의의 실패 이후, 근대적인 민족의식이 내면화되는 일정한 문화적 계기를 제대로 갖지 못했고, 그 점에서 계몽주의 운동의 실패를 이미 노정하고 있었다고 할 수 있다.

이광수와 최남선의 계몽주의가 일정한 한계를 노정했던 것은 그들의 문학적 노력이 그들이 지향하고자 했던 '민족주의'와 이미 상충하고 있었기 때문이다. 최남선이 일본 유학 중에 '지력학(地歷學)'을 공부하였고 그가 《소년》지에서 역점을 두었던 것이 '지리와 역사'였다는 사실에서 우리는 그가 한국 낭만주의 사상의 맹아를 어느 정도는 이미 지니고 있었다고 볼 여지도 있다.[18] 1920, 30년대 그의 국토기행문과 불함문화론에서도 그의 이런 낭만주의적 유기체 사상의 흔적은 쉽게 발견된다. 그러나, 이런 낭만적 민족주의는 본질적으로 계몽주의의 세속성을 탈각하거나 철저히 비판하지 못했기 때문에 표피적인 관념성을 벗어나지 못하고 있다. 1920년대 국민문학론의 실패도 이런 맥락에서 보면 어느 정도는 예정된 결과이기도 하다.

---

18) 최남선은 1890년 서울의 중인계급의 가정에서 태어나 13세 때 이미 ≪황성신문≫, ≪제국신문≫ 등에 논설을 투고하기도 했다. 1904년 15세 때 20대의 청년들 틈에 끼여 관비 유학생으로 일본에 건너가 동경 부립 제일(第一)중학교에 입학하였으나 나이 많은 유학동창생들과의 불협화 및 일인에 대한 감정적 반발로 1개월만에 귀국하였다. 1906년(17세)에는 사비 유학으로 재차 도일 와세다(早稻田)대학 고등사범부 지력과(地歷科)에 입학하였으나 조선인에 대한 민족적인 모욕에 항의하는 시위를 주도하여 3개월만에 퇴학하고 남은 학비와 인쇄기구, 활자, 많은 참고 서적을 구입해 귀국하였다. 그리고 이듬해(1907년) 신문관을 발족하고 다시 1908년에는 한국 신문학사에서 창가, 신체시의 보급에 막대한 역할을 한 최초의 종합 교양잡지 ≪소년≫을 창간했다. 육당의 ≪소년≫ 창간은 그의 계몽사상이 근저를 이룬 것으로서 그의 세계지리, 역사에 대한 관심을 통해서 조선인의 세계에 대한 인식, 근대문물에 대한 태도를 계몽시키고자 했다. 그가 일본 유학시 지력과를 선택한 것은 이 점에서 철저하게 계몽적인 의도에서 비롯된 것이다. 1920년대 이후 그가 국토의 발견, 조선심, 시조부흥운동 등을 통해 보여준 민족주의적 태도는 실제로 지리와 역사에 대한 이해가 민족주의와 민족계몽의 핵심적인 관건이 된다고 여겼기 때문인데 이런 국토의 발견이나 지리, 역사에 대한 관심은 다분히 낭만주의적인 경향을 띠고 있다. 이런 점에서 ≪소년≫지와 그 후속지인 ≪청춘≫에 발표된 「경부철도가」, 「한양가」, 「세계일주가」 등의 창가도 지리적인 형상의 전파와 역사관의 고취를 목적으로 쓰여진 것임을 쉽게 알 수 있다. 따라서 최남선의 창가는 시적 정서와 포에지에 대한 자각은 거의 전무했고 신체시의 경우, 「해(海)에게서 소년에게」 역시 세계의 넓음을 자각하고 새로운 것을 갈망하는 육당 자신의 사상과 그것을 알리고자 하는 계몽성이 두드러진 작품이라 할 수 있다. 이 점에서 육당의 신체시 역시 뚜렷한 근대적 장르의식을 바탕으로 쓰여진 것이라고 하기는 어렵다. 그는 시와 가(歌, 노래)의 구분도 명확하게 인식하고 있지 않을 뿐더러 시의 서정성이나 순수성 등 서구적 시정신에 대한 자각은 찾아보기 어렵다. 이런 근거로 그의 신체시 내지 신시와 창가는 사회적 사상성에 기반한 내용중심의 시가로 평가된다. 그리고 육당이 신체시에서 창가로, 그리고 창가에서 다시 시조로 율격적인 면에서 오히려 정형성이 강해지는 것은 그의 조선심, 역사·지리적 관심에 기반한 국토의 발견 등과 밀접한 관련이 있다. 육당의 시가는 조선의 정형적 율격을 해방시켜 자유율의 기초를 닦았으면서 동시에 '시조'라는 전통적 시형식을 새롭게 부활시킨 것이다. 이 점은 그의 계몽사상이 국권상실이라는 현실적 조건 밑에서 보수적이면서도 낭만주의적인 민족주의로 변질되는 과정을 보여주는 것이다.

한국 문학은 1910년대 이후 '내면적 질서'를 정립하는 낭만주의적 명제를 그 핵심적 과제로 지니고 있었고, 이런 책임을 담당한 것이 ≪태서문예신보≫를 중심으로 한 문인들의 활동과 1910년대 단편소설작가들, 그리고 이광수, 최남선의 뒤늦은 계몽주의, 1920년대에 낭만주의 운동을 이끄는 동경유학생 그룹들이었다.

한국문학사에서 낭만주의 운동은 부재하는 국가와 미완성의 근대, 수입된 문학이라는 식민지성과의 투쟁을 전제로 성립될 수밖에 없다. 이런 파행과 굴절의 차원에서 바라볼 때, '내부적 질서', '원근법적 도착' 등으로 표현되는 근대적인 내면은, 결국 그들이 무엇을 '보았는가'라는 사실을 통해서만 확인이 된다. '본다'라는 의미는 '가치의 발견'을 의미하며 그것은 한국문학, 특히 한국시의 '내면 풍경'을 엿보는 것이다. 자연, 전통이 확보하고 있는 가치와 현실정합성에 대한 판가름은 이러한 과정을 거치고 난 뒤에 이루어져야 하는 것이다.

3. 일그러진 근대성의 형식

한국 근대시에 내재된 근대성의 한계에 대해서는 1장에서 거론한 구모룡 등의 연구나 도정일, 김우창, 김철 등 선행연구자의 글에 이미 잘 지적되어 있다고 여겨진다.[19] 이런 사실은 역설적으로 이들이 한국의 근대적 자연서정시의 특징을 이미 근대성의 영역 안에서 다루고 있음을 명확하게 보여주는 예이다. 김우창 교수가 그것을 전통적 성향과 경험에 매몰되어 근대적인 분열체험을 내면화하지 못한 소극적 미학 혹은 근대성 미달의 미학으로 규정한 반면 다른 여타의 연구자들은 오히려 한국 근대 순수시 (자연서정시)의 전통을 낭만주의적인 유기시론과 파시즘의 연관성 안에서

---

19) 이들의 비판은 여러 가지 면에서 타당하지만 연구자 서로 간에 이질적인 의견이 상존하는 점에서 알 수 있듯이 부분적인 논쟁점을 여전히 안고 있는 것이다.

다루고 있다. 달리 말하면 한국문학의 식민지체험에 대한 소극적 태도나 도피주의, 보수주의와 국수주의의 원인을 근대성 안에 뿌리깊게 상존하는 '파시즘 미학'[20]에서 발견하거나 근대성의 합리주의에 대항하는 '유기시론의 보수성'에서 찾을 수 있다는 것이 그들의 주장이다.

앞에서 이미 밝힌 것처럼 한국문학사에 상존하는 근대적인 자아의 내면성과 자연, 전통, 서정시의 개념적 기원에는 계몽주의가 낭만주의로 대체되는 시기의 '낭만주의적 개인의 형성'이라는 중요한 사건이 존재한다. 이런 사실은 계몽주의의 세속성이 낭만적 개인의 내면으로 발전되고 탐구된 것이 아니라 일그러진 계층 상승의 욕구로 변질되어 나타났다는 '파행과 굴절'에 대한 논의의 필요성을 뒷받침한다. 그리고 이런 '근대문학의 기원적 불구성'은 하나의 원근적 풍경이 완성되면 언제나 '은폐'되기 마련이다. 이를테면 다음과 같은 주장은, 그 동안 은폐되거나 의도적으로 망각되어 왔던(방법적인 망각, 현상학적 괄호치기) 한국 근대문학의 '일그러진 욕망의 얼굴'에 대한 상당히 함축적인 지적을 포함하고 있는 것이다.

> 모든 사회관계를 자신의 개인적 목표를 달성하기 위한 수단으로 수렴하는 그들의 사인성은 사라져버린 사대부 계층에 대한 열등의식으로 인해 금욕주의의 외피를 갖지 않을 수 없다. 자신의 사회적 근거가 민족의 고난에 편승하여 이루어졌기에 '사회와 갈등상태에 있는 진정한 인간'이라는 서구 시민계급의 긍정적인 자기 정체성이 처음부터 불가능하게 된다. 절망할 수 있는 근거조차 마련되지 않는 이들에겐 먼저 자아를 부정하고 세계를 긍정하며 자기를 완성하는 길, 사회와의 화해를 통한 개인의 완성이라는 금욕주의의 길만이 주어지는 것이다. 개인은 먼저 자신의 욕망을 억제하고 그 욕망을 사회적 욕구에 부응시킴으로써 자신의 길을 발견해야만 한다. 이것이 자수자양(自修自養), 수양의 논리로 시작되는 무반성적 금욕주의, 욕망의 근대적 형식이다.[21]

---

20) 김철, 「김동리와 파시즘」, 『국문학을 넘어서』, 국학자료원, 2000, pp.31~59; 「민족—민중문학과 파시즘」, 『현대한국문학 100년—20세기 한국문학 어떻게 볼 것인가』, 민음사, 1999, pp.485~519.
21) 류철균, 「욕망의 근대적 형식」, 『문학과 사회』, 1992년 봄, p.299.

계몽주의적인 세속적 합리주의가 이성에 대한 불신을 초래하는 근원적인 이유가 됨으로써 낭만주의적인 내면, 주체(주관)에 대한 탐구가 이루어졌다는 앞에서의 논의에 비추어 생각해 보면 한국문학사의 '일그러진 욕망'과 '사인성(私人性)'의 형식은, 계몽주의적인 세속성에 대한 철저한 반성과 극복의 부재로부터 파생된 것이라고 할 수 있다. 사인성에 기반한 세속적이고 통속적인 합리주의를 반성하고 극복하는 낭만주의적인 주관(주체)의 내면 탐구가 '갈등의 심화'와 탐구, 분열된 현실의 자각 등으로 발전하지 못한 점은 따라서 한국문학의 수동성, 보수화, 형식미학에의 탐구, 정신적 깊이의 부재, 언어 탐미주의, 현실성의 결핍 등의 주원인이 된다.

김우창 교수를 비롯한 한국의 자연서정시에 대한 비판자의 지적과 위의 내용은 한국 근대문학의 문제점에 대해 전반적으로 대동소이한 견해를 보이고 있다. 우선, 현실의 분열과 갈등을 적극적으로 형상화하지 않았다는 점, 자율적 주체의 적극적 부정정신이 아니라 수동적인 도피주의와 순응주의가 주류를 이루었다는 점 등이다. 그러나, 김우창 교수가 그 원인을 전통적인 동양의 조화와 순응적 가치관에서 찾은 반면에 위의 내용은 그것을 '일그러진 근대적 욕망의 형식'에서 발견하고 있다. 이 양자의 차이성은 실제로 동일한 측면에 대한 상이한 해석의 시점을 보여준다.

이런 상이한 해석이 가능한 것에 대해 아마도 우리는 연구의 다양성, 견해의 다양성쯤으로 긍정적인 평가를 내릴 수도 있을 것이다. 그러나, 일찍이 '조선심'이나 '조선혼' 등 국민문학파의 전통에 대한 찬양에 비교해 볼 때, 긍정과 부정의 차이만이 있을 뿐 동양적 전통에 대한 '신비화'의 측면은 김우창 교수의 견해에서도 여전히 발견되는 것이다. "우리들은 너무 먼 <기원>으로 거슬러 올라가는 일을 경계하지 않으면 안된다. 그것은 곧잘, 가까운 기원에서의 전도를 과거에 투영시키는 일이 되기 때문이다. 소쉬르의 <내적 언어학>을 데리다가 말하는 것과 같은 플라토니즘까지 거슬러 올라가서 바라보는 일은 본질적인 것처럼 보이면서 비교적 가까운 과거 또는 그 정치적인 전도의 과정을 보지 못하는 일이 된다."[22)는 말처럼 '은폐'된 기원은 '정치적이고 가까운 기원에서의 전도'인 경우가 대부분인 것이다.

'전통', '자연', '순수', '서정'이라는 용어만큼 한국문학사에서 그 기원이 은폐되면서 그때 그때마다 전략적으로 사용되어온 말들도 아마 드물 것이다. 이러한 용어의 '굴절'을 제대로 바라보는 것은 근대성의 일그러진 얼굴을 보는 것이고 그것은 전도된 '근대의 기원', '한국문학의 기원'을 재구하는 것이다. 그래서, 아마 계몽주의와 낭만주의의 교체 상황에서 근대적 자아의 내면에 자리잡은 '전통'과 '자연', '서정시'의 개념에 대한 고찰을 '정교한 풍경화의 밑그림'을 보는 것에 비교 할 수도 있을 것이다.

끝으로, 다소 길지만 한국의 자연서정시에 대한 필자의 비판 중 일부를 인용하는 것으로 이 글의 결론을 대신하고자 한다.

인간(역사, 이성)/자연(존재, 운명)의 경계에 거주하는 '시' 혹은 '문학'의 속성을 생각해 볼 때, 우리는 근대적 미학의 핵심에 존재하는 한계를 직시할 수밖에 없다. 그것은 '미적 자율성'의 신화에 이미 깊이 침투되어 있는 '범주 설정과 배제(현상학적인 괄호치기)', 즉 '방법론적인 망각'이라는 규칙을 여기서 발견할 수 있기 때문이다. 다시 말해서 근대적 미학은 '자연'이라는 외부적 인식 대상을 철저히 미학적 대상으로 변형시키면서 근대적 예술의 형식을 '고안'해냈다고 할 수 있다. 현대시는 대상의 총체성(자연, 진리, 본성)을 은폐하는 미학적 단순화 혹은 형식화를 통해서 가상의 미적 범주(시적인 것)라는 인위적인 체계 안에 안주하고 있다. 이러한 미적 체계의 자율성을 철저히 신봉하는 '근대적 미학'의 신화는 이미 오래 전에 '인간/자연' 사이의 매개 역할을 포기한 것이다. 결국 현대시에서 나타나는 '자연'의 형상은 여러 가지 불순물을 거른 뒤에 '정제'된 규범의 변형으로서 대상(자연)을 주관적 인간의 영역으로 편입시킨 '이성중심주의'의 폭력성을 내포하고 있다.

예를 들면, 청록파의 '자연 발견'은 앞에서 밝힌 바처럼 전형적인 '미적 근대성'의 산물이다. 박두진의 '기독교적 낙원의식', 박목월의 '산수화적인 자연', 조지훈의 '선적 정관' 등은 모두 내면적 자의식의 굴절된 투영이라고 할 수 있다. 이들의 시 세계는 이 점에서 근대인의 미적 자의식을 선취하고 있

---

22) 가라타니 고진, 「언어와 정치」, 박유하 역, ≪세계의 문학≫, 199?.

지만 다른 한편으로는 세계와의 소통의 출구가 단절되어 있다. 한국시의 '전통'을 대표하는 이들 시인의 '자연인식'은 후에 순수·참여의 논쟁에 휘말리면서 보수적 전통주의와 뒤섞여 더욱 잘못 계승된다.[23] 그리고 이러한 변질의 이면에는 '미적 자율성'의 원리가 역시 심각하게 작용하고 있는 것이다.

　따라서 90년대 시의 '자연인식'은 이러한 기존의 시적 인식과 어느 만큼의 차별화를 달성하고 있느냐에 의해서 평가되어야 할 대상이다. '시적인 것'이라는 범주의 제약으로부터 벗어나 90년대 시들이 어느 정도 자유로운 움직임을 보여주고 있는 현상은 이러한 사실을 뒷받침해 준다. 도정일이 지적하고 있는 것처럼 '상징적 죽음'을 통해 타락한 시대의 희생제의를 보여주는 '시'는 그 자신의 존재 근거였던 '시적인 것' 혹은 '미적 자율성'의 신화를 부정한다. 그러나 진정한 시정신에 의해서 추동되지 못하고 근대적 미학의 '모방' 혹은 '되풀이'를 통해 재생산되는 '자연'은 신비주의의 변형에 불과할 뿐이다. 자연을 자기 발견의 거울로서 인식하기 이전에 미학적 형식화의 대상으로 바라보는 시각에는 현실 혹은 세계를 '가상'의 영역에 가두고 안심하는 폐쇄된 미학주의의 허위가 내포되어 있다. 인간(역사)로부터 떨어져 나간 '운명 혹은 세계(자연)'는 미학적 가상과 신비주의로 추락할 수밖에 없는 것이다.[24]

---

23) 졸고, 「근대적 자아의 자연·전통의 발견」, 이종대 외, 『우리 시대의 시인, 우리 시대의 시집』, 계몽사, 1996, pp.194~209.
24) 졸고, 「근대성과 정신주의」, 《한국문학연구》 32집, 동국대학교 한국문학연구소, 2000. 3.

제 2 부

재외한국인과 소수집단의 문학

▶ 재외한국인문학의 탈근대적 성격
－돈오김, 『내 이름은 티안』을 중심으로－

▶ 재미한국인 문학에 나타난 한국여성상
－가족중심주의와 여성관의 관계를 중심으로－

재외한국인문학의 탈근대적 성격
– 돈오김, 『내 이름은 티안』을 중심으로 –

1. 재외한국인문학 논의의 다섯 가지 층위

재외한국인문학이 한국문학사의 일부로서, 또는 특수한 한 분야로서 다루어져야 한다는 주장의 뒤편에는 크게 두 가지의 생각이 숨겨져 있다. 첫째는 재외한국인문학이 한국근대사의 특수한 체험에 대한 역사적인 자기 정체성을 근간으로 삼고 있다는 것이고, 둘째는 외국에서 문학성을 인정받은 한국인의 우수한 작품에 대한 문학사적인 관심과 가치규명이 필요하다는 견해이다.

또한 이 두 견해에는 재외한국인문학이 지닌 다양한 성격의 원인이 ① 작품 생성공간의 이질성 ② 이주지역에서 개별적으로 문학행위를 한 경우와 독자적인 문학집단을 형성한 경우의 차이 ③ 재외한국인 사회 내의 세대차이 ④ 재외한국인 사회형성의 역사적 배경·시간적인 장단 ⑤ 재외한국인 사회가 속한 지역 혹은 국가의 문단과의 관계 등에 있다는 생각을 포함하고 있다. 다시 말해서 앞에서 제시한 두 가지 생각은 재외한국인문학의 다양한 성격을 일단 인정한 상태에서 그 차이와 특수를 하나로 묶을 수 있는 원칙의 문제에 초점이 맞추어진 것이라고 할 수 있다. 그러나, 첫 번째의 견해가 주로 재외한국인문학의 집단적인 정체성에 초점을 맞춘 반면, 두 번째의 견해는 개별적인 문학적 성과와 그 가치평가에 중점을 두고 있다는 점에서는 서로 차이를 지니고 있다.

이 두 가지 견해 사이에는 재외한국인문학의 주류를 설정하는 문제와 그 가치평가 내지 문학사적인 관점에서도 질적인 차이가 존재한다. 첫 번째의 견해는 재외한국인문학의 주류를 재외한국인문학집단을 형성하고 모국어를 위주로 창작을 하는 경우로 보며 그 가치평가의 기준과 문학사적인 관점에서 역사주의적인 태도를 우선으로 한다. 반대로 두 번째 견해는 재외한국인문학의 주류를 그 지역이나 국가의 문학계에서 외국어로 작품활동을 하여 그 문학적 가치를 인정받은 개인의 작품들로 보며, 그 가치평가와 문학사적인 관점에서는 문학중심주의 내지 미학주의를 앞세우고 있다.

결국 이 두 견해는 재외한국인문학을 한국문학사의 일부 혹은 특수 영역으로서 받아들여야한다는 점에서 동일한 주장을 하면서도 그 이유와 관점에서는 서로 차이를 드러내고 있다. 그러나, 어쨌든 재외한국인문학의 집단적인 정체성 때문에, 또 그 작품들이 문학성을 세계적으로 인정받고 있기 때문에, 재외한국인문학이 한국문학사의 일부로서 다루어질 수 있는지를 고려해야한다는 주장은 일정한 정도의 타당성은 확보하고 있다고 여겨진다.

김동호(돈오김)의 소설에 대한 이해와 접근에서도 이러한 두 가지 견해는 함께 고려되어야 할 필요가 있다. 돈오김의 소설을 그저 하나의 문학작품으로서 접한다는 점에서 본다면, 그의 소설은 국적이나 언어의 문제에 관계없이 그저 '재미있게' 혹은 '감동 깊게' 읽으면 그만일 수도 있다. 그러나 실제작품을 접할 때 그 작품에서 받는 '감동' 혹은 '재미'는 독자들의 취향에 따라 그 정도가 다를 수도 있는 것이다. 특히 영어권의 독자를 상대로 쓰여진 작품을 다시 번역해서 읽어야 하는 경우 돈오김의 작품이 한국인 독자에게 주는 영향은 또 다를 수 있기 때문이다. 돈오김의 소설이 그 독법이 어렵거나 내용이 난해한 것은 아닌데도 어딘지 낯설어서 그의 소설에 대한 '비평적 독서'를 어렵게 한다는 홍정선의 발언은 그 대표적인 사례이다.[1]

따라서 문학독자층의 역사적 정체성이나 가치관의 문제는 돈오김과 같은 재외한국인작가를 바라보는 관점에서 다시 '특수성의 고려'를 요구할 수밖에 없게 한다. 하나의 작품이 소속된 역사적 범주와 그 생성공간에 대한 이해가 없이는 문학작품의 독서는 특정한 조건 아래서 형성된 '이데올로기의 누망'으로부터 벗어나지 못한다. 또한 작품의 생성공간과 독자층의 수용행위가 이루어지는 공간의 이질성에서 오는 '의사소통'의 어려움은 궁극적으로는 문학적 지배이데올로기의 허구성에 그 원인이 있다.

근대문학을 '민족문학'의 문제로 받아들여온 '한국문학사'의 문학적 이데올로기에 비추어 볼 때 돈오김의 작품과 같은 재외한국인문학은 이질적인 '타자'이며 적절한 가치판단의 기준을 얻기가 어려운 대상이다. 그의 작품에 대한 '비평적 독서'가 어렵다는 말은 이 점에서 기존에 존재하던 문학적 인식틀(근대문학의 개념)이 '재외한국인문학'을 수용하기에는 지나치게 협소하다는 사실을 드러내는 단적인 예이다.

따라서, 돈오김의 작품에 관한 논의는 '재외한국인문학'이라는 범주와 그 성격의 특수성에 대한 거론으로부터 시작하는 것이 가장 적절한 방법이라고 여겨진다. 앞에서 거론한 재외한국인문학의 성격을 규정하는 다섯 가지 조건에 비추어 볼 때 '돈오김의 소설이 어떤 상태에 놓여 있는가'하는 것은 재외한국인문학으로서의 그의 문학적 성격을 밝혀줌과 동시에 그 비평적, 문학사적 가치를 평가하는 작업에도 역시 중요한 단서가 될 것이

---

1) 홍정선, 「한 순수한 영혼의 여정」, 돈오김, 『내 이름은 티안』, 김소영 역, 도서출판 전원, 1991. p.217. 참조.

다. 또한 '민족문학'의 명제와 '문학적 근대성'의 문제에 대한 재고와 역비판의 가능성을 제공한다는 점에서도 '재외한국인문학'의 일부인 돈오김의 작품을 살펴보는 작업의 의의를 찾을 수 있을 것이다.

2. 인종집단화와 호주 문학의 다국적 성격

돈오김의 문학을 논하기 위해서 다소 임의적이지만 '재외한국인문학'을 규정하는 다섯 가지 조건을 우선 다시 한번 거론해 보기로 하자.

    ① 작품 생성의 공간문제
    ② 문학행위가 재외한국인이 거주하는 지역에서 독립적인 창작집단을 형
       성하고 이루어지는 경우와 개별적, 개인적 행위인 경우의 차이
    ③ 재외한국인 사회 내의 세대문제
    ④ 재외한국인 사회형성의 역사적 배경과 시간적인 길이의 장단
    ⑤ 재외한국인 사회가 소속된 지역이나 국가의 문단과 맺고 있는 관계

나열된 조건이 묻는 속뜻을 통해서 알 수 있듯이, 돈오김이 소속되어 있는 '재호주 한인집단'의 성격과 '호주문학'의 성격은 이 다섯 가지 조건에 대한 해답을 마련해 줄 근거이다. 위의 다섯 가지 항목은 결국 '재호주 한인집단'이 형성하고 있는 정체성의 문제와 '호주문학'의 성격이 맺고 있는 관계에 대한 질문을 포함하고 있다. 우선 작품 생성공간으로서의 '호주'라는 지역적, 문화적 공간의 특수성이 김동호의 문학에 미친 영향을 생각해 보자.

호주문학은 실상은 영문학권의 일부이며 그 역사적·문화적 측면에서 영·미문학에 의해 압도되어 상대적인 열세에 놓인 문학이다. 또한 국민문학이나 민족문학의 색채를 가질 수 없는 여타의 조건으로 인해서 그 소재, 내용 등에서 특수성이나 개성을 내세울 수 없는 문학이다. 이런 맥락으로

인해서 호주문학은 영·미문학과의 변별성을 거의 상실하고 있으며 일찌감치 대중주의, 국제주의 혹은 다국적 성향의 문학으로 그 방향을 설정할 수밖에 없었던 역사적 환경을 지니고 있다. 이민국가로 형성되었다는 점과 상대적으로 아시아와 가까운 위치에 있다는 점도 이러한 특성과 밀접한 관계를 맺고 있다. 영·미문학에의 종속적 측면과 이민국가가 지닐 수밖에 없는 문화적 잡종의식, 짧은 국가형성의 역사는 호주문학이 내적 자기정체성(identity)을 지닐 수 없는 직접적인 원인이 된다. 따라서 호주문학의 특성은 '민족문학'의 개념을 형성할 만한 역사적 체험의 부재, 다국적 문화주의, 국제주의적 성격으로 요약될 수 있다.

이 점은 돈오김의 작품에도 그대로 반영되거나 일정부분 영향을 미쳤는데, 「내 이름은 티안」이 영어로 쓰여지고 배경과 인물은 모두 베트남, 베트남인이라는 점은 그 구체적인 예이다. 특히 돈오김의 문학활동은 (2)의 조건에 비추어 보면 집단적인 것이 아니고 개별적인 것이었기 때문에 한인사회의 자기정체성 문제보다도 호주문학의 일반적 경향에 더 많은 영향을 받은 것으로 생각된다.

그의 대표작이 대부분 추리물이거나 다국적 성향을 지니고 있으며 「내 이름은 티안」이 호주문학상을 받았다는 사실은 돈오김의 문학이 '호주'라는 생성공간과 맺고 있는 관계를 잘 드러내고 있다. 한국계 이민 1세가 영어로 '베트남전'을 소재로 하여 쓴 소설이 '호주문학상'이라는 이름으로 수여되는 상을 받았다는 것은 '호주문학'의 다국적 성격을 반영하는 것이자 동시에 돈오김의 문학세계가 놓인 위치를 그대로 보여주는 한 예이다. 더욱이 소설 속의 주인물(hero)조차 '호주인'이나 '한국인', '영국인', '미국인'이 아니라 베트남인이라는 점에서 그 특성은 좀더 두드러진다. '호주문학'은 이 점에서 이미 '민족문학'의 경계를 넘어 있으며 애초에 그들에게 '민족문학', '민족문학사'라는 것이 허구로서만 존재해 왔다는 것을 알게 한다.

그렇다면 이러한 '호주문학상'의 심사와 수여기준을 통해서 우리는 민족문학이나 문학사적 가치평가에 익숙한 한국문학 연구자 또는 비평가를 당혹하게 만드는 몇 가지 사실을 유추해 낼 수 있을 것이다.

그것은 『내 이름은 티안』이라는 돈오김의 작품이 지니고 있는 본질적인 성격이기도 하다. 즉 『내 이름은 티안』은 그 문학 내적 특징으로는 호주문학 측에서 볼 때 어떠한 국가에도 소속되지 않는 작품이라고 할 수 있다. 단지 작가의 국적과 독자층, 그리고 언어에 의해서만 마치 저작권을 소유하듯이 '호주문학'의 일부로 다루고 있는 것이다. 따라서 호주문학은 민족문학사적 가치를 고려하지 않으며 보편주의와 국제주의, 세계평화주의라는 이상주의 등을 지향하는 문학을 높이 평가하고 있음을 짐작할 수 있다. 그리고 그 까닭은 다민족국가나 이민국가의 공통된 이데올로기가 배후에서 작용하고 있기 때문이다. 이 두 형태의 국가가 체제를 유지하기 위한 지배이데올로기의 변형이 국제평화주의와 평등주의라는 점에서 '호주문학'의 특성과 『내 이름은 티안』이 '호주문학상'을 수상하게 된 배경은 쉽게 이해된다.

'호주문학'은 '영·미문학에의 종속적 위치'와 '다민족으로 구성된 이민국가통치'의 어려움을 '세계평화주의'의 문학으로 넘어서고 있으며 다른 한편으로는 이러한 목표지향을 위해서 소수민족의 민족적 자기정체성을 약화시키고 있다. 예를 들면 『내 이름은 티안』에서처럼 제3세계의 문제에 관심을 기울이지만 그 관심의 결과는 아이러니 하게도 제3세계 민족주의 정체성의 허구를 파헤치는 쪽으로 나아간다. 아래의 인용문들은 이러한 사고의 단면을 부분적으로 잘 나타내는 것들이다.

① "글쎄, 내게 공산주의는 이데올로기야. 아래층에 있는 사람들은 심각하게 독서하거나 생각하지 않아. 네가 물어 보더라도 왜 싸우고 있는지 설명해 줄 수가 없어. 그들이 알고 있는 유일한 것은 정부를 무너뜨리면 좋은 세상이 온다는 것이지. 그래서 그들은 나가서 누군가의 목을 베고 태우고 폭탄을 던지고 피의 맛을 보는 거야. 그들은 생각 없는 한 무리의 폭도들이지.

억압자든 피억압자든 오직 한 가지 폭력을 알고 있어. 폭력은 폭력만을 불러오고 모든 사람들을 부패시키지. 모든 사람들이 죽이고 그리

고 이기고 싶어해. ……중략…… 하지만 너도 알다시피 우리는 21세
기를 향해 가고 있어. 우리는 폭력이 대답도 아니고 이데올로기간의
차이를 해결하는 데 정말 필요하지도 않다는 걸 충분히 알게 되었지.
어떤 지도자도 이걸 몰라. 어느 지도자도 여기서 승리란 더러운 말인
걸 몰라. 이데올로기란 이름 아래의 폭력이란 면백한 사기야. 순수한
전쟁이 있다면 그건 인종간의 전쟁, 원시적인 증오에서 나오는 전쟁밖
엔 상상할 수 없어."

(돈오김, 『내 이름은 티안』, 김화영 역, 도서출판 전원, 1991.
pp.105~106. 이하 쪽수만 밝힘)

② "……러시아인들이 제국주의를 비난할 때, 그들은 짜르를 떠올리지. 중
국 사람이 그럴 때는 그들은 모두 일상적인 영어와 중국어로 <개들과
중국인 출입금지>라고 쓰인 상하이 공원의 표지판을 기억하는 거야.
그들은 모두 민족주의자들로 아직 아무도 그런 종류의 민족주의에 적
합한 말을 만들어 내지 못했을 뿐이지."(p.106)

위의 인용문은 소설의 주인물 '티안'이 강제로 징집되었던 군대를 탈영
하고 난 뒤에 임시로 거처를 정한 사이공의 슬럼가에서 알게 된, 자칭 '진
정한 공산주의자'인 작가 '민'의 주장이다. 그의 생각은 베트남 '민족해방
투쟁' 세력의 주장과는 또 다른 노선 위에 있는 것으로서, 그는 베트남의
민족해방투쟁이 '폭력주의'로 변질되고 있다고 비판한다.

①에서 나타난 '민'의 주장은 제3세계 민족주의가 '지역 패권주의'로 변
질되고 있으며 궁극적으로 인간해방이라는 '휴머니즘'의 정신을 위한 진정
한 문제해결의 능력을 결여하고 있다는 것이다. 즉 '아래층' 사람으로 불
려지는 '민족해방주의자들'은 문제의 해결을 위한 진지한 고민과 탐구의
자세를 지니고 있지 않으며 무정부주의적인 폭도에 불과하다는 것이 그의
주장이다. 그들의 행동은 허구적인 이데올로기를 앞세운 폭력이고 원시적,
야만적인 '인종간의 전쟁'일 뿐이라는 것이다.

이 소설에서 '민'의 주장은 작가 돈오김과 그의 작품이 쓰여진 생성공간
의 이데올로기가 제3세계를 바라보는 관점을 가장 잘 노출하고 있는 부분

이다. 제3세계의 지역분쟁과 동족간의 내란에 대하여 작가 돈오김을 비롯한 호주지역 지식인의 관점은 철저하게 휴머니즘을 앞세운 비판적 태도를 고수하고 있음이 드러나고 있다.

작가 '민'이라는 지식인의 등장은 이 점에서 베트남의 현실에 대해 '이성적인 판단력'을 상실하지 않은 존재의 출현이라고 볼 수 있다. 대부분의 인물들이 이성적인 균형을 상실한 '흥분' 상태의 모습을 보여주는 데 반해서 '민'의 주장은 상당히 논리적이고 설득력이 강하다. 또한 그의 비판은 주인물 '티안'이 만났던 외국인 '닥터 위고'나 '라버슨 신부'처럼 철저하게 '타자'의 위치를 고수하는 '냉정함'을 지니고 있지도 않다. '베트남'의 현실에 대하여 진정한 '고민'을 동반하고 있는 그의 주장은 따라서 이 소설에 등장하는 어떤 인물보다도 정확하고 타당하다. 그러나 폭력은 21세기를 향해가고 있는 현실 속에서 아무런 대안도 될 수 없다는 '민'의 주장 속에서 끝까지 '기름기가 잔뜩 밴' 서구인의 목소리를 떨쳐버릴 수 없는 것은 왜일까?

②에서 인용된 내용처럼 제3세계 민족주의는 제국주의에 대한 대타적 인식의 산물이다. <개들과 중국인 출입금지>라는 상하이 공원의 표지판을 기억하는 중국인에게 제국주의는 근본적인 '타도'의 대상일 수밖에 없으며 그 원인은 민족주의자인 중국인의 탓이라기보다는 '제국주의' 자체에 있다고 할 수 있다. 그러나 '민'의 주장은 이러한 사실을 모두 지적하면서도 그 폭력적 현실의 원인을 '민족주의'의 이데올로기적인 허구성으로 돌리고 있다.

21세기를 맞이하는 시점에서 '민족주의'가 진정한 대안이 될 수 없다는 그의 주장은 '폭력'이 난무하는 현실 속에서 상당한 의미를 지닌 발언임에는 틀림이 없다. 그러나 이미 출발점으로부터 멀리 떠나와 버리는 동안 온갖 굴절과 파행 속에 놓인 베트남의 근대사를 생각한다면 이러한 주장 또한 얼마나 허구적인가? 이 주장에는 근본적으로 제3세계 민족주의가 지역분쟁과 동족간의 내란으로 확산될 수밖에 없었던 배경에 존재하는 '제국주의’라는 원인의 흔적을 지우는 교묘한 논리가 숨어 있다. 최근의 포스트 모더니즘 혹은 포스트 맑시즘과 유사한 관점을 취하는 이러한 주장은 제1세계적인 논리와 인식의 틀이 그 배후에 깔려있는 것이다.

이 점에서 비교적 제3세계와 가까운 지역에 위치하는 ‘다민족 국가’, ‘이민국가’, ‘제1세계국가’인 ‘호주’라는 작품 생성공간의 이데올로기가 등장인물 ‘민’과 ‘작가 돈오김’에게 어떤 영향력을 미치고 있음을 가정하기란 그다지 어려운 일이 아니다. 작품의 후반부에서 미국인 ‘쿠퍼 대위’의 발언과 행동은 ‘미국’이라는 국가가 훼손한 베트남의 역사와 전쟁에 대한 책임(?)을 회피하거나 변명하고 있다는 인상을 주는데 실제로 이 소설은 미국의 ‘제국주의적인 면’과 패권주의에 대해서는 별다른 관심을 기울이고 있지 않다. 결과적으로 반전사상과 휴머니즘, 평화주의를 지향하는 인종과 민족의 경계를 넘어선 국제주의, 비폭력주의가 이 소설의 기본적인 주제를 이루고 있는 것이다.

물론 주제면에서 이러한 점 자체가 커다란 문제 거리가 되지는 않는다. 그러나 비폭력주의에 의해서 감추어진 ‘폭력주의’, 반전사상에 의해서 왜곡된 ‘제3세계의 역사적 현실’의 발언이 이 소설에서 상대적으로 자주 눈에 띈다는 점에서 이러한 주제의 허구성은 반드시 지적할 필요가 있다고 하겠다.

다시 처음으로 돌아가서 돈오김의 『내 이름은 티안』이 보여주는 다국적 문학의 성격에 대해서 거론해 보기로 하자. 이민국가의 ‘국가주의’는 제3세계 민족주의와는 그 성격면에서 역사적이기보다는 정치적이다. 계약사회의 전통적인 질서를 바탕으로 한 ‘자본주의 국가체제’가 바탕이 되는 ‘국가주의’는 그 내부에 인종과 민족에 대한 차별의 원인을 이미 내포하고 있다. 그것은 노동력의 인종집단화(ethnicization)를 통해서 자본주의 경제를 유지하는 조직적인 차별화 정책이 대부분의 이민국가에서 시행되고 있다는 사실을 통해서도 분명히 확인된다.[2] 그리고 이러한 이민국가의 통제 이

---

2) “자본주의 세계경제에서는 그것이 가장 잘 작동하기 위해서 특정한 지리적 장소에서 발생

데올로기는 '국가주의'가 인종집단(ethnicity)을 사회적으로 '계서화'시킨다
는 사실로 인해서 그것을 은폐시키는 또 다른 문화이데올로기를 양산한다.
『내 이름은 티안』이 지니고 있는 다국적 문학의 성격은 실제로 이러한
이데올로기의 영향권 내에 있다고 여겨진다. 제3세계의 문제를 바라보는
작가의 시각은 이 작품에서 민족주의와 인종 간의 전쟁을 가능하게 하는
원인인 '차별'의 실상에 대해서는 그다지 주목하고 있지 않다. 오히려 과
거의 차별을 잊지 않는 '기억'이('개들과 중국인 출입금지'라는 상하이 공
원의 표지판을 잊지 않는 중국인처럼) 인종 간의 전쟁을 일으키는 원인인
것처럼 서술한다.

그러나 과연 그러한가? '차별'이 과거의 기억이라는 시각은 결국 현재의
'인종집단'에 대한 차별과 그 서열화를 덮어 버린다. 이민국가의 내부에서
생성되는 국가주의의 차별적 정치 이데올로기는 이 점에서 반대로 인종화
합이나 휴머니즘이 바탕이 된 문화주의를 필요로 한다. 이것은 체제를 유
지하고 그 현실의 정신적 결핍을 보상(補償)하는 보수성이 강한 이데올로
기라고 할 수 있다. 이런 맥락에서 『내 이름은 티안』의 다국적 성격, 반전
주의, 휴머니즘, 평등주의는 제1세계 이민국가인 호주의 국가통제 이데올
로기와 밀접한 연관성을 지니고 있다고 할 수 있다.

하는 노동력의 수요를 충족시킬 만한 광범위하고도 끊임없는 국민들의(강제적인 동시에 자
발적인) 이동이 필요했다. 이와 더불어 세계 노동력의 인종 집단화(ethnicization)가 진행되
었으며, 그 결과 어느 특정지역에서나 인구는(그 구분 기준이 피부색이나 언어, 종교 아니
면 어떤 다른 문화적 구성물이든간에) 여러 인종집단으로 나뉘게 됨을 볼 수 있다. …(중
략)… 세계노동력의 인종집단화에는 인종차별주의라는 이념이 필요했는데, 이같은 이념 속
에서 세계인구 중 다수가 하층계급으로, 열등한 존재로 규정되어 왔고, 그리하여 궁극적으
로는, 직접적인 정치적, 사회적 투쟁의 결과 어떠한 운명에 처할지라도 이를 달게 받아들
여야 하는 그런 존재로 규정되어왔다는 점이다." Wallerstein, Immanuel, 『역사적 자본주의
/자본주의 문명』, 나종일, 백영경 역, 창작과비평사, 1993, pp.127~128. 세계체제의 주변
부 지역에 속하는 국가의 대부분은 핵심부 국가로의 경제이민이나 개발지역으로의 강제이
주가 권장되었던 역사적 체험을 지니고 있고 또 현재에도 이러한 현상은 계속되고 있다.
최근 우리나라의 노동력 수입과정이나 제1세계 신민족주의 현상, 유고내전 등은 인종집단
화와 그로 인한 인종차별과 갈등의 구체적인 예이다.

3. 주체의 훼손된 총체적 인식과 유보된 정체성

다음은 앞에서 제시했던 다섯 가지 조건 중에서 (4) 재호주한국인 사회가 형성된 역사적 배경과 시간적인 길이의 장단에 대해서 생각해 보기로 하자.

재외한국인문학의 연구에서 이 점은 그 이민의 유형과 지역적 특수성에 대한 질문을 포함한다. 집단적 이주와 개별적 이민의 차이, 강제성과 자발성 여부, 개발이민과 경제이민의 차이, 이주 지역이 제1세계 자본주의 국가인가, 제2세계 사회주의 국가인가의 차이 등의 고려를 포함하는 것이다. 예를 들면 근대 식민지시대의 역사적 상황이 원인이 되어 강제 혹은 반강제적 형태로 진행된 일본, 중국, 러시아 지역의 집단이주와 경제이민이 대부분인 호주, 미국 등의 개별이주는 근본적인 차이를 지니고 있다고 할 수 있다.

재호주한국인 문학은 이 점에서 경제이민 지역이면서 동시에 제1세계 개별이민 지역의 문학이다. 이 두 조건은 앞에서 말한 생성공간의 특수성에 대한 고려와 함께 생각해 볼 때 좀더 중요한 의미를 지니기도 한다. 예를 들면『내 이름은 티안』에서 앞서 거론한 인종의 문제나 제3세계에 대한 시각, 자기 정체성을 확인하는 과정이 자전적이기보다는 허구적이고 비유적이라는 점은 이런 네 번째 조건의 탓이라고 할 수 있다. 만약에 중국이나 일본지역이었다면(세대간의 차이는 있겠지만) 자기 정체성의 확인은 곧 한국 근대사의 특수성이나 이주사, 고국을 떠나서는 추구되기 힘들었을 것이다.

『내 이름은 티안』이 자신의 정체성에 대한 확인과정을 기록한 성장소설로 읽힌다는 점은 이 작품 역시 재외 한국인 문학의 일반적인 경향에서 벗어나 있지 않다는 점을 다시 확인하게 한다. 그러나 그 정체성의 확인 방식이 한국인으로서의 정체성 확인이 아니라 베트남인으로서의 정체성 확인이며, 그 과정이 자신이 놓여 있는 역사적 현실에 대한 자각과 전통의 발견을 통한 역사적 정체성의 인식과정이라는 점에서 작가에게는 그 정체성의 확인이 간접적으로 추구되고 있는 셈이다.

'티안'이 '절로 가라'는 어머니와 형의 말을 따르지 못한 것은 전쟁과 성장 과정에서의 '타자'와의 접촉 때문이다. 그가 교육을 받은 '닥터 위고'의 영향은 그로 하여금 '절[寺]'의 존재가 왜 자신에게 중요한지에 대한 회의에 빠지게 만드는 원인이다. 결국 그의 '절'을 찾아가는 여정은 '기차 전복사고'로 우연히 연기되었고, '닥터 위고'와 '간호사 콴'을 만난 이후에는 '자기 정체성'에 대한 갈증이 절에 대한 스스로의 회의를 억누를 수 있을 때까지 저절로 유보된다. 혼돈스러운 현실을 체험하던 '티안'은 베트콩의 포로가 되고 거기서 '타'형을 만나 다음과 같은 말을 듣는다. "절이 당장 우리의 필요를 충족시켜 주진 못하지만 절은 우리의 고향이야. 난 아직도 그곳으로부터 새로운 빛을 보길 희망해. 날 믿어, 티안"(p.182) 결국 형의 도움으로 미국인 '쿠퍼 대위'와 탈출에 성공한 '티안'은 어린 시절 자신의 약혼자인 '피아'를 찾기 위해서 '절'로 향한다. 그리고 그곳에서 '피아'를 만나지만 티안은 이미 그녀가 '분신'이라는 행위를 선택했음을 알게 된다. 절을 떠나는 티안에게 피아의 삼촌인 '노승'은 그의 길이 곧 자신을 찾는 길임을 말해 준다.

이 소설에서 '티안'의 성장과 삶의 여정은 혼돈스러운, 폐허의 현실을 살아가는 근대적인 자아의 한 모습을 보여준다. 현실 속에서 자신의 정체성을 찾아가는 '티안'은 그가 만난 타자들을 통해서 현실의 허구성과 가치관과 이데올로기의 허위에 대해서 깨달아 간다. '민', '닥터 위고', '간호사 콴', '타 형', '친구 쏙', '경찰관들', '쿠퍼 대위', '노승', '피아' 등의 타자를 통해서 그는 자신의 정체성을 발견하려고 노력한다. 그러나 이 소설의 결말부에서도 결국 '티안'은 자신의 정체성을 찾지는 못한다. 이처럼 『내 이름은 티안』이 그 제목을 통해서도 알 수 있듯이 자기 정체성 확인을 그 주제로 삼고 있으면서도 끝내 정체성의 확인이 유보되는 점은 이 작품의 독특한 특징이라고 할 수 있다. 마치 이방인 혹은 예정 없는 길떠남을 가는 존재의 모습을 생각하게 하는 '티안'의 이러한 모습은 작가 돈오김의 자의식과도 상당부분 관계가 있다고 여겨진다.

이 소설에서 '티안'이 만나는 모든 타자들은 어떤 면에서든지 결국은 '티안'이 찾으려는 '자아'의 모습을 보여주지는 못한다. '닥터 위고'의 독선적인 사고 방식, '절'의 노승의 무기력한 모습, '타 형'의 폭력적 민족주의, '민'의 이론과 논리는 '인간'에 대한, '사랑'의 갈증에 대한, 진정한 해답이 되어 주지는 못한다.[3] 결국 이 소설에 등장하는 모든 타자는 '총체성'을 온전히 지닌 타자들이 아니다. 그들은 모두 주관적인 타자에 불과하며 '티안'이 자신의 모습을 비춰 볼 수 있는 '객관적인 타자'로서의 '거울'의 기능을 상실하고 있다. '티안'이 소설의 진행 과정에서 여러 사람의 다양한 인물들을 만나면서도 끝내 그들을 통해서 자신의 정체성을 발견하지 못하

---

3) 『내 이름은 티안』에서 타 형과 티안의 다음과 같은 대화는 타 형의 선택이 주체적인 영혼의 선택이 아니라 폭력에 대한 대응의 일종이었음을 시사한다. 또한 진정한 희망과 구원을 갈망하는 그의 말을 통해서 왜곡된 폭력적 현실을 받아들일 수밖에 없는 비극적인 '주체'의 모습을 드러낸다. 반대로 '티안'은 상황이 강요하는 '선택적 정체성'을 거부하는 '이방인'의 자세를 고수한다. 그에게 '영혼'이 없는 '정체성의 선택'은 곧 폭력이며 강요이고 단순한 소속감의 표현일 뿐 '진정한 구원'이 될 수 없기 때문이다.

"왜 항상 형의 생각을 내게 강요하는 거야? 그것 때문에 바로 형이 싸우고 있는 것 아냐? 형처럼 나도 군복을 입을 권리가 있어. 난 독립을 원해. 내가 어떤 대가를 치르더라도 말이야!" …… "형이 나를 잡아 온 사람으로서 말한다면 형이 원하는 대로 나를 처치해 버려. 난 힘이 없으니까. 형 마음대로 뭐든지 할 수 있어. 어떤 종류의 폭력이든 다 특권이잖아. 하지만 난 형을 경멸할 수 있어. 그건 내 특권이야. 어떤 폭력도 미칠 수 없는 특권이라고." …(중략)… "수치와 주체성, 노예와 자긍심 사이에서 우리는 우리의 죽창, 무기에 매달리게 되는 거지. 왜냐하면 우리는 폭력만이 유일한 진실인 곳에 있기 때문이야. 우리가 선택한 것이 아냐. 우린 선택할 것이 없어. 우린 물에 빠진 사람처럼 거기에 매달리는 거지. 내일 우리가 핵폭탄을 맞는다고 해도 말이야." …… "하늘을 쳐다보다가 문득 텅 빈 자신을 깨달을 때가 있었지. 피에 적은 군복을 입고 무의미함을 느끼는 거야. 우린 외로워서 무엇을 해야 할지 몰랐지. 영혼의 안식을 어떻데 찾아야 할지도 몰랐어. 어젯밤 난 자신에게 말했었어. <난 동생이 있고 오래지 않아 그가 나타나 지친 내게 희망과 위안 심지어는 영감까지도 주겠지.> …… 난 네가 외국말을 하는 학교에서 결코 배울 수 없는 무엇인가를 절에서 배우리라고 믿었어." …… "사랑은 행동이야, 적극적인 행동. 그건 포용력이 있는 힘이야. 사랑을 할 수 있는 사람들에겐 사랑은 주인됨을 의미해. 우린 결코 사랑할 수가 없어. 우리에게 사랑은 노예를 의미할 뿐이야."(pp.180~182)

는 결말은 '총체적인 세계'를 상실한 근대적 자아의 비극적인 단면을 그대로 압축하고 있다.

근대적인 의미에서 소설을 '총체성이 상실된 세계 속에서 자신의 영혼을 찾아가는 길떠남'이라고 정의한다면 『내 이름은 티안』은 이런 의미 안에서는 근대 소설의 전형적인 형태를 취하고 있다. 그러나 '티안'은 결국 자신의 영혼(정체성)을 찾지 못하고 소설은 미해결의 상태로 종결된다. 영혼을 발견하지 못한 '주체'의 모습은 곧 총체성을 회복하지 못한 '세계'의 모습이기도 하다. '타자'에 대한 총체적 인식을 가질 수 없는 '주체'는 불안하며 분열된 인식으로 세계를 바라본다. 따라서 이 소설에서 모든 타자의 '분열된 현상'은 정체성의 확인을 끝없이 방해하며 소설이 결말부에서도 주체의 훼손된 총체적 인식은 복원되지 않는다.

『내 이름은 티안』은 이 점에서 철저히 비극적이고 근대적 소설의 유형으로부터 일탈하고 있다. '영혼을 찾는 길떠남'의 끝에서 '티안'은 아무런 깨달음(총체적 인식)도 얻지 못하고 '절'을 내려온다. 근대적인 자아가 자신의 영혼을 회복하지 못하고 길떠남의 끝에서 '막다른 길'만을 확인하는 결말구조를 지닌 이런 유형의 소설은 그 만큼 근대적인 역사에 대해서, 진보에 대해서, 회의하는 주체를 선명하게 보여주는 구체적 현상이다.

돈오김의 『내 이름은 티안』은 이 점에서 민족적 정체성이나 역사적 정체성, 근대적 주체, 이데올로기 등 모든 근대적인 명제에 대하여 회의적이다. 소설 속에서 '티안'이 만난 인물들은 대부분 근대적 주체의 한 단면을 상징한다. 그들은 근대의 혼란한 현상 속에서 저마다 자신의 '정체성을 선택(?)한 인물들이다. '닥터 위고', '쿠퍼 대위', '타 형', '민' 등은 자신의 선택이 '이데올로기'임을 자각하는 근대적 주체들이다. 자신의 선택이 이데올로기임을 아는 근대적 주체란, 곧 헤게모니를 다투는 투쟁적 주체이다. 내란과 전쟁을 일으키는 주체이며 그 희생물이 되는 주체들인 이들은 모두 상실된 총체성을 회복하지 못한 채 '허구적 총체성'의 이데올로기를 구축하고 그 안에 안주한다.

돈오김의 소설이 '이방인'적인 원인은 바로 이런 방식으로 '주체'의 신화를 '탈신비화' 시키고 이데올로기의 허구성을 관조하기 때문이다. 즉, 그의 소설에서 '영혼을 찾는 길떠남의 여정'은 지속적인 유보의 형식을 취한다. 그것은 근대적 주체(자아)가 발견하려고 했던 '영혼'이 총체성에 대한 허구적 이데올로기의 구축으로 종결된 것에 대한 '반성적 인식'을 동반한다.

문화적 근대주의(모더니즘)의 뿌리에는 현실부정과 유토피아 의식이 깊이 자리잡고 있다.4) 그것은 '지금, 여기'라는 시·공간을 부정하며 그 부정의 양식을 통해서 '새로운 대안'을 구성한다. 근대적 주체의 '허구적 총체성 또는 자기 동일성'은 일종의 유토피아 의식으로서 부정적 현실에 대한 대안의 성격을 지닌다. 이 소설에서 피아의 삼촌인 '노승'의 다음과 같은 말은 근대적인 주체의 한 단면을 노출하는 것이다. 또한 그러한 부정적 현실을 극복하는 희망으로써 제시된 '기억'에 대하여, 여전히 판단이 유보된 채 절을 떠나는 '티안'의 태도는 근대적인 신념체계에 대한 본질적인 회의가 싹트기 시작하는 '자아'의 모습을 반영한다.

> "오늘 우리가 겪은 일 때문에 슬퍼하거나 부끄러워하지 말아라. 난 네가 이 일을 간직하고 기억하기를 기도하겠다. 기억은 바로 우리들의 존재다."(p.214)

---

4) "문명은 자연과학과 기술에 있어 무한한 발전이 이루어 질 수 있다는 '보편적 진보의 필연성'을 전제하였다면, 다른 한편으로 문화는 이러한 진보의 방향을 비판적으로 가늠할 수 있는 '유토피아'를 내세운다. 결과적으로 모더니즘은 유토피아를 설정함으로써 사회의 진보를 역사적 맥락에서 파악할 수 있는 비판적 거리를 확보한 것이다." 이진우, 「포스트모던 사회와 인문과학의 과제」, ≪문학과 사회≫, 1993, 겨울, p.1506.

이 글에서 이진우는 근대 사회의 이루는 두 개의 대립적 패러다임으로 문명과 문화의 개념을 꼽는다. 문명이 기술과학의 진보에 대한 근대적 신념을 담고 있다면 문화는 그 부작용으로 인해 생기는 결핍을 보상하고 '근대화 과정'에 대한 자정기능을 갖는 것으로 파악한다. 결국 이진우는 모더니즘을 이 두 개의 패러다임이 상호보완하면서 이루어진 '역사적 진보'에 대한 신념체계라고 파악한다.

기억이 '지금, 여기'를 넘어서 있으며 부정적 현실을 극복하고 미래를 구축하는 희망이라는 생각은 근대주의(모더니즘)의 유토피아 정신과 그대로 일치한다. 부정적 현실을 극복하기 위해서 과거의 기억을 통해 해결점을 발견하려는 태도는 모든 '근대적 글쓰기'의 일반적 유형이다. 이 때 과거로의 길떠남은 곧 '영혼을 찾는 길떠남'의 변형에 속한다. 그리고 이러한 태도는 역사주의와 진보, 존재의 동일성에 대한 신념을 동반한다. 이런 점에서 과거 속에서 미래를 발견하려는 희망은 '근대적 이데올로기'의 핵심에 속한다. 그러나 탈근대(포스트모던)적 '주체'는 과거의 기억조차 주관적 타자들의 '허구적 패러다임'에 속할 수 있다는 회의를 품은 '자아'이다. 결국 이들에게 있어서 기억은 현재를 넘어서 미래로 연결되지 못한다. "역사는 끝났지만 그곳에 유토피아는 없었다."라는 비극적 인식이 포스트모더니즘의 핵심을 이루는 세계관이기 때문이다.

결국, 돈오김의 작가의식은 이 지점에서 근대성에 대한 회의를 동반하는데 그의 이러한 회의는 유보된 정체성의 확인과 '역사'에 대한 회의, 반유토피아 의식, 이데올로기에 대한 불신, 민족주의와 국가주의에 대한 비판을 통해서 확인된다. 이 점은 집단적 정체성에 대한 회의감을 포함하고 있으며 그의 이러한 이방인 의식은 소속감이나 정체성의 문제를 하나의 '유토피아'로 받아들이던 근대적 사고관의 틀을 벗어난 것이다. 즉, 이방인 의식 자체가 하나의 '정체성' 내지 자아의 '진정성'을 대변하는 범주가 될 수 있는 가능성을 그의 소설은 보여준다. 분열된 타자의 혼란 속에서 스스로 벗어남으로써 소속감이나 정체성에 대한 강박관념을 벗어나 진정한 '자신'을 발견하기 위한 '길떠남'의 가능성을 그의 소설은 타진하고 있는 것이다. 그의 첫 작품인 『내 이름은 티안』(1968)이 이방인 의식을 형상화하는 출발점에 해당한다면 이후의 문학은 그 이방인 의식의 원인이 바로 현대 문명 자체로부터 나타난 한 현상임을 추적하는 작업으로 진행되었다고 할 수 있을 것이다.

그럼, 도대체 이런 작가의식의 근저에 담겨 있는 '재외한국인문학'으로서의 특징은 무엇일까? 앞서 말한 ④의 조건은 여기서 ②, ③, ⑤의 조건과 함께 다시 그 의미의 연결고리를 찾을 필요가 있다. 특히 ② 문학행위가 집단성에 근거한 경우와 개별적인 행위인 경우의 차이와 ⑤ 재외한국인문학이 소속된 지역이나 국가의 문단과 맺고 있는 관계는 ④의 조건에 의해서 그 유형이 대부분 결정될 수도 있는 하위조건의 성격을 지니고 있는 것이다. 돈오김이 속한 '재호주 한국인문학'은 그 이주의 성격상 집단적일 수 없고 또한 자체적인 '한인문단'을 결성하지 못한 상태여서 자연히 호주문단의 영역 내에서만이 활동이 가능하다. 따라서 돈오김의 문학은 '재호주한국인 문학'이라는 집단적 정체성보다는 '호주문단'의 제도적 관습 아래서 더 많은 영향을 받고 있으며 개인적 정체성의 문제에 집중되는 현상은 자연스러운 일이라고 여겨진다. 더욱이 한인사회 형성의 시간적 길이가 짧은 재호주한국인 문학에서는 아직 '세대문제'가 그다지 중요하게 다루어질 필요는 없을 것이다.

그러나 돈오김의 작가의식 속에 숨어 있는 이방인 의식의 원인이나 그 근거는 바로 이러한 조건의 관계망 속에서 어느 정도 설명이 가능하다. 우선 이민 1세인 돈오김은 호주 사회 내에서의 집단적 소속의 문제가 '이중적'이지 않다는 점이다. 또한 그 정체성의 문제에서도 이민국가 이데올로기에 쉽게 동화될 수 있는 조건을 가지고 있는데 이 점은 그의 문학이 호주문단 내에서 산출된 '호주문학'이라는 점과도 관련된다. 그는 호주에서 특수한 개인일지언정 이중적 소속을 가진 개인은 아니다. 이 점은 재일한국인 2세나 3세의 문학에서 종종 나타나는 '이중적 정체성'의 혼란이라는 문제로부터 그의 문학이 자유로울 수 있는 근거이기도 하다.

이 점에서 '이방인' 의식은 '경계인'의식과는 또 다른 차원에 속한다. '경계인' 의식은 끊임없이 집단적 정체성에 대한 회의와 탐구를 거듭해 나가지만 이방인 의식은 애초에 이러한 집단적 정체성에 대하여 신뢰하지 않는다. 그것은 처음부터 '타자'로 규정된 '세계'에 대한 주체의 당연한 대응이라고 할 수 있다. 그러나 '경계인' 의식은 순수한 자신도, 전적인 '타자'도 될 수 없는 두 개의 범주 사이에서 고민하는 주체라고 할 수 있다. 돈오김의 이방인 의식이 애초에 근대적 신념과 체계에 대한 집착이 적고 그러한 문제로부터 '일탈'되어 있는 까닭도 바로 이러한 '문제의식'의 질적인 차이로부터 연유하는 것이라고 할 수 있다.

다음은 ④의 조건을 통해서 '인종집단화'의 문제가 '재외한국인문학'과 어떻게 연결되며 '돈오김'의 경우에는 그것이 어떠한 영향을 주고 있고 그의 문학에 대해 어떠한 해석의 열쇠를 줄 수 있는지 생각해 볼 수 있다.

우선 '인종집단화' 현상이 전세계 자본주의 체제 아래서 특정 지역의 노동력의 수요를 채우기 위한 경제이민이나 강제이주로부터 야기된 것임을 유의해야 할 것이다. 특히, 일국사회주의 체제가 전세계자본주의 체제의 일부였다는 지적을 고려한다면 러시아나 연변지역, 재일한국인 집단도 이러한 현상에서 제외되지는 않는다. 다시 말해서 '재외한국인문학'은 세계자본주의 체제가 형성한 '인종집단화' 현상을 그대로 반영하는 '특수한 형태의 문학'이라는 정의가 가능하다. 또한 '인종집단화' 현상은 근대적 자본주의의 모순이 낳은 최대의 문제인 '민족분쟁', '인종갈등'의 직접적인 원인이며 '탈근대적인 징후를 담은 현상'에 포함된다. 따라서 '재외한국인문학'이 지닌 특징은 '근대'와 '탈근대적 성격'이 복합적으로 얽혀 있는 역동적인 현상이라는 정의가 가능하다.

그러나 이런 사실에 비추어 보더라도 돈오김의 문학은 '인종집단화'의 문제를 심각하게 인식하지는 않고 있으며 실제로 호주지역 한인의 경우에는 인종집단화의 단계에는 아직 이르지 않았다고 여겨진다.

그러나 호주 이민 1세 작가인 돈오김이 다국적 성격의 문학을 창작하고 집단적 정체성을 거부하며, 근대적 신념체계의 폭력성과 허구성을 비판하는 작품을 쓰는 이유는 '인종집단'의 형성과정과 '재외한국인문학'의 관계의 고찰을 통해서도 일정한 정도는 그 의미의 추적이 가능하다는 것을 알 수 있다. 그 까닭은 '재외한국인문학'이 각 지역마다의 독특한 특징과 차이를 나타내고 있지만 그 차이의 이면에는 근대적인 자본주의 체제의 '노동력 재편성' 패러다임이 존재하며 근대적 신념체계의 모순이 존재하기 때문이다. '인종집단화'와 '인종차별'이라는 문제의 발단지점에는 제국주의와 민족주의, 핵심부 자본주의와 주변부의 모순 등이 숨어 있으며 그 문제의 표면화와 문학적 형상화가 곧, 소수집단의 문학(재외한국인문학)인 것이다.

4. 재외한국인문학 논의의 새로운 인식틀

이상의 논의를 통해서 필자는 두 가지 방향의 문제해결을 시도했다. 첫 번째는 '재외한국인문학'의 특성을 논의하는 방향이고 다른 하나는 '재외한국인문학'의 일부인 돈오김의 『내 이름은 티안』이라는 작품에 대한 비평적 분석과 평가이다. 이 두 가지 문제는 하나의 구체적인 작품에 대한 비평적 접근이 '재외한국인문학'이라는 새로운 범주에 대한 '인식의 틀'을 만들어 줄 수 있다는 가정을 전제로 한다. 그리고 이러한 가정은, 하나의 작품이 산출되는 환경과 조건이 구체적인 작품의 텍스트성과 맺고 있는 맥락에 대한 이해를 통해서 작품 안과 밖의 '새로운 징후' 탐색을 가능하게 한다는 방법적 가설의 구체적인 유효성을 보여주기 위한 것이다.

결국, 맥락에 대한 이해를 통해 작품의 '새로운 징후'와 그 의미를 해독하고 그 해독의 결과가 다시 '현실적 상황' 또는 '역사적 범주'의 변화를 예감하는 '비평적 기준'으로 작용할 수 있는 가능성을 탐색하는 작업이 이 논의에서는 병행되고 있다. 방법론과 문제의식의 해결이 동시에 모색되는 이러한 방식의 '비평적 글쓰기'는 '재외한국인문학'이라는 근대문학의 '문제틀'을 벗어나는 새로운 현상 혹은 징후에 대한 대응의 성격을 지닌다. 다시 말해서 기존의 문학적 사고방식이나 '문학적 인식'을 벗어난 층위에 존재하는 '재외한국인문학'의 연구는 필자에게는 분석의 방법론적 혁신과 문제의식의 해결이 동시에 모색되어야 할 필요성이 있는 과제이다.

필자의 이러한 의도는 자연히 이 글의 성격을 '재외한국인문학'이 이전의 문학적 인식체계를 벗어나 있는 특징에 초점을 맞추게끔 유도했고, 그 결과는 '근대 이후적 특성'을 드러내는 '문학적 범주'로서 '재외한국인문학'을 규정하는 결론으로 나타났다. 이 점은 앞장의 결말부에서 '소수집단의 문학'이라는 특수 범주로 재외한국인문학을 바라보는 데서 잘 나타나 있다고 생각된다. '재외한국인문학'을 소수집단의 문학으로 본다는 견해에는 '인종집단화'와 그 '서열화(계서제)'를 통한 차별이 근대적 자본주의(산업화) 모순의 중첩으로 야기된 '탈근대적 징후'라는 생각이 포함되어 있다. 따라서 소수인종집단의 문학(재외한국인문학을 포함한)에는 이러한 '후기근대적 현상'에 대한 민감한 대응이나 그 징후가 담겨 있으며 이에 대한 구체적인 분석이 '재외한국인문학'에 대한 연구의 한 부분을 차지할 수 있다고 생각된다. 이 점은 실제로 재외한국인문학의 형성이 한국의 근대적 체험의 특수성으로부터 시작된다는 점에서 그 타당성이 충분히 인정될 수 있다고 하겠다.

돈오김의 『내 이름은 티안』은 그 성격상 '재호주한국인 문학'의 특수성을 담고 있으며 내용상 근대적 현상에 대한 작가의식의 회의적 관점이 두드러지게 담겨 있는 작품이다. 이 작품에 대한 비평적, 분석적 독서에는 '이중적 읽기'가 필요하다. 하나는 작가 돈오김의 '이방인'적 속성과 의식에 주목하는 것이고 다른 하나는 호주문학계와 지식인의 지배적 담론에 대한 '심층적 읽기'이다.

근대의 모순적 현상의 하나인 '베트남 내전'은 민족주의와 내전이라는 근대적 모순과 비합리성의 실체를 그대로 담고 있다. 그러나 민족주의의 발생과 전개 그리고 근대적 현상인 이데올로기 투쟁을 가장한 '내전'을 바라보는 관점은 다양한 근대적 주체들의 성향에 따라 각기 다르게 나타난다.

이 소설에는 이러한 다양한 관점에 대한 폭넓은 인식을 보여주는 작가 돈오김의 '이방인 의식'이 담겨 있는 한편, 서구적 인식 체계가 낳은 또 다른 '억압적 담론'이 존재한다. 특히, 작가이자 지식인인 '민'의 논리에는

'인종과 민족'의 문제를 차별과 폭력적 대응의 악순환으로 바라보는 의도적인 단순논리와 제3세계 민족주의의 허구성에 대한 비판'으로 위장된 '백인우월주의'가 숨겨져 있음을 알 수 있다.

돈오김의 작가의식을 특징지울 수 있는 '이방인 의식'도 이런 맥락으로부터 전적으로 자유롭지는 않지만 베트남전쟁이 한창이던 1968년 당시에 『내 이름은 티안』과 같은 '문제적 작품'을 쓸 수 있었다는 사실은 높이 평가할 만한 일이라고 하겠다. 또한 이런 사정에 의해서 돈오김의 '이방인 의식'에 대한 면밀한 분석도 이후의 연구에서 남겨진 과제이다.

특히, 『내 이름은 티안』의 다국적 성격과 그 이야기 차원에서 나타난 '근대적 주체'에 대한 회의, 형식상의 특징(정체성의 확인이 유보되는) 등은 '소수집단 문학의 한 단면'(탈근대적 징후를 담은)을 보여주는 구체적인 예이다.

재미한국인 문학에 나타난 한국여성상
- 가족중심주의와 여성관의 관계를 중심으로 -

1.

　'재미한국인 문학에 나타난 한국여성상'이라는 주제에 대한 논의는 먼저 비교의 기준과 범주에 관한 문제를 설정하는 것에서부터 시작되어야 한다. 재미한국인 문학이 다른 재외한국인문학 또는 한국문학과 다른 변별성을 지니고 있으며 그 변별성을 확인하는 척도 중의 하나가 '한국여성상'의 문제일 수도 있다는 것이 이 주제의 배후에 담겨진 의도라고 할 수 있기 때문이다. 그러나 실제로 '재미한국인 문학에 나타난 한국여성상'의 특징에는 다른 재외한국인문학 또는 한국문학과의 변별점만이 아닌 공통점도 분명히 존재한다는 것은 이미 기정의 사실이다. 중요한 것은 '같으면서도 어딘가 다른' 미세한 차이의 문제이다. 커다란 공통원리 내부에 존재하는 세부적 차이가 지닌 의미를 밝히는 작업은 바로 재외한국인문학과 한국문학의 상호 연관성을 찾는 행위이다.

재외한국인문학 각 계열체의 미세한 차이의 원인을 밝힘으로써 '한국인의 문학' 전체에 대한 계보학적 연구의 가능성은 좀더 높아진다고 할 수 있다. '민족'이라고 하는 하나의 공동체 안에서 생성된 이데올로기와 밀접한 상호연관성을 지니고 있는 '민족문학'은 '소수집단문학'의 일종인 '재외한국인문학'과 계보학적인 관계에 놓여 있다.[1] 한국문학사가 '민족공동체적인 정체성'[2]을 근거로 삼는다면 '재외한국인문학'은 '소수집단의 정체성'을 근거로 삼는다. 이들은 '민족공동체적인 정체성'을 '흔적'으로 지니면서 그들 '소수집단'이 속한 문학적 '생성공간'의 특수한 이데올로기에 영향을 받고 있는 것이다. 따라서 재외한국인문학의 특수성 안에는 '민족적 정체성에 대한 향수와 현실적 주체의 간극'이 언제나 존재한다.

앞의 논의에 따르면, 결국 한국문학사가 '재외한국인문학'이라는 계보적 관계에 있는 다른 계열체를 비교의 대상, 또는 '거울'로 삼을 때 생기는 긍정적 효과는 분명하다. 그것은 근대문학의 근간인 '민족문학'의 반성과

---

1) 계보학적인 접근은 재외한국인문학의 특수와 보편에 대한 인식을 위한 하나의 방법이라고 할 수 있다. '소수인종집단(ethnicity)'의 문학인 재외한국인문학은 원형으로서 한국문학과 한민족의 역사적 체험을 지니고 있고 그 특수성의 원인으로서 '소수인종집단'의 정체성을 지니고 있다. 계보학적인 접근은 '소수인종집단'의 문학이 지닌 구체적인 특징을 사회적, 역사적인 맥락에 놓고 파악하려는 한 방법이다.

2) 황종연, 「민족을 상상하는 문학」, ≪문학동네≫ 1, 1994. 겨울. 참조. 민족에 대한 개념이 '상상의 공동체'라는 표현 속에는 '민족'이라는 실체와 그 이상적 형태에 대한 관념 사이에 어떤 간극이 존재함을 의미한다. 이데올로기로서의 '민족'은 이 점에서 필연적으로 '민족공동체'에 대한 정체성을 요구하며 그 정체성은 '상상된 공동체'의 성격에 가깝다고 할 수 있다. 한국문학사가 '민족공동체적인 정체성'을 근거로 삼아온 까닭은 근대라는 역사적 범주에서의 '이상적 공동체'에 대한 희망을 품고 있었기 때문이다. 그러나 문제는 근대라는 상황 속에서의 '민족'의 실체를 정확하게 파악하지 못함으로써 '이상적 공동체'와 '현실적 공동체'와의 거리가 너무 멀어지는 현상이 종종 있었다는 점이다. '민족문학'의 실체와 그 이상적 형태에 대한 간극이 멀어질 때 나타나는 것이 바로 이데올로기로서의 '민족주의 문학'이라는 점이 이를 잘 보여준다. 소수인종집단의 정체성이 민족공동체적인 정체성과 구별되는 까닭은 '혈연과 문화적 전통'만이 소수집단의 정체성을 규정하는 근거가 아님을 의미한다. 즉 소수인종집단에게는 자본주의 노동력의 재편성, 인종차별 등에 의해서 표출된 근대적인 모순에 대한 인식을 비롯한 그들 공동체가 부딪친 '현실적 문제'가 더 중요한 정체성 확인의 근거이다.

새로운 변신을 가능하게 할 뿐만 아니라 탈근대적 계기와 현상을 발견하는 데 도움을 준다. 노동력의 '인종집단화(ethnicization)'[3]라는 구체적 현상에 의해서 생성된 '재외한국인문학'은 근대가 낳은 부정적 현상인 '신민족주의'를 현실적인 갈등요인으로 안고 있다는 점에서 한국문학사의 '민족문학' 이후를 전망하는 데 주요한 지침을 제공하기 때문이다.

따라서 '재미한국인 문학에 나타난 여성상' 연구는 '한민족의 공동체적인 정체성에 근거한 이데올로기'가 '미국'이라는 상이한 생성공간의 이데올로기와 '재미한국인 집단' 형성의 역사적 체험에 의해서 어떻게 변질되고 미세한 차이를 드러내게 되었는가를 살펴보는 작업이라고 할 수 있다. 이 점에서 이 논의는 우선 다음과 같은 재외한국인문학의 특성을 규정하는 다섯 가지 조건을 고려할 필요가 있다.[4]

① 작품 생성공간의 이질성 ② 개인적으로 문학행위를 한 경우와 이주국가 안에서 독립적으로 문학생산과 소비의 집단을 형성한 경우 ③ 재외한국인 사회 내의 세대 차이 ④ 재외한국인 사회형성의 역사적 배경, 시간적인 장단 ⑤ 재외한국인 사회가 속한 지역 혹은 국가의 문단이 미치는

---

3) "자본주의 세계경제에서는 그것이 가장 잘 작동하기 위해서 특정한 지리적 장소에서 발생하는 노동력의 수요를 충족시킬 만한 광범위하고도 끊임없는 국민들의(강제적인 동시에 자발적인) 이동이 필요했다. 이와 더불어 세계 노동력의 인종 집단화(ethnicization)가 진행되었으며, 그 결과 어느 특정지역에서나 인구는(그 구분 기준이 피부색이나 언어, 종교 아니면 어떤 다른 문화적 구성물이든간에) 여러 인종집단으로 나뉘게 됨을 볼 수 있다. ……(중략)…… 세계노동력의 인종집단화에는 인종차별주의라는 이념이 필요했는데, 이같은 이념 속에서 세계인구 중 다수가 하층계급으로, 열등한 존재로 규정되어 왔고, 그리하여 궁극적으로는, 직접적인 정치적, 사회적 투쟁의 결과 어떠한 운명에 처할지라도 이를 달게 받아들여야 하는 그런 존재로 규정되어왔다는 점이다." 이매뉴얼 월러스틴, 『역사적 자본주의/자본주의 문명』, 나종일, 백영경 역, 창작과비평사, 1993, pp.127~128. 세계체제의 주변부 지역에 속하는 국가의 대부분은 핵심부 국가로의 경제이민이나 개발지역으로의 강제이주가 권장되었던 역사적 체험을 지니고 있고 또 현재에도 이러한 현상은 계속되고 있다. 최근 우리나라의 노동력 수입과정이나 제1세계 신민족주의 현상, 유고내전 등은 인종집단화와 그로 인한 인종차별과 갈등의 구체적인 예이다.

4) 재외한국인문학을 규정하는 다섯 가지 조건에 대한 자세한 논의는 필자의 「재외한국인문학의 탈근대적 성격―돈오김, 『내 이름은 티안』을 중심으로」(≪동악어문논집≫ 31, 동악어문학회, 1996)에서 좀더 자세하게 다루었다.

영향 등이 그것이다. 이 다섯 가지 조건은 '민족공동체에 기반을 둔 정체성'이 각기 다양한 '재외한국인문학'에서 어떻게 변화되어 나타나는가를 살피는 기준이자 그 변화원인의 보편적 범주라고 할 수 있다.

본고에서 '재미한국인 문학'의 범주로 포함시킨 강용흘, 김은국, 김용익, 이창래 등은 이러한 다섯 가지 조건을 고려해서 뽑은 작가들이다. 이 작가들은 우선 이민 1세와 2세의 세대차이를 비교할 수 있고, 둘째는 재미한국인사회 형성의 역사적 배경을 알 수 있다는 이점을 제공한다. 따라서 '한국여성상'이 이들의 문학에서 어떻게 나타났는가 하는 점은 생성공간의 이데올로기적 영향이라는 맥락에 대한 이해와 위에서 말한 두 가지 사실에 초점을 맞추어 살펴보는 것이 효과적이다.

②의 조건에 대해서는 본고의 주제를 다소 혼란시킬 염려가 있어 구체적인 논의는 생략한다.5) '재미한국인 문학'은 작가, 독자가 모두 한국인이고 사용된 언어가 한국어인 경우와 미국인을 상대로 영어로 창작한 경우의 이원적인 체계를 이루고 있어서 이 두 경우를 비교하는 작업도 나름대로 의미가 있는 일이지만 본고에서 함께 다루기에는 무리라고 여겨진다. 이런 이유로 본고에서는 영어권 독자를 상대로 쓰여진 작품만을 논의의 대상으로 삼았다. 여기에는 '민족공동체적 정체성에 근거한 이데올로기'가 '생성공간'의 이데올로기에 의해서 영향 받는 정도가 전자보다는 후자의 경우가 더 강하다는 생각도 포함되어 있다. ⑤의 경우는 정보의 부족으로 인해서 자세한 고찰이 불가능하므로 부분적인 고려 정도로 그칠 수밖에 없었다. 강용흘, 김은국, 김용익 등 이민 1세대문학에 대한 미국문단의 시각과 이민 2세인 이창래에 대한 영향을 각각 분리시켜서 유추함으로써 본

---

5) 2)의 조건은 재미한국인의 경우 이원적인 체계로 이루어져 있어서 '한국의 여성상'이라는 본고의 주제를 다루기에는 지나치게 자료를 분산시킬 염려가 있다. 또한 미주 지역에서 한글로 작품활동을 하는 문인의 경우에는 교통과 통신의 발달로 인해서 한국문단과의 교류가 빈번하고 한국문단에서 동시에 활동하는 경우도 있어서 순수한 '재미한국인 문학'의 면모를 확인하기에는 다소 모자라는 점이 있다고 여겨진다. 특히 이민 1세들이 중심이어서 다소 편중된 성격 등도 본고의 연구 대상으로는 부적합한 점이라고 여겨진다.

고의 논의에 부분적으로 포함시키도록 하겠다.

2.

　'재미한국인 문학에 나타난 여성상'의 특징이라면 먼저 모든 여성의 위치가 '가족관계'를 통해서 드러나고 확인된다는 점이다. 이 점은 한국문학사의 내적 특성을 이루는 중요한 특징이기도 한데 '가부장 중심의 가족관계'가 모든 여성 인물의 행위를 가름하는 기준으로 작용한다. 대부분이 남성적 화자에 의해서 묘사되는 소설적 상황전개와 인물의 묘사는 여성인물의 역할을 축소하거나 남성중심적인 평가로 일관되게 한다. 마찬가지로 '재미한국인 문학'에서 두드러진 특징도 이러한 '가부장적 가족관'의 노출이다. 흔히 '가족중심주의'라고도 할 수 있는 이런 현상은 한국소설의 일반적 특징으로서 가족사 중심의 서술구조나 화자의 가족주의적 태도를 통해서 종종 나타나곤 한다.

　마찬가지로 재미한국인 문학에서도 이러한 가족중심주의는 '민족주의'로 확장되거나 '민족적 정체성'의 확인수단이 되며 다른 한편으로는 고국에 대한 향수, 삶의 근거로 작용한다. 여성에 대한 인식도 철저하게 가부장적이고 가족의 일원으로서만 확인된다. 그것은 일종의 공동체 의식인 '가족'이라는 울타리 내부에서만 여성을 진지한 관심의 대상으로 인식하기 때문이다. 이 점은 이주민인 자신의 정체성을 '가족'이라는 울타리에 한정시킴으로써 '소외'를 극복하는 정신적 태도이다. '이방인 의식'의 다른 표현이 '가족중심주의' 또는 '가족이기주의'로 나타난 것이다. 예를 들면 이창래의 「네이티브 스피커」에서 주인공 '헨리 박'의 아버지와 어머니의 철저하게 '가족중심적인 생활습관'이라든가 존쾅의 가족주의적인 태도[6] 등은 이주민의 자기정체성 확인의 한 방식이라고 할 수 있다.

국가나 민족에 대한 정체성 확인이 어려운 상황에서는 이처럼 가족공동체에 대한 확인의 방식을 통한 현실에 '뿌리내리기'가 주요한 현상으로 나타난다. 특히 식민지시대의 역사적 체험과 민족분단, 6·25 동란, 분단고정화 시대 등의 시대적 배경을 이민의 동기로 지니고 있는 이민 1세대의 작품은 어떤 식으로든지 ― 예를 들면 향수, 추억 또는 귀향의식 등으로 ― 가족에 대한 이야기가 중심서사를 차지하고 있고, 그렇지 않은 경우에도 여성에 대한 인식은 거의 드러나지 않거나 혹 나타나더라도 가족관계를 중심으로 표현된다.

강용흘의 『초당』의 다음과 같은 구절은 가족관계를 통해서 표현되는 여성상을 보여주는 대표적인 예이다.

① 신랑과 신부는 혼례식 전에 서로 얼굴을 마주보는 일이 절대로 없고, 첫날밤을 치른 다음날 아침에야 비로소 서로 보게 되어 있었다. 서양 독자들에게는 이런 것이 야만적인 습속으로 여겨질 것이 틀림없다. 그러나 동양인의 관점은 전혀 다르다. <u>나의 작은 숙부와 새 숙모 는 이기적인 정열에 의해 부부가 되는 것이 아니라, 법적인 의무를 수행하는 전형적인 아담과 이브에 불과한 것이다.</u> 자신의 아내를 선택하는 것, 산아문제에 있어 개인의 의견을 고려하는 것, 이런 것들은 나의 구식 사회에서는 일반적으로 어이없는 짓, 방자한 짓, 상스러운 짓으로 간주되었다. 교양 있는 남자는 제아무리 사랑한다 하더라도 정다운 눈빛으로 아내를 바라볼 수 없으며 사람들 앞에서 아내에게

---

6) 존쾅의 집을 찾아간 헨리가 만난 그의 아들은 유창한 한국어를 하고 한국식 예의범절로 공손하게 그를 대한다. 특히 다음과 같은 내용을 보면 존쾅이 한국적인 가족제도와 관습을 그대로 따르고 있음을 알게 한다.

"두 팔을 차렷자세로 하고, 시선은 계속 아래로 내린 채 경의를 표하듯이 고개를 숙이고 있었다. 피터는 내가 입을 열기를 기다렸다. 어른 앞에서 어떤 자세를 취해야 하는지 아주 어려서부터 몸에 밴 자세인 것 같았다."

『네이티브 스피커』 2, p.144)

아이의 교육을 한국식으로 시키고 있는 존쾅의 태도에는 한 가족의 가장으로서의 태도가 분명하게 나타난다. 또한 '선거운동 봉사자'들을 모두 '가족'이라고 부르는 점이나 한국식 '계'를 운영하는 점도 그의 가족주의적인 태도를 나타내는 한 예이다.

다정하게 이야기하는 것은 엄두도 못냈다. 결혼은 의무지 애정이 아니었다.

(강용홀, 『초당』, 범우사, 1993, p.72)

② <u>나의 조모는 여러 가지로 집안에서 가장 중요한 분이었다. 그녀는 나의 부친으로부터 극진한 사랑을 받았던 것으로 기억된다.</u> 그녀는 대단한 정력을 지닌, 몸집이 작은 백발의 여인이었다. 대체로 한국 여성은 키가 작은 편이지만, 조모는 평균 수준 이하의 작은 키였다. …(중략)… <u>그녀는 대개 중류층 한국 여성들이 입는 구식 흰 한복을 입었고, 옷차림에는 전연 별난 데가 없었다. 그녀가 다른 한국 여성들처럼 얼굴에 분을 바르거나 머리에 기름을 칠하는 것을 본 기억이 전혀 없다. 장차 아내나 어머니가 될 송전치의 처녀들은 모두 나의 조모처럼 될 거라고들 말했다. 그녀는 아내로서 해야할 일은 무엇이든 배웠을뿐더러, 갑자기 필요할 때에는 들에서 남자들이 하는 일을 하기도 했다.</u> 그러나 뭐니뭐니 해도 그녀는 진짜 동양 여인이었다. 불교의 정적, 도교의 신비한 고요, 유교의 윤리적 통찰, 이 모두가 그녀에게는 매우 품위 있는 인격을 형성하는 데 도움이 되었다.

(강용홀, 『초당』, p.26)

①에서 화자는 한국의 전통적인 '혼례'에 대하여 설명한다. 그리고 그것이 관습화된 가족제도에 따르는 일임을 강조하고 있다. 즉 '결혼은 의무지 애정이 아니'라는 말은 결혼이 단순한 남녀의 만남이 아니라 '가족'의 새로운 구성이라는 뜻을 내포한다. 결국 아내와 남편은 남성이거나 여성이기 이전에 '가족공동체'의 일원이다. 따라서 결혼은 가족이라는 공동체에 대한 법적인 혹은 관습적인 의무를 받아들이는 절차라고 할 수 있다. 강용홀의 소설에서 등장하는 대부분의 여성이 가족공동체의 울타리 안에서 맺어진 일정한 신분관계(촌수나 숙모, 고모, 조모 등)에 준해서 서술되고 묘사되는 것은 이 소설이 단순히 가족사를 배경으로 한 성장소설이라는 이유 때문만은 아니다. 오히려 반대로, 어떤 점에서는 이 소설의 이러한 형식적인 특질 자체가 재미한국인 문학 또는 한국문학이 지닌 '가족중심주의'를 그대로 보여주는 단적인 예라고 할 수 있을 것이다.

한민족의 가족중심주의적인 사고는 근대문학 안에서 '개인'이 아닌 '가족중심'의 이데올로기를 구축했다. 즉, 엄밀한 의미에서 한국소설의 주체는 개인이 아니라 '가족'이며 가족의 울타리를 벗어난 것만이 타자이다. 가족중심주의적인 '주체'의 '타자'에 대한 인식은 '가족구성원'에게는 해당되지 않는다. 따라서 이 소설의 화자에게도 가족의 구성원인 여성을 성적인 '타자'로 보는 시각은 나타나지 않는다.

강용흘의 『초당』에 나타난 '한국여성상'은 이 점에서 가족구성원의 일부인 '여성', 즉 관계의 차원을 떠나서는 생각되기 힘들다. 예를 들면 2)에서 서술되는 내용처럼 화자의 조모나 숙모, 고모, 사촌동생 등 가족관계 안에서의 상징적인 신분질서와 그들의 행위, 역할에 대한 내용을 통해서만 여성의 구체적인 상이 나타난다. 이런 경향은 결국 '여성 인물'에 대한 인식이 ①이나 ②에서처럼 '개인적 면모'에 초점이 맞춰져 있지 않고 '가족'이라는 공동체 안에서의 상징적인 지위와 관련되어 나타나고 있다는 점에서도 쉽게 확인된다.

위에 인용한 ①은 작은 숙부의 결혼식에 대한 '관습적인 의미'에 대한 설명을 담고 있다. 이 점은 이 소설이 '영어'로 씌어진 데 대한 작가의 자의식이 노출된 부분이기도 하다. 한국문학사의 전통 안에는 '가족' 또는 '가족사'라는 '개인적인 주체' 이전의 집단적인 공동체 의식이 종종 표면에 나타나곤 한다. 이와 마찬가지로 강용흘의 『초당』도 전통적인 한국적 정서에 대한 작가의 복원의 의지가 강하게 나타나면 나타날수록 '가족공동체'의 실체가 좀더 분명하게 확인된다. 즉, 한국의 근대문학이나, 재외한국인 문학에 속하는 강용흘의 『초당』은 '개인적 주체'가 중심이 된 면보다는 '가족'이라는 공동체가 기본적인 바탕을 이루고 있음을 알 수 있다.

「삼대」, 「탁류」, 「토지」 등의 '가족사'를 통한 근대사의 재구성 방식과 강용흘 「초당」의 성장기적 서술은 이 점에서 서로 유사한 태도를 드러낸다. 역사의 인식 또는 재구성의 앞에는 늘 '가족'과 '가족사'의 전개가 나타난다. 그 까닭은 그것이 '근대'라는 체험의 공간을 접하는 하나의 방식이기 때문이다. 가족은 세계인식의 단위이자 세계관의 변화를 반영하는 하나의 거울인 것이다.

그렇다면 이러한 한국문학사의 한 특징인 '가족', '가족사' 인식을 강용흘의 소설이 지니고 있다는 공통점으로부터 이제 '한국여성상'에 대한 문제를 논의할 수 있을 것이다. '가족'이라는 공통된 규범인식을 통한 '여성의 인식'은 이 점에서 재미한국인 문학과 한국문학을 상호 비교할 수 있는 좋은 기준이라고 할 수 있다. 그러나 본고에서 세부적인 비교를 통해서 이 점을 입증시키는 데는 다소 무리가 있다고 생각되므로 '재미한국인 문학'의 특성과 보편성이라는 차원에서 이 문제를 다루고자 한다.

①과 ②의 밑줄 친 부분을 통해서 알 수 있듯이 강용흘의 『초당』은 한국인의 '가족의식'과 '가족제도' 자체를 '타자화'시키고 있다. 이 점은 영어권 독자를 상대로 하고 있다는 특수성 때문에 나타난 현상이라고 여겨진다. 즉, 한국문학과 재미한국인 문학의 공통적 특질인 '가족'이라는 인식단위에 대한 작가의 주체적 반응 내지 태도가 다소의 차이를 나타내는 것이라고 할 수 있다.

강용흘이라는 '주체'가 소속되었던 한국적 가족공동체에 대한 객관적인 전달과 진술을 위해서 작가는 가족 전체를 타자화한다. 결국 『초당』에서 포착된 한국인의 '가족의식'은 주체를 대변하고 그를 지배하는 상위의 규범이자 인식체계이다. 그리고 이러한 점을 간파하고 있는 작가 강용흘의 시각은 자신의 추억, 그리고 그 공간인 '송전치'의 '가족공동체'에 대한 향수를 '타자화' 시키는 방법을 사용한다. 영어권 독자를 의식한 작가의 자의식이 그대로 노출된 것도 이러한 이유 때문이라고 여겨진다.

이 방법은 '자아의 객관화' 내지는 '주체의 타자화'라는 방법이라고도 할 수 있는데 그 전제는 한국의 '가족 공동체'가 철저하게 타자가 아닌 주체의 영역에 속한다는 점이다. 결국, 깨질 수 없는 신화였던 가족은 『초당』에서 그 자체가 객관화의 대상이 될 수밖에 없는 상황에 직면한 것이다. '영어권 독자'라는 타자에게 작가인 주체의 영역에 속하는 한국적인 가족의 이야기를 전달해야한다는 '소통의 상황' 자체가 필연적으로 이러한 '객관화' 내지 '타자화'를 동반할 수밖에 없기 때문이다.

그러나 이런 '소통의 어려움'으로 인해 야기된 특질은, 결과적으로는 오히려 한국의 가족관계와 그 관습적 의식, 그리고 여성의 모습 등을 오히려 더 잘 그려내는 효과를 거두고 있다. 가족관계의 세부적인 측면과 화자가 간직하고 있는 추억 속의 '여성인식'을 객관화시킴으로써 그 구체적인 면모가 더 잘 드러나고 있는 것이다.

이 소설의 후반부로 갈수록 사촌 여동생인 '옥동야'에 대한 화자의 관점이 더욱 자주 나타나고 '가족의식'을 떠난 '주체적 자각'이 강해지는 까닭은 화자의 여성인식이 점차 '가족관계'로부터 벗어나 여성을 순수한 타자로써 바라보기 시작하기 때문이다. 즉 ①과 ②에서 인용된 것처럼 '관혼상제'의 예절관습이 가장 중요한 삶의 원칙이었던 시대의 '여성적 아름다움'과 '변화하는 시대의 여성'이 지닌 아름다움을 작가는 '화자' 한청파의 시선을 통해 상호 대비하여 보여준다. 예를 들면 '한청파'가 일본에서 돌아오는 도중에 만났던 '환상의 여인'은 그가 그때까지 지니고 있던 '구시대 여성의 아름다움'에 대한 기억을 압도하는 '매혹'으로 다가온다.

"그녀의 눈은 강렬한 생각으로 번뜩였다. 이런 태도는 화려하기보다는 웅장한 소나무처럼 장중했다. 이와는 달리 다른 나무들의 잎사귀들은 어떤 바람에도 굴복하여 아첨하듯 굽신거린다. 아키코가 그랬다. 옥동야도 내게 너무 의지했었다. 그런데 이 처녀는 버드나무 같은 멋, 기생 같은 매력 등을 가졌으면서도, 한편으로는 상록수 같이 끈질긴 의지를 가지고 있었다." (『초당』, pp.299~300) 라는 구절에서 알 수 있듯이, 가족관계 안에서 보던 전통적이고 수동적인 여인상을 깨뜨리는 '새로운 여성'의 출현을 작가는 화자 '한청파'의 입을 빌려서 '환상'이라는 표현으로 압축하고 있다. 여기서 '환상'이라는 표현이 지닌 의미는 상당히 함축적이다. '전통적 여성상'의 세계에 갇혀 있던 '한청파'의 인식적 자각을 대변하는 것이기도 하고 동시에 '새로운 여성상의 출현'에 대한 화자의 '이상주의적 태도'를 반영하

는 것이기도 하기 때문이다.[7]

성장소설의 형식을 취하고 있는 이 소설은 주인공이 어린 시절의 '모성적, 낭만주의적 세계'로부터 점차 '현실적, 폭력적 세계'를 알아 가는 이야기 전개를 지니고 있다. 그리고 어린 시절과 성장후의 대립은 '국가, 고향, 가족의 존재'와 '국가, 고향, 가족의 상실'로 대립된다. 전자는 화자에게 낭만적, 전통적 세계이고 후자는 '현실적, 근대적 세계'이다. 낭만적, 전통적인 인식으로 학문을 배우기 위해 가출한 '한청파'의 여정은 '무너져 가는 전통 사회(송전치로 상징되는)'를 대신할 유토피아의 추구를 의미한다.

그러나, 한청파가 일본으로, 미국으로 계속 유학을 하겠다는 집념을 보이다가, 작품의 후반부에서는 '어떻게 해서라도 이제 이 나라를 떠나고 싶다'는 생각에 이르는 과정은 순수한 낭만적 이상의 추구에서, 그 좌절로 인한 도피로 변화되는 한청파의 성장기를 그대로 보여준다. 한청파에게 '과거의 여인상' 즉, '조모와 숙모, 옥동야' 등 가족 속의 아름다운 여인은 단지 그에게 사라져 가는 것의 아름다움을 보여주었을 뿐이다. 그리고 그 빈자리에는 '환상'의 여인이라는 또 다른 유토피아적 열정이 꿈틀대기 시작한 것이다. 그것은 사라진 시대의 아름다움을 대신할, 또는 그것을 압도할 새로운 이상을 추구하는 '한청파'의 성향을 반영한다.

---

7) "이상적인 사랑의 동양적인 개념을 이해하지 못하는 크리스트교 선교사들은, 동양에는 그런 것이 존재하지 않는다고 여겨 그대로 서양에 보고했다. 그러나 상징에 대한 헌신은, 동양에서 늘 천하게 여기는 육체적인 것을 숭상하는 서양과 친숙한 두 연인의 비사(秘史)보다도 더 심각한 러브스토리를 제공하지 못하는가? '임'은 우리가 애타게 찾고 있는 모든 것이요, 이 세상의 남자나 여자라기보다 그 이상의 것이라고 용운은 말하지 않았던가? '임'은 우리 인간이 이 우주에서 구하고 싶어하는 그 모든 것일지도 모른다."(『초당』, pp.319~320)

한청파의 이상주의적인 태도는 위의 인용에서도 보듯이 이상적인 동양적 사랑에 대한 생각으로 나타난다. '환상'이라는 말이 뜻하는 바는 이로써 좀더 명확해지는 데 그것은 동양적인 이상주의의 딴 말이다. 즉, 우리 인간이 이 세상에서 구하고 싶은 모든 것을 상징하는 '임'은 '환상' 저편의 존재이기 때문에 안타깝고도 그리운 존재인 것이다. 한청파의 여인에 대한 '환상'은 이처럼 구체적인 여인에 대한 사랑이라기보다는 그의 이상의 지표를 예감할 수 있게 하는 하나의 상징이라고 할 수 있다.

우연히 만난 '환상의 여인'의 아름다움과 '가족 안의 전통적 여성'의 비교는 이 점에서 무척 상징적이다. 그것은 '가족 공동체적인 인식'으로 바라본 전통적 여성상과 타자로서 '여성'을 바라보는 한청파의 시각적 비교이다. 전자는 '주체적'이기보다는 공동체 지향적이고 관습적이라면 후자는 개성적, 주체적이다. 이 두 관점의 대비는 한청파에게 '가족 공동체적 여성관'에 대한 객관화 또는 타자화의 인식이 나타나기 시작했음을 의미한다. 즉 여성을 '공동체 구성원'의 일부가 지닌 관계의 차원 ― 아내와 남편, 어머니와 아들, 숙모, 고모 ― 에서 바라보지 않고 순수하게 개인적인 '타자'로 바라보기 시작했다는 것이다. 이 점에서 '환상의 여인'의 발견은 바로 여성의 개인성에 대한 자각을 동반한다. 그리고 이 단계에서 비로소 여성에 대한 타자적인 인식이 보인다. 옥동야에 대한 개인적 관심 ― 한청파는 어린 시절 능동적이고 활달했던 옥동야가 수동적이고 소극적인 성격으로 바뀐 데 대해서 놀란다 ― 을 통해서 '새로운 시대' 앞에서 '가족 공동체의 윤리'가 여성을 억압하는 실상을 깨닫는다.[8]

소설의 후반부에서 전반부의 '낭만적 세계'의 상징이었던 전통성은 '관습적 억압'으로만 확인된다. 시대의 변화와 함께 '사라져 가는 것의 아름다움'은 이미 사라지고 『초당』 18장의 제목처럼 '황폐해진 마을'만이 남은 것이다. '한청파'가 전통사회를 지탱하던 '가족윤리'로부터 벗어나 '근대적 주체'의 자각을 얻는 시점에서 그의 여성에 대한 인식도 '근대적인 의미'에서의 '타자에 대한 인식'으로 이동하기 시작한다. 그리고 그러한 인식은

---

[8] 한청파는 옥동야에게 희망을 주어서 공부를 하기 위해 집을 나가도록 하지만 그녀는 결국 자신을 찾아나선 한청파의 아버지 손에 이끌려 집으로 돌아오고 만다. 한청파에게는 이것이 전통의 손이 한 여성을 억압한 단적인 경우로 보인 것이다.

"그는 밤늦게 돌아 왔다. 옥동야도 돌아 왔다. 불쌍한 아이! 그녀는 흙투성이 을춘의 작은 옷을 입고, 허리에는 내가 어릴적에 쓰던 띠와 협낭을 찬 꾀죄죄한 모습이었다. 그녀는 굳은 얼굴로, 울지 않으려고 애쓰고 있었다. 나는 울지 않으려고 가까스로 참았다. 냉혹한 전통의 손이 그녀를 붙잡아 집으로 데려와서 복종을 강요한 것이다. 그녀는 비탄과 번민에 싸여 돌아 왔다. 이제 그녀는 시집을 가 영원히 묶여서 싫든 좋든 시련을 겪게 된 것이다."(『초당』, p.346)

"싸구려 술집이나 매음굴에 대해서는 당국은 즉시 인가를 내주었다. 이들은 오히려 칭찬을 받았는데, 이른바 개화(開化)사업을 하고 있는 것이라 했다."에서 알 수 있는 것처럼 일제에 의해 왜곡된 '개화 혹은 근대'에 대한 비판적 시각과 같은 맥락을 이룬다.

문제는 '개화와 전통'의 사이에 있는 것이 아니라 '주체의 인식'에 있기 때문이다. 부정적인 것에 대한 거부라는 원칙에 의해서 '전통적 여성상'의 부정적 측면도 화자에 의해서 비판되며 서양의 문화적 관습도 '주체적'으로 비판된다. '전통과 근대'가 혼재된 이원적 상황을 화자는 이처럼 자아와 타자에 대한 거리두기를 통해서 극복하고 있는 것이다.

3.

김은국의 『빼앗긴 이름』에서도 가족을 중심으로 한 여성의 묘사는 역시 동일한 현상인데 단지 그의 소설에 나오는 여성인물은 강용흘의 경우보다는 조금 더 '근대적인 색채'가 가미되어 있다. 인물 자체가 '기독교인'으로 나옴으로써 다소 '서구적인 냄새'를 풍기는데 이 점은 가족중심주의와 결합되어 독특한 여성의 이미지를 나타낸다. 가족중심주의를 지탱하는 윤리가 '유교가 아닌 기독교'로 바뀜으로써 '가족'은 지켜지고(여성의 가족관계 중심의 인식은 지속되고) 그 세부적인 성향은 좀더 주체적으로 나타난다.

거기서 아버질 기다린지 얼마나 됐을까. 한 시간? 두 시간? 확실치 않다. 그녀가 알 수 있는 것은 다만 날이 점점 캄캄해져 간다는 것과, 그래서 저만치 다리의 어둔 형체까지도 이젠 보이지 않는다는 것 뿐이다. 엷은 무명 양말만 신은 그녀의 발은 이미 신경이 죽었는지 시리지도 않다. 그러나 그녀는 그것도 모르고 마냥 앞뒤로 몸을 흔들며 나를 얼르고 있다. 잠이 깬 나는 칭얼대기 시작한다. 목이 마르고 배가 고프기 때문이다. 어머니가 계속 나를 얼르며 왔다 갔다 한다. <u>어쩔 수 없는 공포 때문인지 목구멍에 올라온 커다</u>

란 덩어리를 삼키며 그녀는 소리없이 울고 있다. 울어선 안돼, 울어선 안돼, 용감해야지, 하고 혼자 속으로 생각하면서. 그녀의 아버지도 설교 도중에 일본 고등계 형사가 좋아하지 않을 말을 거리낌 없이 하군하다가 가끔 옥살이를 했고, 남편이 또 그랬다…… 그녀가 아는 남자란 남자--아버지, 남편, 시동생, 친구의 친척 할것없이 남자들은 적어도 한 번씩은 철창엘 들어갔다 나왔다. 작년, 특히 작년 유월은 수난기였다. 한국인 남자들이 수없이 체포되어 심문받고 개중엔 아직도 풀려나지 못한 사람이 숱하다.

(김은국, 『빼앗긴 이름』, 시사영어사, 1983, pp.17~18)

강용흘의 『초당』이 '사라져 가는 전통적 여인상'과 '새로운 여인상'의 대비를 보여주었다면 『빼앗긴 이름』의 초반부에 등장하는 '어머니'는 수난의 시대의 한국 여인상을 잘 보여준다. 소극적이고 수동적이지만 내부로는 무척이나 강한 생명력과 모성애를 지닌 것으로 나타나는 이러한 여인상은 '근대적인 의미'의 실제적인 '한국 여인상'일 것이다. 인용문의 밑줄 친 부분에서 보듯이 여성이기 이전에 '어머니'인 한 여인의 '모성성'은 '여성 이미지'의 핵심적인 항목임을 알 수 있다. 그리고 이 점은, 그것이 수난의 시대를 '어머니의 이미지'로 생각하는 한 시대의 공통적인 '징후'임을 알게 한다.

수난의 시대의 여성은 모든 남자의 '어머니'나 '누이'로서 인식된다. 여성의 이미지도 그 다양한 이미지 중에서 유독 '어머니'와 '누이', '딸'의 이미지만이 강조된다. 이것은 가족중심주의의 한 측면을 보여주는 것인데 중요한 것은 김은국의 『빼앗긴 이름』에서 '수난'과 '구원'의 여성적 이미지가 좀더 강하게 나타나기 시작한다는 점이다. 강용흘의 『초당』과 비교한다면 '유교적인 여인상'과 '근대 기독교적인 여인상'의 대비로도 볼 수 있고 또한 편으로는 '순응'과 '체념'이 '수난'과 '구원'으로 바뀐 것을 알 수 있다. 그러나 '유교'와 '기독교'의 차이를 따지기 전에 본고는 이 점을 '세대적인 차이' 내지 역사적 상황의 변화 때문으로 다루고자 한다. 종교적 인식 이전에 한 시대의 전반적 '징후'가 보다 근본적이고 핵심적인 원인이라고 생각되기 때문이다.

이런 점에서 본다면 김은국의 『빼앗긴 이름』은 『초당』의 '낭만적 향수 -폭력적 현실'의 이분법과 달리 '폭력적인 수난-구원'이라는 역순의 구조를 지니고 있다. 여성의 이미지도 이런 측면에서 김은국이 좀더 '근대적인 면모'를 갖추고 있다고 여겨진다. 여전히 가족 중심적이지만 『초당』의 여성 인물에 비한다면 위의 인용문의 '여성-어머니'는 여리면서도 강한 '수난의 시대'의 긍정적 여인상이다. 두 작품 모두 남성적, 가족중심주의적인 시각에서 여성을 포착하고 있지만 나름대로 다른 각도에서 당대의 긍정적 여인상을 이렇게 그려내고 있는 것이다. 여리면서도 용기를 지닌 여인상은 '단아한 전통적 여인상'과는 다르며 '식민지 시대의 대표적인 여인상'이라고 할 만하다.

그리고 화자의 어법에서도 위의 인용문은 '여성'을 좀더 '타자화'하고 있음을 알 수 있다. 예를 들면 '여성'의 심리를 묘사하는 서술문은 남성인 화자가 '주체'를 '타자화'하는 한 방법이다. 심리묘사 내지는 '의식의 흐름', '내적 독백'은 엄밀하게 말하면 주체를 타자화한다. 소설 형식상의 변화도 주체와 타자의 상호관계를 그대로 반영하는 것이다.

김용익의 단편 「종자(種子)돈」(『꽃신』, 동아일보사, 1984, pp.69~88)에 나온 여성의 이미지는 '식민지의 황폐한 삶과 전쟁'이라는 수난의 뒤에 생겨난 억척스런 '어머니'의 상이다. 전통적인 여인상(강용흘)에서 수난의 시대의 '현명하고 강한 여인'(김은국)을 거쳐서 폐허화된 근대문명의 뒤에 나타난 여성은 김용익의 소설에 자주 등장하는 '억척스런 어머니'이다. 남편의 방랑벽을 '순응'하고 '체념'하며 자식과 단아한 삶을 살던 「초당」의 조모(한청파의)와 달리, 김용익 「동지날 찾아온 사람」(『꽃신』, pp.218~231)의 '양호 어머니'는 억척스런 어머니의 유형에 속한다. 생활력이 강해서 남편이 도망갔다는 말을 들을 정도로 그녀는 억척스럽다. 그러나 아들 '양호'가 장가가는 날에는 남편에게 소식을 전하고 자식의 혼례에 '아버지'를 참석시킨다는 이야기에서 보듯이 억척스러움은 오직 어머니로서 가장인 아버지를 대신해야 하는 책임감의 표현이었음을 알 수 있다.

식민지와 전쟁시기는 '부(父)상실'의 시대적 상황에 속한다. 이러한 부상실의 현실은 여성인 '어머니'에게 '가장'이라는 짐을 지울 수밖에 없다. 그리고 강용흘의 『초당』에서처럼 '가족공동체' 안에서의 전통적인 관습은 남, 녀의 성구분보다 아내와 남편이라는 상호간의 의무와 기능이 더 중요시된다. 따라서 가장의 기능을 대신하는 어머니는 '여성다움' 위에 남성의 강인함과 가장의 책임감을 함께 지녀야만 한다. 김용익의 소설에 나오는 어머니는 이러한 상황 속에서 생겨난 '여성상'이다.

다른 한편 「겨울의 사랑」(pp.19~38), 「번역사 사장」(pp.89~106)에는 각기 젊은 여인과 양공주가 나오는데 젊은 여인은 병색이 짙고 연약한 여성이고 양공주 '킴노박'은 제멋대로이지만 자신의 아기에게는 헌신적인 인물이다. 이 두 여성의 이미지가 나타내는 것도 상당히 역사적이고 구체적인 사회상황의 산물로 여겨진다.

남성적 폭력이 극단화된 사건인 전쟁 직후, 여성의 '생활고'는 고유의 여성성에 커다란 상처를 남겼다. 가족관계 내에서는 어머니상이 변화했고 사회적으로는 여성의 두 가지 이미지가 생성됐다. 하나는 연약한 여성의 이미지, 다른 하나는 타락한 여성의 이미지이다. 그리고 이 둘은 모두 상처받은 '여성의 상'인데 결국 상처에 대한 한국여성의 두 가지 대응을 나타낸 것이라고 할 수 있다. 5, 60년대 한국문학사에서 일련의 '전후소설'에 나오는 여성의 이미지도 이 두 가지라는 점은 이러한 여인상이 구체적인 역사적 정황의 산물임을 말해 준다.

이상에서 알 수 있듯이 '재미한국인 1세'의 작품에 나타난 한국의 여인상은 한국의 '근대적 역사' 체험과 서로 밀접한 연관이 있음을 알 수 있다. 강용흘, 김은국, 김용익의 이민 자체가 '한민족이 처한 역사적 질곡'에 근본적인 원인이 있다는 점에서 더욱 그렇다. 국권상실, 식민지체험과 해방, 그리고 전쟁이라는 근대체험의 파행 속에서 여성의 구체적인 상은 다양하게 변화되어 온 것이다. 결국 문학작품 속에 나타난 '한국여성상'이란 그 작품에 투영된 역사적 정황의 산물이다. 다시 말해서 강용흘이 '전통적 여성의 아름다움’이 일제에 의해 ‘왜곡된 근대화의 과정’ 속에서 사라져 가는 모습을 보여 주었다면 김은국은 ‘수난의 시대를 견디는 여인상’을, 그리고 김용익은 ‘아버지의 역할을 대신하는 강하고 억척스런 어머니’를 보여준다.

그리고 이 세 작품의 공통된 특징은 가족 중심주의의 시각이다. 강용흘에서 김용익에 이르는 동안에 그 공동체적인 성격보다는 개인적, 주체적인 성격에 대한 인식의 측면이 점점 많이 나타나지만 가족관계를 중심으로 한 여성인식은 여전히 지속되어 나타난다. 실제로 이 점은 재미한국인 2세인 ‘이창래’의 장편소설 「네이티브 스피커」에서도 단편적이지만 뚜렷한 현상으로 나타난다.

4.

이창래의 「네이티브 스피커」는 2장의 앞에서 거론한 것처럼 재미한국인 사회의 가족중심주의와 가족이기주의의 경향을 잘 보여주는 작품이다. 이 소설은 다수 인종으로 형성된 이민 국가인 미국의 사회문제와 한국인의 관습적인 성향, 이주민들의 심리 등을 소재로 하여 미국 사회의 현실적인 문제와 편견 등을 폭로한다. 한국계 미국인 2세라고 작품 속에서 종종 소개되는 ‘헨리 박(박병호)’은 자신의 성장시절의 기억에 남은 아버지와 어머니의 모습을 통해서 ‘한국인’의 문화적 태도와 성향을 이해하려고 한다. 그리고 그러한 가정교육에 의해 성장한 자신이 미국사회에서 피부의 색깔만이 아니라 문화적으로도 뭔가 다르게 인식되고 있음을 깨닫는다.

특히 백인 아내인 ‘릴리아’와의 차이는 단순히 관습적인 것에 대한 설명을 통해서 해소되지 않는다. 가족개념에 대한 인식으로부터 한국인의 인종적 편견에 이르기까지, ‘헨리 박’ 자신이 한국계 2세로서는 알 수 없는 이민 1세대와 한국인의 문화적 특성이 거기에 담겨 있기 때문이다. 그래서

'의식적으로 유창한 영어'을 쓰려고 하듯이 그는 미국에 동화하기 위해 노력하지만, 아내에게조차 설명되지 않고 동화되지 않는 무엇인가가 자신에게 있음을 깨닫는다.

한국인 이민 1세인 시장 후보 존쾅의 '선거운동 자원봉사자'로 일하지만 실상은 '정보조사 회사'의 훈련된 스파이인 그는 존쾅의 뒷조사를 맡는다. 그러나 존쾅에게서 그는 다양한 인종집단의 자기중심주의와 '흑·백 사회의 이기주의'를 해결하려는 '거인'을 느끼게 된다. 이 점은 한국인 2세인 그가 느낀 아버지의 '가족이기주의'에 대한 회고의 과정을 거쳐 점점 더 그 실체가 명확해진다. 이주민의 동화심리와 배타주의의 양면성이 한국적인 '가족중심주의'를 어떻게 왜곡시켰는지를 깨달아 가는 것이다.

이 소설에서 '한국 여성의 이미지'는 실상 뚜렷하게 나타나지 않는다. 단지 '어머니'와 어머니가 죽은 이후에 들어온 '아줌마'를 통해서 단편적인 이미지만이 나타날 뿐이다. 그러나 이 소설은 앞에서 이야기한 가족중심주의적인 '여성관'이 재미 한국인 문학에서 어떤 의미를 지니고 있는지 확인하는 좋은 자료의 역할을 한다. 이민 2세대인 작가 이창래의 소설을 통해서 이민 1세대인 강용흘과 김은국, 김용익의 심리적인 배경과 상황을 살펴볼 수 있기 때문이다.

앞에서 다룬 세 명의 작가에 대한 내용에서 실제로 각 작가의 개성적 측면을 최소화하고 시대적 상황과 역사적 범주를 중심으로 해석한 것은 이 논문의 주제상 취했던 한 방법임을 아울러 밝혀둔다. 본고의 논의는 역사적 범주에서 확인되는 특정한 '징후'를 전후 맥락을 확인하는 과정에서 그 원인을 추적하고 재구성하는 것이다. 따라서 이 장에서는 앞에서 거론한 가족중심주의적인 여성관과 그 실상이 '재미한국인 문학'에서 강하게 나타나는 원인을 해석해 보고자 한다. 그리고 이창래의 작품은 이민 1세와 2세의 세대차이를 확인하기 위해서, 그리고 생성공간의 이데올로기를 알기 위해서, 이민형성의 역사와 배경을 알기 위해서 유용한 자료로 활용될 것이다.[9] 또한 앞의 세 작가가 한국에서의 이야기를 작품화한 반면에 '미국의 생활'을 소설화했다는 점에서 미국 이민들의 가족주의가 지닌 현실적인 기능들도 아울러 살펴 볼 수 있다고 여겨진다.

우선 다음과 같은 질문을 던질 수 있다. 가족중심주의가 한국문학의 한 특징이고 그것이 앞장에서 거론한 역사적 체험의 특수성으로부터 연유하는 것이라고 하더라도 어째서 재미한국인 작가들이 모두 이러한 경향을 보여주는가? 하는 점이 그것이다.

이창래의 소설을 보면 '헨리 박'의 어머니가 "아버지는 자존심이 강한 분이란다. 넌 모를거다. 하지만 아버지는 한국에서는 가장 좋은 명문대학을 나오셨어. 그러니까 과일이나 채소를 파는 일에 대해서는 말을 할 필요가 없는 거지. 아버지는 그런 일을 하실 분이 아니다. <u>병호 다 너 때문에 하시는 거지. 아버지는 모든 일을 너를 위해서 하고 계시는 거야.</u>"(『네이티브 스피커』1, 미래사, 1995, p.89)라고 말하는 대목이 있다. 이 구절에서 보듯이 미국 사회에서 이주민들은 '가족공동체적인 삶'을 해체한 것이 아니라 한국에서보다 더 강한 유대로 묶으려고 했음이 확인된다.

가장의 책임은 이주민이라는 자각에 의해서 더욱 강해지고 한국에서 무엇을 했든 그에게 가장 우선적인 원칙은 '가족'이다. 그들은 미국에서 "거래에 불친절해서도 안되지만, 그렇다고 너무 관대해서도 안된다. 가족을 만날 수 있는 시간이 거의 없지만 가족은 바로 자신의 인생 그 자체"(『네이티브 스피커』1, pp.76~77)인 것이다. 결국 재미한국인의 의식 속에서 가족중심주의는 그 힘이 약화된 것이 아니라 오히려 강화되었으며 다른 인종이나 집단은 그들에게는 궁극적으로 '타자'일 뿐이다. 특히 이 점은 그들의 인식 안에 배타적 가족주의를 강화시켰는데 이주민으로서는 '사회적 책임과 봉사'라는 말보다는 가족의 '생존'에 대한 위기의식이 더 절박한 문제이기 때문이다.

재미한국인 1세대에게 가족은 '타자'가 아닌 유일한 '공동체'이며 따라

---

9) 여기서 거론한 세 가지는 앞에서 밝힌 재외한국인문학을 규정하는 다섯 가지 조건 주에서 본고의 논의에 필요하다고 생각되는 세 가지 조건이다.

서 가족은 '인생 그 자체'이다. "자본주의 세력이 눈에 보이지 않는 유일한 세력이며, 또한 예수 그리스도의 사랑만이 세상의 유일한 힘이라는 게 신념이자 원칙"(『네이티브 스피커』1, p.77)이 되는 삶은 '돈'과 이주민으로서의 '뿌리내리기'가 그들의 유일한 소망임을 말해 준다. 교회는 '가족' 다음으로 그들의 확실한 생존근거가 된다. '타자'들 속에서 그 타자들로부터 소외당하지 않고 동시에 자신의 영역을 확보하는 방법, 그것이 바로 '가족주의와 교회'인 것이다.

이러한 가족주의는 여성에게 특히 '수동적인 이미지'를 생산하는 환경을 제공하는데 그것은 아래의 인용문에 잘 나타난다.

그에게는 한국인 친구들이 많이 있었다. 그들은 교회에서 만나기도 하고 거리에서 만나기도 했으며, 여러 사람이 만나서 이야기 할 때면 자신들이 행운아라는 사실에 대하여 공감을 하기도 하였다. 미국에 살고는 있지만 아직은 시골 사람들 같은 따스함이 남아 있었다.

그는 아들리에 있는 좋은 집에서는 편안함을 느껴 본일이 한 번도 없는 것 같았다. 때때로 이웃과 적극적으로 어울리려고도 했지만, 마치 온 마을이 우리를 마지못해 받아들이고 있는 것으로 느끼는 듯 행동하였다. 그가 여러 사람 앞에 얼굴을 내미는 것은 오로지 나로 인한 경우뿐이었다 …(중략)… 어머니는 훨씬 더했다. 어머니는 사교성이라고는 전혀 없어 이웃집이나 친구를 찾아가서 떨어진 계란을 꾼다거나, 아주 작은 양의 베이킹 파우더를 꾸어 오는 번거로움을 겪는 대신, 생일 케이크를 형편없이 망쳐 버리는 편을 택했다.

어머니에 대한 생각이 떠올랐다. '그녀가 두려워하던 것'에 대한 생각, 다른 사람들이 우리에 대해 어떻게 생각하는지에 대해서 우리가 왜 그다지도 신경을 써야만 했던 것인지에 대한 생각이 떠 올랐다. 마치 우리의 일거수 일투족이 흠없고 완전무결한 이웃들에게 감시의 대상이라도 되듯이, 우리는 백인 앵글로 색슨 개신교도 이웃들이나 유대인들을 대할 때면 아무런 말이 없었고 단지 웃음을 지어 보이는 일이 고작이었다. 우리는 예의바름이라는 거대한 포장 속에 씌어져 있어서 우리하고 관계되는 일이면 무엇이든 아무런 문제가 없어야만 했던 것 같으며, 그 어떤 것도 우리에게는 영향을 미칠 수 없고, 아무 것도 우리를 화나게 하거나 슬프게 만들 수 없어야만 하는 그

<u>런 사람들 같았다.</u>

　우리는 미국적인 것은 무엇이든 믿고 받아들였다. 미국인들을 감동시키는 일, 돈을 버는 일, 모든 사람들이 잠든 한밤중에 사과를 닦아 광을 내는 일, 꼭 끼는 바지, 완벽한 신용, 흑인을 물리치는 일, 우리 가게와 사무실이 불타서 무너져 내린 것까지도.

(『네이티브 스피커』1, pp.83〜84)

　위의 인용문의 밑줄 부분처럼 '한국여성상'은 가족주의적인 태도를 취하면 취할수록 수동적이고 폐쇄적인 양상을 드러낸다. 전통적인 가족주의뿐만 아니라 김용익의 억척스러운 '어머니상'에 이르더라도 이 점은 달라지지 않는다. 그 둘의 이면에는 가족을 근거로 한 '살아남기'의 의식이 강하게 담겨 있기 때문이다. 예의바르고 완전무결한 사람이 되려는 듯한 행동은 실상은 '가족주의'의 외피인 것이다. 억척스러운 '어머니상'이 가족주의와 관계 있듯이 위의 인용문처럼 '비사교적이고 견인주의적인 대인관계'도 가족주의로부터 생성된 것이다. 결국 이 둘은 생존에 대한 '억척스러움'이라는 점에서는 '동질이형'의 관계이다. 뿌리내리기를 위한 '현실에의 완벽한 적응'은 가족 전체의 생존이 걸린 만큼 하나의 완전한 행동규범을 형성한다. 미국적인 것에 대한 무조건적인 신뢰와 가족주의의 이원적인 규범은 이민사회의 기본원칙인 것이다.

　재미한국인의 이러한 환경과 무의식적인 욕망은 이민 1세들에게 고국에 대한 향수의 근원이면서 동시에 생활에의 적응을 위한 뿌리인 '가족주의'라는 이중적 인식을 부여한다. 그것은 추억 속의 이상적 공간과 현실적 필요가 결합된 하나의 완벽한 가족주의를 요구하는 결과를 낳는다. 이민 1세대 작가인 강용흘, 김은국, 김용익의 작품에 나타나는 가족주의는 이 점에서 고국에 대한 향수의 다른 이름이기도 하다. 고국의 기억이 곧 '가족'에 대한 기억이기 때문이다. 여기에 흑백의 인종문제와 유대인 사이에 끼여 있는 한국인 소수집단의 위기의식이 가족주의를 강화하는 원인으로 작용하고 있는 것이다. 결국, 흑백 중심의 인종 이데올로기와 정책, 그리고 유대인의 텃세에 의해서 '한국인 이민자들'의 배타적 가족주의는 더욱 강화되는 셈이다.

여기서 이민 1세대인 가족주의적 여성관과 이창래의 작품은 다른 차이점을 나타낸다. 이창래는 '가족주의'를 객관화할 수 있는 거리를 지니고 있다. 이 점은 '헨리 박'이 자신의 아버지와 어머니를 객관화시킬 뿐만 아니라 존쾅을 객관화하는 데서 잘 나타난다. 특히 존쾅의 아이들에 대한 묘사부분10)은 작가가 가족주의를 한국인의 한 특징으로 파악하고 있음을 알게 한다. 이 작품에서 '헨리 박'의 어머니나 '아줌마'는 가족주의의 영역 안에서 안주하는 여성의 대표적인 모습이다.11) 특히 아줌마의 모습은 '상처받은 여인'의 느낌을 주면서도 전통적인 가족주의의 여성적 위치를 고수하는 대표적인 유형으로 나타난다.

마찬가지로 '헨리 박'은 자신의 어머니를 두고 "우린 참 어려운 사람들이야. 엄마의 경우는 더 극악하고. 엄마는 어쩔 도리가 없는 여자였어. 물론 좋은 엄마이기는 했지. 지금 생각하면 당신 자신이 엄마라는 역할을 직업처럼 여겼던 것 같아. 엄마, 하면 다정하게 느껴지는 다정함 같은 게 우리 엄마에게는 없었어. 전혀 따스한 구석이라고는 없는 분이었지"(『네이티브 스피커』 2, p.70)라고 말함으로써 배타적 가족주의의 태도를 지니고 있던 자신의 어머니를 비판적으로 바라본다.

강용흘의 『초당』에서 결혼은 의무이지 애정이 아니라고 한 것처럼 이 소설에서 '헨리 박'은 자신의 어머니가 '엄마라는 역할을 마치 직업처럼

---

10) '헨리 박'이 존쾅이 아이들을 만난 뒤 그 아이들이 한국식 예의범절로 대하자 "어떻게 보면 이 아이는 어린 시절의 내 모습이기도 했다. 미트와는 영 딴판이었다. 아버지와 릴리아, 그리고 나는 그 애가 우리의 관습과 의식을 마음대로 짓밟는 것을 오히려 묵인하는 편이었다."라고 생각함으로써 한국적 관습의 핵심이 '가족주의'에 있음을 느끼는 부분이 그 예이다.

11) 어머니의 수동적인 태도나 아줌마가 '릴리아'에 대해서 "고양이 같은 넌! 넌 더러운 미국 고양이야!"(『네이티브 스피커』 1, p.111)라는 폭언을 뱉는 점 등은 전통적인 가족제도에 속하지 않는 이질적인 것에 대한 강한 거부감을 나타내는 행동이다. "아줌마는 미트도 인정하려 들지 않았다. 그녀는 어느 정도는 한국인의 피가 흐르는 둥근 눈과 붉은 머리카락을 볼 때면 못마땅한 표정을 지었다."(『네이티브 스피커』, p.110)라는 구절에서는 가족주의가 혈통을 근거로 한 '민족의식'으로 확장되는 한 순간을 엿볼 수 있다.

여기고 있었던 것 같다'고 말한다. 가족 내에서 아내와 남편이 해야할 일이 철저하게 분담되어 있는 전형적인 '가부장적 가족중심주의'가 '헨리'에게는 이렇게 보인 것이다. 이민 2세에게는 이민 1세처럼 '한국적인 가족'의 모습이 그가 아는 유일한 '가족'은 아니기 때문이다. 이 점에서 '헨리 박'은 백인 아내 '릴리아'와 유사한 관점을 지니고 있다. 즉, 한국적 가족제도 안에서 여성은 고통을 견딜 줄 알고, 감정을 드러내지 않기 위해 표정을 감추며, 자신의 책임에 충실해야 한다고 생각되는 것이다. '헨리 박'이 어머니와 아버지를 통해 알고 있는 한국인의 특성은 존쾅과의 다음과 같은 대화 속에서도 잘 나타난다.

> "한국 얘기들은 늘 그렇게 나가죠. 한 사람만 빼 놓고 다 죽어요. 그리고 <u>살아남은 사람도 계속 바라보고 살 희망이 사라진 채고요</u>"
> "하지만 어떻게 해서든 살아야겠지. 그게 사람 사는 거니까. 우린 강인한 민족이야"
> "제 생각으로는 아주 용감하거나 아주 어리석거나 둘 중의 하나예요"
> (『네이티브 스피커』 2, p.192)

이민 1세들의 전형적인 '탈향기'[12]를 들려주는 존쾅에게 '헨리 박'은 자신의 한국인에 대한 느낌을 이야기한다. 그에게 한국인은 역시 '강한 민족'이기는 하지만 동시에 '상처받은 사람들'이기도 하다. 그들은 생존의 강박관념에 쌓여 있고 또한 혼자서 살아남은 데 대한 '자책'을 지니고 있는 사람들이다. 가족에 대한 '공동체의식'과 생존의 강박관념은 이민 1세대에게는 '고향', '고국'이라는 말에 포함된 두 가지 원칙이다.

수난의 시대를 견디며 살아 온 한국인에게 '가족'은 '민족'의 축소된 터전이며 강용홀, 김은국, 김용익의 작품에서 보이는 것처럼 '고통'을 견딜 수 있게 만드는 힘이다. '헨리 박'이 한국 여성에게서 느끼는 두 가지 이

---

12) 존쾅은 농사일과 가난이 지겨워 고향을 떠났다가 돌아온 어떤 사람이 돌아와 보니 부모가 모두 죽고 없다는 내용의 이야기를 헨리에게 들려준다. 이 이야기는 이민 1세대의 보편적인 '탈향기'와 '향수'를 표현하는 내용이다.

미지는 바로 이것 때문이라고 할 수 있다. 김은국, 김용익의 '수난과 고통을 견디는 여성상'이 이창래에게는 '상처받고, 자존심이 강하며, 고통을 감내하는, 생존의 강박과 가족구성원으로서의 의무감을 지닌, <u>어려운 사람들</u>'로 보이는 것이다.

일찍이 가족과 민족의 운명이 동일한 것임을 몸으로 체험한 이민 한국인 1세들에게 '가족'은 민족의 다른 이름이고 따라서 가족구성원 이외의 모든 사람들은 타자로 인식된다. 특히 온갖 인종이 모여사는 미국사회에서 한국인은 가족이기주의와 배타적 가족주의를 고수했고 그 과정에서 '타인에게 고립되지 않으면서 동시에 자신의 영역을 지키는 방법'을 생각해 낸 것이다. 그것이 헨리 박이 본 미국 이민가족의 모습이라고 할 수 있다.

그의 아버지가 "거래에 불친절해서도 안되고, 너무 관대해서도 안된다"라고 한 말은 '타자'에 대한 이민 1세의 전형적인 태도이다. 어머니나 아줌마의 무표정한 얼굴, 비사교적 태도를 통해서 '헨리 박'이 확인한 것은 바로 그의 아버지가 말한 '거리두기'의 심리이다. 그들은 이 거리가 무너지는 것을 두려워한다는 것을 그는 알고 있다. 예를 들면 '릴리아'의 친근한 접근 태도에 대한 아줌마의 극단적 '거부반응'이 의미하는 것은 '거리두기'의 원칙을 무시한 '릴리아'라는 타자에 대한 '두려움'의 표현이라고 할 수 있다. 자신의 영역을 침범 당하지 않으려는 비사교적 태도는 '재미한국인 1세 여성'의 공통점으로써 가족주의로 스스로를 철저히 속박하기 때문이다.

결국 한국의 근대사가 낳은 가족주의와 강용흘, 김은국, 김용익이 보여준 긍정적 의미의 여인상은 고난극복의 의지에 이민 1세의 생존에 대한 강박관념이 덧씌워짐으로써 '배타적 가족주의', '가족이기주의'에 안주하는 여인상으로 변질된다. 이 점은 재미한국인 '가족주의'가 강용흘, 김은국, 김용익이 보여준 가족주의만큼 구체적인 역사성을 지니고 있는 것임을 알게 한다. 따라서 가족주의가 양산한 여성상도 그 만큼이나 구체적인 역사성을 지니고 있다. 즉, 일정한 맥락 속에서 가족주의가 유동, 변천했으며 그 안에서 여성의 위치와 이미지도 변화해 온 것이다.

5.

이상에서 살펴본 바와 같이 재미한국인 문학에는 '한국문학'의 주요한 한 특성인 '가족주의'가 아주 강하게 담겨 있음을 알 수 있다. 또한 그러한 가족주의는 재미한국인 문학의 공통점이면서 동시에 약간의 차이를 드러내는데 그것은 재미한국인에게 있어서 가족이 차지하는 의미가 지닌 차이 때문이라고 할 수 있다. 가족이 '민족'이고 동시에 '고향에 대한 기억의 전부'인 재미한국인 1세 작가에게 '가족주의'는 모든 가치의 기본적 전제이다. 이 점에서 재미한국인 1세 작가의 작품에 나타난 '여성의 초상'은 가족주의를 떠나서는 생각할 수가 없다.

따라서, 가족의 일부인 여성에 대한 이미지가 각 시기에 따라서 어떻게 변화해 왔는가는 문제는 이런 이유로 중요한 관심의 대상일 수밖에 없다. 본고에서는 그러한 여성의 이미지가 강용흘, 김은국, 김용익의 작품에서 각 역사적인 상황마다 약간의 차이를 나타내면서 전개되는 것을 확인했다. 결국 문학작품 속에 나타난 가족중심주의 내에서의 여성의 위치는 구체적인 역사적 맥락에 의한 설명이 가능한 문제임을 알 수 있다. 예를 들면 강용흘의 전통적 여인상과 김은국의 수난의 여인상, 김용익의 억척스러운 어머니상은 각각 그 내부에 역사적인 맥락과 상황을 포함하는 징후에 해당된다.

재미한국인 2세인 이창래의 「네이티브 스피커」에는 재미한국인의 가족주의가 보여주는 한국여성의 이미지는 일정한 징후의 성격을 띠고 나타난다. 이 점은 이민 1세와 2세 사이의 차이로도 보이는데 강용흘, 김은국, 김용익과 달리 이창래는 "한국 애기들은 다 그렇죠. 한 사람만 빼곤 다 죽어요."라고 말하는 헨리 박의 입을 통해서 이민 1세의 '가족주의와 감상적인 향수'를 비판한다. 가족주의 안에 민족주의 이데올로기까지 포함하고 있는 이민 1세 작가들의 경향과는 현격한 차이를 지닌 것이라고 할 수 있다.

가족주의를 긍정적으로 그려낸 이민 1세 작가들에게 '가족'은 긍정적 여성상이 확인되는 유일한 곳이다. 그러나 2세 작가인 이창래는 한국적 가족주의가 이주민의 현실적 강박관념과 고국에 대한 향수에 의해서 어떻게 왜곡되고 있는지를 자세히 관찰한다. 그리고 그 안에서 여성의 이미지를 꼼꼼히 뜯어보는 것이다. 결국 이창래의 작품에서 '한국인과 한국여성'은 '어려운 사람들'로 표현된다. '고통'을 견디는 데 익숙하고 '비사교적이면서 실수를 하지 않으려는 강박'은 한국여성을 결벽증적인 존재로 보이게끔 하는 것이다.

재미한국인 1세대의 작품이 한국문학의 보편성과 밀접한 관련이 있다면 이창래의 작품은 2세대의 작품인 만큼이나 '가족주의'에 대한 시각에서도 세부적인 차이를 많이 보여준다. 그리고 이러한 차이는 구체적인 맥락의 차이라고 할 수 있다. 예를 들면 본고의 앞에서 거론한 생성공간의 이데올로기에 의한 영향이 1세대 작가들보다 강하게 보이는 점 등이 그것이다.

이민국가인 미국에서 다양한 인종에 대한 다원주의적인 시각은 한국적 가족주의에 대한 객관화의 근거를 좀더 쉽게 제공한다. 따라서 작가 이창래에게 가족중심주의는 선험적 전제가 아니라 객관화될 수 있는 대상이다. 다시 말해서 이전까지는 주체의 영역에 속했던 '가족공동체'를 타자화할 수 있는 근거를 이창래는 쉽게 발견할 수 있게 된 것이다. 생성공간을 달리하는 재미한국인 문학에서 한국문학과의 변별점이 구체적으로 확인되는 작품이 「네이티브 스피커」로 보이는 점도 이런 까닭이다.

결론적으로 가족주의가 바탕에 깔린 재미한국인 1세 작가들의 작품 속에서 확인된 긍정적 여인상은 재미한국인 2세 작가인 이창래에 의해서 부정적인 모습으로 다시 나타난다. 이 점은 여성의 이미지에 대한 논의 자체가 구체적이고 역사적인 맥락과 관련된 것이라는 사실을 알게 한다. 특히 전근대, 근대, 근대후기, 탈근대적 징후가 복합된 '가족주의와 여성상'의 복합적 현상에 대해서 구체적인 맥락을 추적한 세부적인 분류와 이해는 앞으로의 과제라고 할 것이다.

강용흘의 전근대적 여인상과 가족주의, 김은국의 식민지시대 근대적 여인상과 가족주의, 김용익의 근대적 모순이 드러난 사회 속에서의 여성과 가족주의, 그리고 이창래의 탈근대적 현상이 범람하는 현실 속에서의 여성과 가족주의에 대한 단면 등이 지닌 의의는 바로 그것들이 구체적인 정황에 따른 징후를 보여주기 때문이다. 특히 '이창래'의 「네이티브 스피커」는 '가족주의'를 객관화함으로써 재미 한국인여성의 실상을 개관적으로 보여준다는 점에서 그 의의가 좀더 깊다고 하겠다. '가족주의'의 신화를 벗김으로써 '여성의 이미지'를 추상이나 관념이 아닌 구체적인 실체로 드러냈기 때문이다.

이민 1세인 선배작가들의 작품이 미국 문단에서 동양주의와 한국의 식민지체험, 6·25라는 미국 독자층의 관심을 자극하는 세계사적인 사건 등을 공감대로 형성한 것과 달리 이창래는 소수인종집단화(ethnicization)가 야기하는 미국사회 내부의 문제를 소설화하고 있다. 그가 '소수인종집단'의 다원적 문화 현상을 소설화하고 있다는 점은 후기근대의 한 현상을 정면으로 다룬다는 점에서 그 의의가 더욱 깊다고 할 수 있다. 특히 이러한 그의 경향과 관점은 '여성'이라는 보편성에 근거한 '한국 여성상'의 특질에 대해서 예리한 관찰력을 보여준다.

이창래의 소설에 등장하는 '여성의 초상'은 징후에 대한 독법을 구체적인 맥락에 놓고 읽음으로써 비평적 해석을 가능하게 하고 그 해석을 바탕으로 다시 그 가치평가의 기준을 마련하는 방식으로 객관화시킬 수 있는 '비평'을 통해 이해되어야 할 대상이다.[13] 이 말은 근대적인 현상을 역사적 범주 안에서 벌어진 맥락과 연결시켜 해석함으로써 '가치기준'과 '전망'

---

13) 이창래의 작품이 문제적인 이유는 그것이 이전의 가치개념에 대해서 부정적이라는 사실에 있다. 모든 가치를 역사적 범주에 놓고 생각할 때 이창래의 소설은 새로운 현상과 비전에 관련되어 있다. 모든 비전은 아직 미정형이듯이 일정한 '징후'는 해석되어야 하고 새롭게 질서화되고, 의미화 되어야만 그 가치를 얻을 수 있다.

을 재확립하는 방식을 가리킨다. 여성성의 긍정과 부정, 두 측면에 대한 이해와 평가는 역사적 범주와 맥락의 문제이며 따라서 그 평가의 전제로써 '여성성 혹은 여성상의 변화'에 대한 역사적 이해가 먼저 선행되어야 할 것이다.

제 3 부

분단기 문학사와 북한의 문예학

▶ 근대 민족 문학의
두 가지 방향과 분단기 한국문학사의 전개
―분단기 한국문학사를 바라보는 몇 가지 관점―

▶ 문예학의 원칙 확립과 미학의 제문제
―고상한 리얼리즘과 영웅 형상화―

▶ 분단기 남·북한 문학사 기술을 위한 시론
―북한 문학과 주체 문예이론의 이해―

근대 민족문학의 두 가지 방향과 분단기 한국문학사의 전개

– 분단기 한국문학사를 바라보는 몇 가지 관점 –

1. 분단기 문학사 서술의 관점 정리를 위하여

분단기 남북한의 문학사는 근대사의 파행적인 사건이 누적된 층위 위에서 그 출발선을 긋고 있다. 이 점은 분단기 남북한문학사의 전개가 근대화라는 문제와 밀접하게 연관되어 있으며 그 기본적인 성격이 역사·사회의 제반 현상과 긴밀한 영향을 주고받는 관계임을 의미한다.

식민지 시대의 문학은 일제에 의해 이식된 근대문화와 문명에 의하여 심하게 왜곡되고 굴절된 모습을 지니고 있다. 그리고 분단기 문학은 이러한 왜곡과 굴절이 중첩된 문학사의 극복을 기본적인 과제로 안고서 출발했다. 따라서 파행의 역사를 바로 잡고 그 문학사적인 흐름의 인과관계를 파악하기 위해서는 역사·사회적인 배경에 대한 분석과 이해의 관점이 먼저 확보되어야 한다.

한민족의 근대문학사는 식민지시대 문학사와 분단기 문학사라는 두 개의 커다란 영역을 지니고 있다.[1] 이 두 영역을 구분하는 중요한 변별성은 문학사의 내적인 전개과정에서 나타난 변화를 근거로 하여 얻어진 것이라기보다는 외적인 시대상황과 역사적 흐름의 도정에서 나타난 변화에 바탕을 두고 있는 것이다. 따라서 남·북한의 문학사가 문학 내적인 발전에 따라 기술되기 위해서는 우선 이 두 시대를 바라보는 역사적 관점이 확립되어야만 한다. 그 까닭은 한민족 근대문학의 성격이나 변화의 양상이 이 두 시대의 역사적인 변화틀 안에서 이루어지고 있기 때문이다. 결국 한민족의 근대문학은 텍스트간의 자족적인 체계에 의해서만 의미를 부여받을 수는 없으며 근본적으로 시대적 맥락에 의한 분석의 범주에서 자유롭지 못한 것이다.

위의 전제를 바탕으로 한민족의 근대문학사를 바라보고 서술하는 관점으로 다음과 같은 몇 가지의 기본적인 틀을 세울 수 있다.

첫 번째, 한민족 근대문학사의 전개는 시대적 맥락과의 상호 유기적인 관련성을 인식함으로써 파악될 수 있다.

둘 번째, 한민족의 근대문학사를 구성하는 두 개의 기본축인 식민지시대 문학과 분단기 문학을 단절된 것이 아니라 연속적인 관점에서 인식해야 한다.[2]

---

1) 근대의 기점에 대한 다양한 논의와 견해들을 참고한다면 이 주장은 다소 도식적인 면이 없지 않다. 그러나 여기에서 말하는 근대문학의 2단계 구분은 시민계급의 성장을 근대의 주요한 특징으로 보는 관점을 따르고 있다. 조동일, 『한국문학통사 5』, 지식산업사, 1994, pp.8~51. 참조. 이 책에서 조동일은 내발적인 근대화론을 주장하는 시각에서 근대의 기점을 설정하고 있는데 이에 대한 문제점은 최원식의 다음과 같은 글에 잘 지적되어 있다. "우리 문학의 근대성 지표를 올바르게 설정하기 위해서는 제국주의적인 담론인 비교문학적 시각과 반제국주의적인 담론인 내재적 발전론을 넘어서 국제적 시각의 도입을 모색해야 할 것으로 판단된다. …한·중·일을 아울러 파악하는 동아시아적 시각의 유효성에 대해 숙고할 필요가 있다."(최원식, 「한국문학의 근대성을 다시 생각한다」, ≪창작과비평≫, 1994, 겨울, p.18) 본고에서 국제주의와 세계체제를 '한민족의 근대체험과 민족문학'의 성격을 규정하는 중요한 요건으로 보는 까닭도 이 점에 있다.

2) 김재용, 8·15 직후의 민족문학론」, 『북한 문학의 역사적 이해』, 문학과지성사, 1994,

세 번째, 식민지시대 문학과 분단기 문학을 움직이는 기본적인 힘은 그 표면적 양상은 다를지라도 동일한 것이다.(異形同質)[3]

네 번째, 한민족의 근대문학사를 이루는 두 개의 기본적 영역인 식민지 문학과 분단기 문학이 지닌 주요모순과 부차적 모순의 양상은 다를지라도 그 기본 모순은 하나이다.[4]

다섯 번째, 근대 민족문학사의 전개과정에서 환경적 요인이 될 수 있는 세계체제의 변화과정에 대하여 깊이 있는 인식이 필요하다.

여섯 번째, 현단계 한국 분단체제의 문학은 세계체제라는 광의적 영역 안에 있으며 그 자체의 체제 역학의 논리에 의해서 움직이는 자족성을 지니고 있다.[5]

---

pp.35~90. 참조. 식민지시대 카프 해소파와 비해소파의 관점이 해방 직후 '건설해야 할 문학의 성격'을 규정하는 문제로 연장되었고 그것이 한민족 근대문학사의 두 가지 방향을 결정하는 계기가 되었다. 따라서 식민지시대 문학과 분단기 문학은 역사적인 모순이 얽혀서 이루어진 원인과 결과의 관계에 놓여 있다.

3) 식민지 시대와 분단기 문학의 특징은 기본모순인 계급모순과 주요모순인 제국주의에 대항하는 약소 민족의 모순 사이의 관계양상과 그에 대한 문학적 대응에 의해서 규정된다. 즉 식민지 시대의 제반 모순은 분단기와 연속선상에서 생각해야 하며 또한 극복되어야 한다. "좌담-현단계 한국사회의 성격과 민족운동의 과제", ≪창작과비평≫, 1987 ; "지상토론-현단계 민족문학의 상황과 쟁점", ≪창작과비평≫, 1989, 여름 ; 백낙청, 「통일운동과 문학」, ≪창작과비평≫, 1989, 봄 ;「지혜의 시대를 위하여」, ≪창작과비평≫, 1990, 봄. 참조

4) 이 부분은 백낙청의 '분단체제론'을 따른 견해이다. '분단체제론'을 주장하는 또 하나의 견해는 강만길, 『고쳐 쓴 한국현대사』(창작과비평사, 1994)가 있다. 백낙청의 '분단체제론'에 대해서는 다음의 글을 참조할 것. 백낙청, 「분단체제의 인식을 위하여」, ≪창작과비평≫, 1989, 봄 ;「지혜의 시대를 위하여」, ≪창작과비평≫, 1990, 봄 참조.

5) 근대 민족문학의 모든 경우가 그렇듯이 특수성의 문학인 민족문학은 세계문학 체제의 일부로서 보편성을 공유할 때만 그 근대적인 성격을 인정받을 수 있다. 한국의 분단기 민족문학도 보편성으로서의 세계문학의 영향 밑에 있으면서 자신이 지닌 '분단문학 체제하의 문학적 성격'에 따라 움직이는 자족성과 특수성을 지닌다. 분단체제와 세계체제의 관계는 손호철, 「'분단체제론'의 비판적 고찰」(≪창작과비평≫, 1994, 여름, pp.319~320)에 다음과 같이 요약되어 있다. "① 한국사회의 주모순은 분단모순이다 (…) ② 분단상황은 하나의 '체제'로서 '분단체제'를 형성하고 있으며 이는 세계체제(나아가 중간 매개로서의 동아시아 지역)의 하위체제이다"

일곱 번째, 한민족은 외형적으로 근대국가의 형태를 지닌 두 개의 국가를 지니고 있지만 개별 민족국가의 수립이라는 근대적인 과제를 달성하지 못하고 있다는 점에 대한 문제의식이 투영되어야 한다.

여덟 번째, 분단기의 남북한 문학사를 객관적으로 바라보기 위해서는 한민족이 겪은 근대 체험의 역사와 그 방향의 선택이 민족문학의 전개과정에 미친 영향관계를 중점적으로 살펴보면서 민족문학의 개념을 다시 정립해야 한다.

아홉 번째, 문학사의 기술에 있어 미학적 기준과 역사적 의미부여 사이에 놓여 있는 갈등관계에 대한 문제의식이 필요하다. 파행이 중첩된 한민족의 근대문학사에서 미적 양식의 문제와 시대정신, 역사의식의 갈등관계를 조망하는 것은 분단기 남북한 통합 문학사 서술의 총체적이고 객관적인 기준을 마련하는 길이며 문학사 서술의 본질적 영역이다.

열 번째, 분단기 문학사 인식은 현단계의 내적 필연성으로서 '통일'을 지향한다. 그러나 '통일'은 역사의 종점이 아니며 단지 하나의 과정이고 실천적, 당위적 지표이다. 따라서 분단기 문학사 기술은 현단계 민족의 현실과 그 속에서 야기되는 모순과 혼돈에 대한 대응으로서의 문학적 현상을 설명하고 평가하며 앞으로의 방향을 예시하는 것을 그 기본적인 성격으로 한다. 분단기 문학사기술은 그 점에서 '진보'나 '통일'의 당위적 강박관념으로부터 벗어나야 하며 단지 '문학의 역사적 행보'만을 주시해야 한다.6)

이상의 열 가지 관점은 한민족 근대 문학사라는 커다란 흐름이 지니고 있는 성격을 자본주의와 근대 문화의 전개 과정 안에서 바라보려는 시각을 전제로 하고 있다. 한민족 근대문학사의 전개과정을 한민족만의 독립된 단위의 문학사 전개로 인식하는 것은 국제적인 성격의 모순과 영향을 간

---

6) 이광호, 「민족문학의 역사적 범주에 대하여」, ≪실천문학≫, 1994, 가을. 민족문학론 자체가 하나의 당위적 이데올로기로 변질될 때 민족문학은 역사적인 현실 또는 문학적 실천의 구체성과 유리될 가능성이 있다. 그러므로 현단계 남한의 민족문학이 지닌 문학 진영 내지 집단의 협소함은 극복되어야 할 과제이다.

과함으로써 여러 가지 무리와 한계를 드러내게 된다. 따라서 한국 근대문학사의 연구는 식민지시대의 문학과 분단문학이라는 두 영역에 대한 좀더 과학적이고 역사주의적 시각의 접근을 필요로 한다.

위의 열 가지 전제는 이러한 필요에 의해서 식민지 체제에서 분단체제로, 그리고 제국주의 체제에서 냉전체제로 전개되는 내·외적인 흐름 위에서 한국의 근대문학사를 조망하기 위한 기본적인 원칙이며, 현단계 한국의 분단문학을 하나의 관점에서 바라보기 위한 노력의 출발점이다.

2. 근대화를 바라보는 두 가지 관점과 민족문학

한국문학사의 전개는 근대화라는 명제에 대한 서로 상이한 시각과 접근에 의해서 상당히 복잡한 양상을 띠면서 전개되어 왔다. 이 근대화의 개념은 크게 서구 근대화의 출발기에 있었던 사회문화 현상을 하나의 전범으로 하는 서구적 의미의 근대화[7]와 어떤 사회, 어느 지역에서나 있을 수 있는 사회적 변화의 틀이나 형태—즉 자본주의나 사회주의처럼—로 정의하는 초역사적 혹은 비역사적인 의미의 근대화라는 두 가지 형태로 나눌 수 있다. 근대(modern) 혹은 근대성(modernity), 근대화의 개념이 유사한 단어이면서도 서로 상이한 의미의 폭을 지니고 있는 것은 근대라는 시기에 대한 규정 자체를 일회적이고 역사적인 사회·문화 현상으로 받아들이느냐 아니면 각 나라, 민족이 처한 환경과 현실에 따라 규정되어야 할 성질로 보느냐에 따라 서로 달라질 수 있기 때문이다.

그런 의미에서 근대를 특정한 역사적 시기로 규정하는 시각은 일면 역

---

7) 여기에서 근대는 18세기 산업혁명기로부터 19세기말, 20세기 초의 서유럽이나 북미에서 있었던 사회발전의 특징, 문화적 현상을 근대라고 바라보는 역사적인 의미의 근대이다. 이런 개념에 따라 일본이나 한국의 등의 근대화를 얘기하면 그것은 곧 서양화라는 의미로 변질된다. "대담—한, 일의 근대경험과 연대모색", ≪창작과비평≫, 1994, 겨울, p.81.

사적이면서도 또 한편으로는 비역사적인 관점이다. 이것은 시간성의 개념을 지나치게 앞에 내세움으로써 세계사의 보편성만을 지나치게 강조하는 시각이라고 할 수 있다. 그러나 근대는 역사적인 문화현상에 대한 본질적인 성격규정을 통해 획득된 개념이며 궁극적으로는 '근대성'이라는 실체가 없이는 성립이 불가능한 역사발전의 단계를 가리키는 명칭이다. 이 점에서 근대를 보편적 시간 개념으로 적용하는 데는 상당한 무리가 따르며 각 민족단위 역사의 발전 정도를 감안한 상태에서 근대성의 실체를 바탕으로 하여 규정하는 것이 정당한 관점이라고 하겠다.

근대는 자본주의의 탄생과 함께 출발한다는 점에서 그 자체 내에 이미 내적인 모순을 포함하고 있었고 20세기에 접어들면서부터는 그 모순에 대한 극복과 대안으로서의 방향이 모색되어 왔다. 이 극복과 대안의 방향은 크게 두 가지의 형태로 나타나는데 하나는 근대 자체를 그릇된 역사의 방향으로 규정하면서 '반자본주의적인 탈근대의 방향성'을 전면에 세우는 것이고 다른 하나는 근대를 미완의 역사적 도정으로 간주하고 좀더 철저한 근대적 이상의 실현을 통해서 근대적 모순으로부터 벗어나려는 시각이다.

전자의 시각은 근대와 자본주의적인 생산양식의 모순을 거의 같은 위치에 놓고 생각하는 관점으로서 근대 자체를 철폐하지 않고는 역사는 더 이상 발전할 수 없다고 주장한다. 왜냐하면 근대의 주도계급인 시민계급이 이룩한 자본주의는 그 자체의 모순에 의해서 몰락할 것이며 따라서 '근대 이후'에 대한모색만이 역사의 발전과 진보를 보장하기 때문이다. 근대와 자본주의의 모순이 극에 이른 시점에서 '근대 이후'의 전망을 찾는다는 점에서 근대에 대한 철저한 부정을 전제로 하는 주장이다. 이 관점은 마르크스와 레닌을 중심으로 하여 하나의 방향성을 설정하였는데 자본주의에 대한 변증법적 극복을 대안으로 내세운 시각이다.

다음은 근대를 자본주의에 초점을 두기보다는 초기 시민계급의 진보적 정신에 입각해서 바라보는 관점으로서 근대정신의 좀더 철저한 실천만이 자본주의와 근대화에 수반되는 모순을 극복할 수 있을 것이라는 신념에 근거하고 있다. 이 두 역사적 방향은 모두 근대적 모순을 해결하기 위해서 '탈근대 지향의 새로운 근대'[8]를 전면에 내세우고 있지만 그 역사적 방향의 선택은 전혀 반대의 것이라고 할 수 있다. 전자를 '반자본주의적인 근대화를 통한 탈근대 지향'이라고 한다면 후자는 '근대 이상주의적인 탈근대 지향'이라고 할 수 있을 것이다.

본고에서 이 두 가지 20세기의 근대주의 경향 혹은 탈근대의 방향성[9]에 초점을 맞추는 까닭은 이 두 방향의 대립과 상호 운동에 의해서 한국의 근대문학사가 전개되어 왔으며 한국의 근대 지식인들도 이 두 방향에 근거해서 근대화를 인식하고 바라보았다고 생각하기 때문이다.

한민족(韓民族)은 이 두 가지의 방향에 입각해서 근대를 체험하고 인식했으며, 근대화를 추구했고 또 그 근대적 모순으로부터 벗어나려고 했다. 따라서 한민족의 근대문학사에 대한 올바른 인식에 도달하기 위해서는 이 두 개의 힘이 어떻게 문학사에서 나타나고 전개되었는가에 대한 면밀한 검토가 필요하며 이 두 역사적 방향을 추구하려는 '의지'에 의해서 식민지시대 문학사와 분단기 문학사의 민족문학이 전개되었음을 이해해야 한다.

식민지시대 문학을 포함한 분단기 문학의 인식은 서구적 근대주의에 대한 열등감을 극복하고자 하는 '탈근대 지향'의 이 두 힘에 대한 문학적 대응을 어떻게 파악해 내는가의 여부에 따라서 새로운 시각을 확보할 수 있는 것이다.

20세기 근대주의의 두 가지 방향성을 규정하는 근거는 마르크스-레닌

---

8) 근대에 대한 한계를 인식한 시점부터 역사의 방향은 끊임없이 그 한계로부터 벗어나려는 방향으로 전개된다. 탈근대 지향이란 다름이 아니라 바로 이러한 근대의 한계를 극복하려는 의지를 가리킨다.

9) 대체로 20세기의 근대주의는 과거의 근대성에 대한 부분 부정 혹은 완전 부정을 나타내는 탈근대의 경향성을 지닌다. 한국의 식민지시대 문학과 해방기 비평에서 이러한 점은 잘 드러난다. 해방기 임화의 인민문학론과 안함광의 민족문학론을 비롯한 여러 논쟁은 부르주아 민주주의와 프롤레타리아 계급주의, 애국주의 등 근대에 대한 두 가지 선택 방향을 그대로 축약하고 있다. 송희복, 『해방기 문학비평연구』, 동국대학교 대학원 박사학위 논문, 1991 ; 김재용, 『북한문학의 역사적 이해』, 문학과지성사, 1994.

주의의 원칙을 따르느냐 그렇지 않느냐의 문제라기보다는 근대의 실체를 자본주의 체제로 규정하느냐 혹은 초기 시민계급의 진보적 역사의식에 근거를 두느냐에 달려 있다. 이 점은 과학적 역사인식을 바탕으로 한 사회의 방향성을 파악하는 데 있어서 가장 중요한 전제이다. 그 사회의 체제가 마르크스-레닌주의에 바탕을 두고 있더라도 마르크스와 레닌을 근대주의의 연장선상에서 추구하고 완성해 가려는 관점이 있을 수 있고 또 그 반대의 관점이 있을 수 있기 때문이다. 결국 마르크스와 레닌은 반근대적 역사 방향의 창시자이자 곧 전형적 근대주의자라는 모순적인 위치에 서 있는 것이다. 단지 마르크스가 반근대적 경향성을 띠면서도 그 사고의 방식은 전형적으로 근대적 지식인의 모습을 취하고 있었다면 레닌은 좀더 반근대적 색채가 강한 탈근대주의자였다는 점에서 차이가 있을 뿐이다.

1) 분단기 남북한 민족문학의 전개와 그 전제

한국의 근대문학사를 '식민지시대 문학사'와 '분단기 문학사'라는 두 영역으로 크게 나누어 고찰하겠다는 본고의 시각에는 한국의 문학사를 각 시기의 주요모순에 대한 대응의 역사로 파악하겠다는 관점이 담겨 있다. 본 연구는 선행연구에서 흔히 논의되어 왔던 문학사의 단절점들 ― 해방공간, 개화기 혹은 개화공간 등 ― 을 역사를 움직이는 모순의 잠복기간으로만 규정할 뿐 본질적으로 역사의 방향성이 상실되어 있던 시기는 아니라고 바라보며 그 관점에 의해서 근대문학사를 이원적인 힘의 균형과 충돌에 의해 전개되어 온 과정으로 파악한다.

'분단기 문학사'나 '식민지시대 문학사'라는 명칭이 단순히 역사의 외면적 특성을 근거로 나누어진 시기 구분인 것처럼 보일 수 있지만 이러한 구분의 원칙은 철저하게 한국의 근대문학사가 '민족모순'과 '분단모순'이라는 두 가지 주요모순이 중첩되는 과정에서 그에 대한 극복의 의지를 표현해 온 문학사라는 인식에 근거한다. 한국의 근대문학사를 움직이는 힘의 실체와 그것이 극복하려고 했던 모순을 규정하려는 시도이자 그 전제가 한국 근대문학사에 대한 이단계 시기구분론이라고 할 수 있다.

한국의 근대문학사를 움직여 온 이원적인 힘은 근대에 대한 하나의 대응 혹은 탈근대의 의지와 각 시기별 모순으로 규정할 수 있다. 다시 말해서 한국의 근대문학사는 세계정세의 변화과정 속에서 국제적인 모순의 하부에 놓이는 한반도 지역의 특수모순을 주요모순으로 겪으면서 전개되어 온 문학사이다. 이것은 한국의 근대문학사의 두 영역이 공통적으로 해당되는 성질이며 '근대문학=보편과 특수의 관계맺음을 전제로 하는 문학'이라는 성격규정을 가능하게 한다. 세계문학 혹은 국제주의, 나쁘게 말하면 제국주의의 시대에 한국의 근대문학은 그 출발선을 긋고 있다. 이전의 한국문학사가 동아시아 일대의 국지적인 영역 속에서 특수와 보편을 논하던 문학이었던 데 반해서 근대문학은 전세계적인 보편과 특수의 문제로 그 범주와 영역이 확장된 문학이라고 할 수 있다.

제국주의 시대를 겪으면서 시작된 근대문학의 실체는 따라서 전세계적인 제국주의 식민지 지배체제의 세계모순에 의해서 영향을 받는 문학이며 특히 한국의 근대문학은 그 지역적 특수모순과의 갈등, 대결을 필수적인 전제로 가질 수밖에 없는 문학이었다. 한국의 근대문학은 그 출발점부터 보편적 규범, 모순과 특수한 규범, 모순, 환경의 상호관계를 면밀히 파악해야만 실체가 드러나는 문학이 될 수밖에 없었던 것이다.

위의 사실은 한국근대문학사의 전개과정을 복잡한 미로 속으로 밀어 넣는 구체적인 원인이기도 하다. 한국의 근대문학사를 연구하면서 굳이 세계적인 지배체제의 변화를 염두에 두어야 하고 그 지배체제에 의해 파생된 세계모순이 한반도에서는 어떻게 주요 모순이 되고 부차적 모순이 되는가 하는 고민을 풀어나가야 하기 때문이다. 한국의 근대문학은 더 이상 일국 단위의 문학이 아니라 국제적 환경과 세계모순의 영역 안에서 생성, 변화, 발전하는 문학이 된 것이다.

분단기 문학사를 그 이전의 식민지시대 문학사와 구분 짓는 일차적인 경계는 당대 현실의 변화점에서 찾아진다. 8·15 해방 혹은 남한 내 단독정부의 수립이라는 두 역사적 사건은 당대의 정신사적 흐름을 지배했고, 또 실질적으로는 그 영향의 산물이라고 할 수 있다. 역사는 식민지시대의 민족 모순에서 진영모순과 민족모순이 복잡하게 뒤엉킨 분단모순의 시대로 접어들기 시작한 것이다.[10] 문학에서의 내적인 변화 움직임도 실제로 이 시기에 접어들면서 일제 식민지 잔재의 청산과 과거 행적의 반성의 문학에서 점차 좌·우 분리의 이념을 전제로 한 문학, 미군정을 미제로 이승만 정부를 그 괴뢰정부로 비판하는 문학, 추상적인 민족주의 문학 등으로 변화해 가는 것을 볼 수 있다. 남북한의 분단이 시작되는 시점에서 한국의 근대문학도 식민지시대적인 특성의 문학에서 분단기 문학으로 이행하기 시작한 것이다.

이 시기 세계정세는 제국주의 지배체제가 두 번의 세계대전으로 붕괴되고 그 질서가 재편되는 단계에 놓여 있었다. 일제와 독일의 패망 이후 미국을 중심으로 한 자본주의 국가들의 세계체제화에 반대하여 소련이 제 2세계의 핵심으로 등장하면서 세계체제는 동·서의 양 진영으로 크게 이분화된다.

한국은 일제의 식민지 지배로부터 해방됨과 동시에 이러한 세계체제의 변동에 가장 처음, 그리고 심하게 영향을 받는 국가가 되었다. 한반도에서 동·서의 냉전체제는 식민지 잔재의 청산과 민족주체성의 확립이라는 문제가 제대로 정리되기도 전에 외세의 개입이라는 형태로 표면화되어 나타났기 때문에 일차적인 주요모순으로 과거의 '민족모순'[11]이 제대로 극복되지

---

10) 이 시기는 민족모순으로서 제국주의 잔재와 봉건적인 관습이 있었고 냉전체제에 의해 새롭게 형성된 진영모순이 있었다. 해방기의 문학적 국면은 민족모순에 대한 대응으로서 반제 반봉건을 전면에 내세우고 있었지만 그 문학적인 해결책으로 제시된 인민문학론, 계급문학론, 민족문학론은 각각 다른 진영을 대표하고 있었다.

11) 임화, 「현하의 정세와 문화운동의 당면임무」, 《문화전선》, 1945. 11. 15. 기타 해방기 문학비평이 주장하는 반제 반봉건의 논리는 모두 민족모순에 대한 극복의 의지와 방향을 표방한 것이다.

않은 단계에서 부차적 모순이었던 '진영모순'[12]이 주요모순의 위치로 올라오는 현상이 생겨나기 시작한 것이다.

이러한 한반도 내의 변화는 분단이라는 극단적인 형태로 발전하게 되는데 해방 이후의 혼란기는 실상 민족모순과 진영모순이 근본모순인 계급모순을 압도하면서 해결의 방향을 잃고 만 시기라고 할 수 있다. 전략적인 문제 해결의 원칙은 사라지고 전술적 대응력과 변화하는 현실에 대한 정책적 의사만이 효과적인 시대가 된 것이다. 이 시기 한국문학이 현실에 대하여 탄력적인 대응을 보여주지 못하고 정치일변도로 기우는 원인은 실제로 문학의 고유한 특성에 근거한 본질과 원칙의 파악이 어려운 시기였기 때문이라고 할 수 있다.

문학의 현실적 대응이 시대의 근본모순에 대한 인식과 그것을 비판적 시각으로 바라보는 자세로부터 멀어질 때 문학은 당연한 결과로서 정치화하게 마련이다. 다시 말해서 정책의 차원에서 상황을 판단하는 문학이 된다. 그 점에서 분단기 문학은 출발점에서부터 정책문학의 기능과 역할에 상당히 의존하고 있으며 초기 분단문학의 성격은 '정책차원의 판단에 의존하는 문학'이었다고 규정할 수 있다. 이미 1948년에 북한측에서는 미제에 대한 투쟁과 분단에 대한 인식을 엿볼 수 있는 문학이 나오는 점으로 봐서 1950년~1953년까지의 전시문학 이전에 이미 정책문학의 경향은 싹트기 시작한 것으로 보인다.

"식민지시대의 문학에서 분단기 문학으로 이행하는 시기를 굳이 '이행기'나 '과도기'라는 이름으로 설정하는 것이 좋을 것인가?", "그렇지 않은가?"의 고민은 이 시기가 그다지 긴 기간이 아니라는 점 그리고 그 이행의 양상이 세계체제의 변화와 타율적인 힘에 의한 해방이었다는 두 가지 사실에 의해서 독립적 가치를 얻기 힘들다는 결론으로 쉽게 도달한다. 1945년 이후의 문학은 그 자체가 불완전한 해방에 의한 후유증을 앓아야

---

12) 반제 반봉건의 민족모순에 대한 해결 원칙이 그 세부적인 방법과 당시의 정세판단에 있어서 차이를 드러내면서 서로 다른 진영으로 갈라지는 냉전체제를 맞이하게 되었다.

만 하는 문학이었고 그 후유증의 실체는 바로 분단기 문학이라는 형태로 나타났다. 분단기 문학은 식민지시대 문학이 지니고 있던 모순의 연장선상에 있으며 그 둘 사이에는 조금의 공백도 찾아볼 수 없을 만큼 긴밀하게 원인과 결과의 고리가 맺어져 있는 것이다.

이 연구는 분단기 문학사의 시기구분에 있어 종래의 선행연구들이 해방공간 혹은 해방기라고 부르던 기간을 분단기 문학 서술의 첫 번째 시기에 포함시킨다. 이것은 분단이 실질화 되던 1948년 이전의 시간도 이미 문학 내 외적으로 분단모순의 양상을 띠고 있었다는 생각을 전제로 하고 있다. 민족모순과 진영모순의 균등한 세력화와 기본모순의 잠복이라는 현상은 바로 분단모순의 한 특징이라고 할 수 있기 때문이다.

그리고 이 시기 이후 남북한 문학의 전개과정 속에서 우리는 분단기 문학사를 바라보는 또 한 가지의 전제 혹은 방법론을 발견할 수 있다. 남북의 문학사는 각각의 독자적인 특질을 지닌 계열체로서의 문학사라는 점이다. 그러나 이 전제는 남북의 문학사를 서로 독립된 문학사로 바라보겠다는 의도를 담고 있지는 않다. 단지 개별적 특수성을 인정하는 상태에서 남북의 문학사를 바라보는 관점이 필요하다는 점을 강조할 뿐이다. 따라서 이 연구는 보편적 위치에서는 분단기 문학사라는 통합적 관점의 필요성을 강조하는 한편 남북의 개별적 특징은 분단기 문학의 이원적인 특수성이라는 개념으로 포괄하고자 한다. 남북의 문학은 이형동질인 만큼 각각의 독자성과 상호간의 보편성을 공유하고 있기 때문이다.

분단기 문학사의 전개가 심화되는 1960~1980년의 기간에 남북의 역사적 선택의 방향축은 상당히 멀어지게 되는데 이 시기 남북의 문학은 각자의 독자적인 특질이 훨씬 표면에 강하게 부상하는 시기라고 할 수 있다. 이 기간은 한국 근대문학과 사회의 최대과제인 근대화와 민족문학에 대하여 북한은 '반자본주의적인 근대 민족문학'을, 남한은 '자본주의적인 환경을 조건으로 하는 근대주의적 문학'을 표방하던 시기였다. 이 시기 남북의 문학은 그 역사적 방향에서 전혀 다른 모습을 취하고 있었으며 분단모순의 해결방법도 서로 달랐다. 그러나 그 해결의 방법적 선택 이면에 있는 현실적 당위는 상당히 유사했던 시기라고 할 수 있다.

　문학에서 양자의 관계는 북한의 정책문학과 남한의 비제도권 문학이 서로 근접하는 양상을 보이던 시기였다. 1960~1980년 사이에 남북한 문학은 체제 경쟁 속에서 역으로 분단체제의 논리가 지닌 모순이 명확하게 인식되는 계기를 획득하게 된다. 결국 이 기간은 남북 모두 정책문학 혹은 지배이데올로기의 문학을 거부하거나 이탈할 수 있는 터전을 마련하는 시기라고 할 수 있다. 사회주의 독재와 자본주의 개발 독재의 상호 체제 경쟁은 한반도 내의 분단모순이 체제논리적 성격을 갖게끔 만들었지만 역으로 남북에서 모두 체제순응의 문학이 지닌 한계를 인식하는 직접적인 계기가 되었다.

2) 근대 민족문학의 지향과 분단기 문학의 역사적 특성 및 환경

　제국주의 시대 열강에게 침략을 당한 모든 약소국가는 본질적으로 근대에 대한 하나의 환상을 품고 있었다. 그것은 서구의 물질 문명에 대한 동경을 함께 동반하며 결국 식민지 한국과 같이 수입되고 이식되는 근대를 맞이하게 된다. 그러나 제국주의 시대에 근대는 이미 그 종말이 논의되고 있었는데 그 근본적인 원인은 근대를 탄생시켰던 주된 동력인 근대적 이성이 마비되고 파시즘과 제국주의, 국수적 민족주의 등이 세계사의 전면에 등장하기 시작했기 때문이다. 20세기에 접어들면서 근대는 합리주의적인 이성의 시대가 아니라 제도적, 정신적으로 타락한 시대의 대명사가 되었다. 한국의 근대는 이 점에서 과거지향적이고 향수적인 서구주의의 이상적인 근대를 전범으로 삼는 축과 제국주의화 된 근대주의의 모순에 대한 비판과 저항을 역사적 방향으로 선택한 반제반봉건의 경향으로 나누어진다.

　한국의 근대는 서구와는 다른 역사적 개념의 근대를 선택하게 되는데 전자는 이후 일제에 의해 이식된 근대와 맞물려 '서구주의=근대'로 인식하는 근대지상주의로 변질되고 후자는 반제반봉건을 기본으로 '역사적 주체성에 입각한 비판적 근대주의'로 굳어진다.

비판적 근대와 근대지상주의는 실제에 있어서는 모두 근대에 대한 대타적 인식의 산물이다. 근대지상주의는 서구적인 근대를 좀더 적극적으로 받아들이고 완성하여 근대로부터 벗어나자는 논리라면 '비판적 근대'의 논리는 근대 자체에 대한 대타적 비판의식으로부터 역사적 방향을 잡으려는 노력이다. 소련의 공산화 양상과는 달리 아시아에서는 '반자본주의적 근대' 혹은 '비판적 근대'의 논리가 '반봉건'보다는 '반제'에 초점이 맞추어진다. 그 까닭은 자본주의를 철저하게 겪지 못한 국가에서는 근대의 주요모순이 제국주의 국가와의 갈등을 바탕으로 한 '민족모순'으로 규정되기 때문이다.

중국의 경우 민족해방운동의 역사를 통해서 근대를 바라보기 때문에 그들에게 근대란 곧 제국주의 열강의 침략시기였다. 마찬가지로 한국의 근대는 '반제의식'과 '민족모순'이라는 두 가지 특질이 대두되는 시기이다. 한국의 근대 체험은 자본주의와 계급의 문제 이전에 외세와 제국주의, 그리고 민족해방투쟁으로 이루어져 있다. 식민지시대의 근대문학은 이 점에서 반제의식을 바탕으로 한 '근대주의'와 '반근대주의'로 이분되는데 전자는 탄압이 심해지자 쉽사리 친일문학으로 전환하는 약점을 지니고 있었다.

분단기 문학의 역사적인 특성은 실제로 이 두 가지 경향에 위해서 규정된다. 탈근대란 한국에서는 '근대'의 내적 본질이며 곧, 제국주의적인 근대, 민족모순이 존재하는 근대로부터의 일탈을 의미한다. 다시 말해서 '근대주의적인 탈근대 지향'은 자생적인 근대를 이룩해서 외부로부터 닥쳐오는 외세를 물리치자는 것이고 '반근대적 혹은 반자본주의적인 탈근대 지향'은 근대 자체를 서구적인 것, 제국주의의 침략 전술 혹은 그 산물로 바라보고 그것 자체를 거부함으로써 더 높은 역사적 단계에 이를 수 있다고 보는 것이다. 분단기 문학은 이 두 가지의 탈근대 지향이 서로 대립적인 역사방향을 설정함으로써 생긴 문학사이다. 물신화한 근대주의를 극복하기 위해서 북쪽은 '반자본주의적인 근대'의 방향을 택했고 남쪽은 '자본주의적인 근대의 힘'을 쫓기 시작한 것이다. 1960년대 이후 북쪽이 사회주의 개발 독재로, 남쪽이 자본주의적인 개발 독재로 그 특징을 드러낸 것도 곧, 탈근대의 두 가지 방향을 그대로 체제화 시킨 것이라고 할 수 있다.

분단기 문학사이 출발기인 1945~1948년의 기간에 '조선문학가동맹'을 비롯한 각 문학단체는 저마다의 민족문학론을 주장하고 있었다. 이들이 주장한 민족문학론에는 각 단체가 지향하는 근대주의와 근대에 대한 의식의 편차가 포함되어 있었다. 따라서 이 시기 각 단체의 '근대관'의 문제는 민족문학론의 분화에 중요한 원인으로 작용한다.[13]

임화의 민족문학론이 '근대적 의미의 민족문학'을 가리키는 것이던 데 반해서 '북조선문예총'의 민족문학론은 근대 이후의 전망에 초점을 맞추는 '탈근대의 지향'을 전면에 내세웠다. 이 두 민족문학론의 전개 방향은 이후 북한의 '고상한 리얼리즘' 논의와 남한의 1970년대 민족문학론으로 연장된다. 그러나 임화의 '근대적인 의미의 민족문학'은 근대 내부에 존재하는 근대 이후적 계기에 대한 모색을 소홀히 함으로써 오히려 근대성의 틀 속에 갇혀버리는 한계를 드러냈고, '북조선문예총'의 민족문학론은 근대 이후적 전망을 지나치게 강조한 나머지 목적론적인 민적문학론으로 전락하고 만다.[14] 이 두 민족문학론의 방향은 남북한의 역사적 선택의 국면에서 오는 차이를 그대로 반영하는데 이 점은 앞으로의 남북한 민족문학의 전망과 가능성, 그리고 통합적인 문학사 서술의 가능성을 암시하는 중요한 단서이다.

---

13) 이선영, 「해방직후의 민족문학론」, 『민족문학사 연구소 제2회 심포지엄―해방 50년과 한국문학 자료집』, 19995. 5. 10, pp.17~24.

14) 민족문학론이 근대성과 근대인식의 문제에 밀접한 관련이 있다는 주장은 이선영, 위의 글. pp.23~25; 최원식, 「한국의 근대성을 다시 생각한다」, 《창작과비평》, 1994, 겨울.

3) 분단기 남북한 문학을 바라보는 통합적인 관점

분단기 문학사를 기술하는 데 있어서 가장 중요한 문제는 분단기의 문학을 어떠한 가치 기준 위에서 평가할 수 있는가 하는 문제이다. 남과 북의 체제 지향적인 가치 개념을 떠나서 그 양자의 문학적인 실체를 선입견을 배제하고 바라볼 수 있는 통합적인 시각이 절실히 요구된다고 하겠다.

그런데 문제는 이미 앞에서 거론한 것처럼 남과 북의 문학을 분단기 문학의 개별적 특수성 안에서 다룬다고 해도 이 둘의 특수성이 가치 평가라는 문제에 부딪치면 쉽사리 해답이 내려지기 어렵다는 점이다. 남북의 문학이 이형동질이라는 것을 확인하기는 했으나 그 이형동질의 문학을 하나의 통합적인 관점 밑에서 가치평가 해야 한다는 문제는 여전히 해결되지 않은 것이기 때문이다.

이 문제의 가장 근본적인 원인은 분단기 문학이 궁극적으로 극복하고자 노력해야할 모순의 실체가 서로 뒤엉켜 혼란한 상태라는 점이다. 앞에서 밝힌 것처럼 분단기의 모순은 민족모순과 진영모순이 서로 균등한 힘의 견제를 주고받는 상태이고 그 안에서 기본 모순인 계급모순이 오히려 은폐되고 축소되는 양상을 보인다. 따라서 식민지시대 문학에서 민족모순에 1차적인 중요성을 두고 그러한 모순의 해결에 충실한 문학을 문학사적으로 높이 평가했던 것과는 달리 분단기의 문학사는 '민족모순'이나 '진영모순', '계급모순' 중에서 어느 것에 초점을 맞추느냐에 따라 가치 평가의 기본적인 관점이 달라진다.

분단기 문학은 다원적인 가치의 기준을 마련할 수 있는 특징을 지니고 있으며 그 가치기준의 상호 운동 또한 각 모순 간의 운동에 의해서 상당히 복잡하게 나타난다. 예를 들면 민족모순의 지나친 강조는 계급모순의 존재를 간과할 수 있고 진영모순의 강조는 남북의 문제를 냉전체제의 논리로만 단순하게 바라보기 때문에 탈이념의 중립적인 노선이 모든 분단모순을 해결해 줄 것이라는 막연한 생각을 하게끔 만든다. 따라서 분단기의 문학은 각 모순의 층위들이 운동하는 상호관계를 따라 그 양상을 보여주고 해결하려는 움직임 속에서 객관적인 가치를 찾을 수 있으며 그것은 하나의 문제에 대하여 단일한 문제의식을 갖는 것이 아니라 복합적인 문제의식을 지닌 문학을 좋게 평가할 수 있는 근거를 마련해 준다.

결국 분단기 문학을 바라보는 통합적인 관점은 남과 북의 동질성을 찾겠다는 안일하고 심정론적인 태도보다는 그 차이를 인정하고 차이의 원인으로서 저변에 흐르는 각 모순간의 역학적 관계를 살펴보려는 과학적인 태도를 통해서 획득될 수 있는 것이다.

3. 분단기 문학사 기술의 명칭

분단기 남북한 문학사라는 명칭은 통일문학사라는 추상적인 명칭에 대한 반성의 의미를 지니고 있다. 분단의 반대명제로서 통일을 논의하는 것은 일반화된 상식이지만 통일문학사라는 용어는 분단기라는 엄연한 역사적 시기의 의미를 지나치게 축소하는 경향이 있기 때문이다. 통일문학사를 논의하는 것은 그런 점에서 분단기 문학의 탐구 자체에 초점이 맞추어져 있다기보다는 당위적이고 시류적인 흐름에 편승하고 있다는 느낌을 준다.

물론 통일은 당위적 차원에서뿐만 아니라 역사적 현실 속에서도 중요한 위치를 지니고 있는 문제이다. 그러나 현실적인 분단의 원인과 그 모순의 실체에 대한 규명이 없이 남한과 북한의 문학을 함께 다루고 하나의 체계로 엮으면 통일 문학사가 씌어질 수 있다는 안일한 생각이 이 용어 안에 담겨져 있는 한 통일문학사라는 명칭은 지극히 비역사적이고 추상적인 영역의 논의에서 벗어날 수가 없을 것이다. 통일문학사란 일반 문학사의 하위로서의 특수 문학사도 아니고 엄밀한 학술적 용어도 될 수 없다. 오히려 자칫 분단체제 현실 논리의 한 산물이 될 가능성이 크며 추상적인 민족주의 문학론으로 흐를 가능성도 있다. 90년대 중반까지의 일부 통일문학사 논의가 이러한 경향을 실제로 보여주기도 했다.

따라서 본고는 이 부분에 대한 명칭을 명확히 하기 위해 분단기 남북한 문학사라는 명칭을 사용했다. 이 명칭은 통일에 대한 반대 개념으로서의 명칭이 아니라 이 시대의 본질적 성격 규정을 전제로 하는 명칭이다. 분단기 문학사는 식민지시대 문학사와 마찬가지로 단순한 역사적 시기 설정의 개념을 떠난 본질개념을 규정하기 위한 용어임을 밝혀 둔다.

본고의 방법론은 이미 서론의 전제에서 밝혔듯이 열 가지 원칙을 근거로 접근하고 있다. 우선 가장 중요한 관점은 한국문학사의 연속성을 보는 관점으로 각 시대별 모순에 초점을 맞추는 것이다. 그리고 두 번째는 '탈근대의 두 가지 방향성'이 이 시기 문학의 움직임을 지배하는 선택적 조건이었다는 시각이다. 각 시기별 모순에 대한 극복의 방법으로 선택된 두 가지 역사의 방향성을 중심으로 이 시기 문학을 고찰함으로써 남한과 북한의 문학적 특질이 이형동질의 것임을 확인 할 수 있고 그 실체의 미래적 전망(통합적 전망)을 찾아낼 수 있다고 생각한 것이 필자의 중심 의도였다.

문예학의 원칙 확립과 미학의 제문제
- 고상한 리얼리즘과 영웅 형상화 -

1. 분단기 비평의 출발과 북한의 문예학

분단기 문학의 첫 번째 시기에 해당하는 1945~1959년의 기간은 분단체제가 생겨나기 시작한 원점에 해당하는 기간으로서 식민지 시대의 문학으로부터 벗어나 '건설해야 할 문학의 성격'에 관한 논의가 처음으로 이루어졌다. 이 시기에 이루어진 건설해야 할 문학의 성격에 관한 논의는 일제의 식민지 통치 기간 동안에 누적된 제국주의 문화의 잔재와 봉건적인 관습에 대한 비판을 통해 '새로운 민족 문화'를 건설하자는 주장으로 요약된다. 그러나 건설해야 할 문학의 성격이 '반제 반봉건'을 기본으로 한다는 점에는 대부분의 논자들이 동의를 하면서도 그 세부적인 실천의 원칙과 방법, 그리고 미래의 전망에 관해서는 각각의 의견이 다양한 견해차를 드러냈다.

흔히 해방공간이라고 부르는 1945~1948년까지의 민족문학론이 지니고 있는 의미는 당대의 현정세를 '반제 반봉건 반국수주의'로 규정하고 건설해야할 민족문학의 실체에 대한 접근을 시도한 것에서 찾아진다. 안함광과 임화를 중심으로 한 민족문학론이 지닌 문학사적인 의미는 그 출발점에서의 논의의 정당성에 있다. 그러나 출발점에서의 미세한 차이는 본질적인 관점과 전망, 역사적인 선택의 방향을 달리함으로써 극심한 진영문학[1]의 양상을 드러냈고, 결국은 냉전체제의 심화와 분단, 그리고 전쟁에 의해서 하나의 통합적인 민족문학으로 발전하지는 못했다.

분단기 문학 첫 시기의 북한 문학비평은 처음부터 '북조선문예총'을 중심으로 하여 '문예학의 기초적인 관점'에 대한 다양한 논의를 전개하였는데 이러한 논의의 배경에는 기존의 식민지 시대 문학과 서구의 제국주의 문학에 대한 부정과 단절의 의식이 포함되어 있었다. 모든 자본주의적인 문화에 대한 적대감으로 인해 북조선 문예학의 유일한 전범은 소련의 계급주의 문학과 과거 카프의 문학적 유산에 한정된다. 하지만 이런 전범조차도 당시까지는 새로운 미학의 원칙과 관점을 정립하는 단계에 머물러 있었기 때문에 이 시기 북한의 문학비평은 문예학과 미학적 관점 확립의 단계에서 벗어날 수가 없었다.

이러한 시대적 맥락에 의해서 북한의 문학 비평은 개별적인 작품에 대한 해석이나 평가에 집중되기보다는 새로운 문예이론의 확립과 미학적 전범을 발견하려는데 초점을 맞추고 있다. 즉 해방기 여러 논자의 민족문화론을 출발점으로 해서 이후 북한의 문예학은 실제 비평이 아닌 이론화의 추세를 강하게 드러낸다. 노동계급의 미학적 기준 문제, 전형과 영웅 형상화의 문제, 새로운 장르 형성의 문제 등 북한의 문예학은 '창작방법론'과 '미학에 관한 이론적 정립'의 문제를 함께 해결해야만 했고 그 점에서 모든 문예학의 논쟁은 실제의 창작에서 실험되고 검증 받았다. 즉 북한에서의 문예학은 원칙적으로 당대의 현실 정세에 근거한 판단을 요구받고 있었고 끊임없이 내용과 형식(형상화)의 문제를 검증하는 자세를 취하고 있

---

1) 이 글에서 진영문학이라는 용어는 해방 직후 좌·우 문단의 대립을 규정하기 위해 사용되었다.

다. 본고에서 북한의 문학 비평에 대한 관점은 1945~50년까지의 민족문학
론과 그 현실화를 위한 세부적인 창작방법론의 논의, 북한에서 내세운 고상
한 리얼리즘과 영웅 형상화의 문제를 주로 다룰 것이다. 물론 그 이외의
미학적 원칙에 관한 문제가 많지만, 이 시기 비평의 중요성이 실제 비평에
대한 각론보다는 이후 북한 문예학의 원칙을 설정하는 논의에 있으므로 북
한 문예학의 성립 과정을 보여주는 위의 논의만을 주로 살펴보기로 한다.

   북한의 문학비평의 양상을 살펴보는 데 있어서 주의할 점은, 그 전개의
과정이 필연적으로 당시의 현실 정세에 대한 정치적 감각을 요구하고 있
었고 특히 북조선 공산당의 정책과 노선에 일치하는 문예학 노선의 확립
에 골몰하고 있었다는 점이다. 따라서 북한 문학 비평의 전개 과정은 문학
의 정책적, 정치적 원칙 선택과 확립의 맨 앞부분을 차자하고 있었다는 점
을 염두에 두어야 할 것이다. 본고의 논의에서 북한 비평에 관한 서술이
문예 정책론과 문예학에 치중되어 있는 까닭도 이러한 특수한 조건에 의
해서 나타난 문제임을 밝혀둔다.

2. 민족 문학론과 고상한 리얼리즘

   분단체제 성립기에 남북한 비평 문학의 변동방향은 '북조선문예총'이 결
성되고 '조선문학가동맹'이 해체되기 전까지는 남북이 그다지 특별한 차이
를 보이지는 않고 있었다. 해방 후의 정세에서 초기의 문단과 비평계는 프
로문맹과 조선문학가동맹의 대립이 있기는 했지만 그 자체가 분단기 문학
의 출발점으로 인식될 소지는 거의 없었다. 오히려 이 양측의 대립은 해방
이전 카프의 문학노선에 대한 반성과 새로운 민족현실에 대한 진지한 사
고를 동반하는 좋은 의미에서의 논쟁의 성격을 띠고 있었다.[2] 이러한 현상

---

2) 초기 남북한 문학계의 민족문학 논쟁은 '건설할 문학의 성격'을 논의한다는 점에서 상호간
   의 이론에 대한 비판과 검토에 있어 적대적인 면이 존재하지 않았다. 해방기 비평의 전개

은 북조선문예총이 건설된 뒤에도 한동안 계속 진행되었다. 이 당시 남북한 평단에서 중요한 논제였던 것은 '건설할 문학의 성격에 대한 규정'의 문제였다. 그리고 임화의 인민문학론은 그러한 건설할 문학의 방향에 대한 첫 번째의 결과물이었다.

그러나 이러한 논의는 더 이상의 진전을 보지 못하고 안함광의 민족문학론으로 통합되었으며 이후 급격한 냉전체제의 영향으로 북쪽에서는 '건국사상총동원대회'를 거쳐 '민족문학론'과 '고상한 리얼리즘'으로 건설할 문학의 성격을 규정하고 남쪽은 '청년문필가협회'를 중심으로 반공과 민족주의 문학, 순수문학의 노선이 뿌리를 내리게 된다.

분단체제 성립기의 시작은 이처럼 자체적인 건설할 문학의 성격규정에 관한 통합의 기회를 상실함으로써 이후 남북 모두 냉전체제의 문학과 정책문학 차원의 전망만을 제시하는 문학의 수준에 머문다.

이 시기 비평에서 임화의 '인민문학론'과 안함광의 '민족문학론'은 중요한 성과인데 이 두 주장은 해방 이전의 식민지 조선문학계가 가지고 있던 한계에 대한 적절한 반성과 대안의 성격을 띠고 있었다. 임화의 인민문학론은 '식민지시대 문학'이 당시의 주요 모순인 '민족모순'의 문제에 대하여 효과적으로 대응하지 못했고 특히 카프의 문학도 기본 모순인 '계급모순'에 지나치게 얽매어 당면한 현실의 과제에 대한 선차적 해결의 순서를 찾지 못했었다는 반성을 통해 새로 건설해야할 문학을 이 두 가지 차원에서 진지하게 검토한 성과물이다.

임화는 해방 후 문학의 건설해야 할 성격을 식민지 잔재 청산과 새로운 민족문학의 건설이라는 차원에서 생각했고 그 민족문학의 실체를 인민문학론이라는 것으로 제시했다. 이것은 해방 이전 주요모순이었던 '민족모순'에 대한 선차적인 해결의 의지를 보인 것이다. 다시 말해서 임화의 인민문학론에는 당시의 해방정국이 여전히 식민지시대 문학의 주요모순이었던

과정에 대한 자세한 논의는 김재용, 『북한 문학의 역사적 이해』, 문학과지성사, 1994, pp.45~124. ; 송희복, 「해방기 문학비평 연구」, 동국대학교박사학위논문, 1991. ; 이우용, 「해방 직후 좌, 우익의 문학논쟁 연구」, 건국대학교 대학원 논문집 31, 1990.

'민족모순'으로부터 그다지 벗어나 있지 않다고 바라본 것이다.

임화의 인민문학론은 그 내부에 당시의 현실을 식민지시대의 연장선에서 바라보고자 하는 의도가 담겨 있었는데 이것은 한국의 해방이 자체적인 힘으로 달성된 것이 아니었다는 점에서 당시로서는 상당히 깊이 있는 통찰이었고 또 필요한 태도였다고 할 수 있다. 임화의 인민문학론은 그러한 인식 위에 해방 전 카프 해소파[3]의 위치에서 '반제'의 측면을 더 의식하는 문학론을 내세우게 된 것이다.

그러나 이러한 임화의 견해는 북조선문예총 비평가들에게는 남한 내 미군정의 반동적 성향에 의해서 방해받고 제한된 상태의 논의로 평가받았다. 즉 북조선이 소련의 선진적인 문화의 혜택을 받고 지리적, 정치적으로 유리한 환경 조건에 있다는 점에서 남쪽의 논의는 이미 한계를 내포한 것으로 간주했고 특히 좁은 문단 내 조직에 머물러 있는 '조선문학가동맹'에 대하여 그 반민중성을 주로 공격했다. 이 점은 북조선문예총이 한반도, 좁게는 북조선에서 문학적 헤게모니를 장악해야할 정당성에 대한 논의로 확장되며 1945년 해방 이후 정국에서 처음으로 북조선이 남한의 문예조직보다 우위에 있어야 하고 그 운동을 지도해야 한다는 견해를 드러낸다.

당시 북조선문예총의 주요한 논자였던 안함광은 이러한 임화의 견해에 대해서 크게 차이를 지니고 있지는 않았지만 일단 당시의 시대적 모순은 '계급모순'을 기본 모순으로, '민족모순'을 주요모순으로 한다는 생각을 명확히 보여주고 있다는 점에서 카프 비해소파의 위치에 서면서 동시에 민족문학론에 대한 탄력적인 자세를 보여주었다. 안함광의 민족문학론은 당시의 현실에서 '계급모순'과 '민족모순'의 관계를 가장 과학적으로 이해하고 있는 논의였다. 다른 카프 해소파, 즉 프로문맹의 구성원들이 '계급모순'을 주요모순으로 잘못 인식하고 있는 것에 비해서 안함광의 '민족문학론'은 사고의 체계를 잡고 논의를 한층 진전시킨 성과였다.

---

3) 카프 해소파와 비해소파라는 명칭과 구체적인 논의는 김재용의 「카프 해소 비해소파의 대립과 해방후 문학 운동」, 「8·15 직후의 민족문학론」, 위의 책, 참조.

한설야의 「예술운동의 본질적 발전과 방향에 대하여」라는 글은 북조선 문예총의 남조선 문단에 대한 비판을 담고 있는 대표적인 글이다. 이 글에서 한설야는 1년 동안 북조선 예술운동의 생성과 발전이 보여준 특질을 다섯 가지로 요약하고 이러한 발전에도 불구하고 여전히 잔존하는 현장 추수론적인 안일한 태도[4]를 두 가지로 나누어 제시한다. 한설야가 제시한 다섯 가지 북조선 문단의 발전적 특질은 다음과 같다.

> 첫째 그것은 일본 제국주의 아래에서의 빈사의 생활로부터 해방된 새 생활에서 출발하였고 둘째, 그것은 자연발생적이면서도 당초부터 광범한 인민 대중의 욕구에 의하여 밑으로부터 묶이어져 올라왔고 셋째, 그것은 낡은 것(일제적, 봉건적 잔재)과 싸우는 일방 새것(민주주의)을 쟁취하면서 대중 속에서 그들과 같이 자라왔고 넷째, 새로운 민주주의 쟁취를 위한 인민 정치와 표리관계 또는 유기적 관계에서 성장하였고 다섯째, 그것은 민족예술문화의 수립과 창조를 지향하면서 동시에 그 국제성, 세계성의 파지에서의 자체의 발전을 가지려 하였다.[5]

위에서 나열한 것처럼 해방 직후 북조선의 문학에 대한 한설야의 발언은 우선 신문화 건설, 문학의 정치주의, 문단 해소주의, 민족예술과 국제주의, 낡은 것(일제, 봉건적 잔재)의 청산 등을 그 주요한 성격으로 꼽고 있다. 이 중에서 특히 중요한 것은 문학의 정치주의와 문단 해소주의, 민족예술과 국제주의이다. 해방 이후의 문화가 신문화이고 낡은 것을 청산하는 문화라는 것은 이 시기에 일정한 합의에 도달한 문제였지만 그 실천의 구체적인 방법은 아직 논의 중인 단계였다. 이러한 논의에 관하여 한설야는 정치주의와 문단 해소주의, 민족예술의 확립을 위한 국제주의를 내세우고 있는데 이 세 가지 원칙은 남조선의 문학계가 결여하고 있는 문제에 대한

---

4) 한설야가 이 글에서 제시한 현장추수론적인 두 가지 태도는 북조선 문학의 독선주의적 태도와 문단을 근거로 한 서울 중심주의이다.
5) 한설야, 「예술운동의 본질적 발전과 방향에 대하여—해방 1년 간의 성과와 전망」, 『해방기념 평론집』 1946. 8.(『현대문학 비평 지료집 1』, 태학사, 1993, p.19에서 재인용)

비판의식을 동반하고 있는 것이다. 정치주의의 문제는 곧 토지개혁을 비롯한 북조선의 정책을 가리키는 것이고, 문단 해소주의는 북조선 문학의 범민중성향을, 국제주의는 북조선 문화에 대한 소련 선진문화의 직접적인 영향을 의미한다. 특히 같은 글의 다음과 같은 부분은 북조선의 정치주의와 환경적 요인의 우월성을 거론하면서 남조선의 문단주의를 직접적으로 비판한 내용을 담고 있다.

> 북조선임시인민위원회는 결코 38도 이북의 지방적 정권에 그치는 것이 아니요 이것은 그 발생의 당초부터 또 발전과정에서 금후의 민주정권의 핵심이요 근간이요 중추적인 성격이 약속되어진 것이다 ……(중략)…… 북조선은 민주주의 존립을 위하여 공간적으로 가장 유리한 위치에 있다. 물론 여기서는 항상 붉은 군대의 진두라는 즉 민주주의의 발전을 위해서의 한개 새로운 전형적인 환경을 고려에 넣지 않으면 안될 것이다 ……(중략)…… 남조선에서는 예술운동을 자초부터 광범한 대중운동으로 조직 전개하지 않은 것 소위 '지명예술가'라는 이름으로 예술방면에 있어서 민족반역자 또는 친일파로 규정해야할 기타의 악질분자를 다만 '기성작가'라는 구실과 또는 몇몇 중심인물과의 정실관계로 참가시키면서 팽배히 일어나고 있는 예술대중의 참가를 거부한 것, 좌우양파가 절충 합동한 후에도 의연히 좌우의 분파가 그대로 남아있어 예술운동이 종시 통일에서의 새로운 전개를 가지지 못하였던 것, 운동 자체가 조합주의적 직업주의적 도제주의적 국한성과 편파성에서 벗어나지 못하고 일제하에서의 활동형태의 답습에 의한 단순한 작품발표주의와 약간의 출판활동, 지상선전으로써 운동의 전부를 삼고 있는 것 등등 ……(후략)……6)

남조선 문단에 대한 한설야의 비판은 북조선 임시인민위원회가 '금후 민주정권의 핵심이요 근간'이라고 선포함으로써, '북조선 예술운동의 독선적 경향'을 현실추수주의로 비판하면서도 한편으로는 마찬가지로 남조선 문단에 대한 북조선문예총의 우월성을 주장하는 논지를 펴고 있다. 이것은 같은 글에서 한설야가 지적하고 있는 '서울중심주의'에 대한 비판을 통해 잘 나타나고 있다. 남조선 문단의 '서울중심주의'가 지닌 허위성과 식민지 문

---

6) 위의 책, pp.20~22.

단과의 연속성, 일제 잔재 등 낡은 상태를 벗어나지 못하고 있는 점을 지적하고 북조선 예술운동이 남조선까지 염두에 둔 범민족적인 것으로 발전해야 한다고 주장하고 있다. 한설야는 이 글을 통해서 문학계에서 남북의 풍토의 이질성을 거론하고 그 해결점을 민주건설이라는 명제와 관련시켜 설명하고 있다.

1946년에 접어들어 북한에서 건국사상총동원 대회가 열리고 1946년 토지개혁이 실시되는 등 일련의 조치가 행해지면서 '민족모순'과 '계급모순'에 대한 종합적인 해결의지는 미군정의 냉전체제를 양산하는 직접적인 동기가 된다. 미국은 해방 후 한국에서 나타나는 '민족모순'과 '계급모순'의 해결의지가 자신들의 세계자본주의 체제에 중요한 걸림돌이 될 수 있음을 인식했고 이에 대한 직접적인 제약을 가하기 시작한다. 해방 후 한국의 '민족모순'은 외세에 대한 반제국주의 투쟁으로 나타나는데 그 점에서 미국은 대타적인 위치에 놓여 있었기 때문이다. 공산주의의 활동이 반자본주의적이라는 것 이외에 '민족해방투쟁'의 성격을 띤다는 점 자체가 미국의 입장으로서는 그다지 달갑지 않았다고 할 수 있다. 결국 미국의 반공적인 태도는 이후 냉전체제와 진영모순의 근본적인 원인이 되고 그 출발점의 위치에서는 것이다. 미국 중심의 세계 자본주의체제는 이 점에서 제국주의적인 색채를 지니고 있었으며 제1세계 편향의 세계구도를 계획하는 성격을 띠고 있었다.

1947년 이후 북한에서는 민족모순의 문제가 새로운 차원으로 전개되는데 이것은 미국이 일제를 대신하여 투쟁해야 할 제국주의의 표본으로 인식되면서부터이다. 민족모순은 이때부터 일제청산이라는 과거의 문제가 아니라 구체적인 대상을 가지고 전개되기 시작한 것이다.

이 점에서 안함광의 민족문학론은 그 상태에서 논의가 흐지부지 종결된 것이 아니라 전략적인 원칙으로 북조선 문학계에 그대로 수용된 것이라고 할 수 있다. 오히려 더 이상의 논의의 필요를 느끼지 않을 만큼 안함광의 민족문학론은 해방 후 건설해야 할 문학의 성격을 명확히 규정하고 있었던 것이다.[7] 따라서 '북조선문예총'의 이후 논의는 세부적인 전술로서의 창작방법론으로 일단계 진전될 수 있었던 것이다.

고상한 리얼리즘은 그 성격상 세부적인 전술의 의미를 지니고 있었기 때문에 '민족문학론'이라는 원칙의 문제보다는 훨씬 더 복잡한 논의를 불러 일으켰다. 건국사상을 문학 속에서 어떻게 구현할 것인가 하는 고민으로부터 출발한 창작방법론 논의는 해방된 조국의 감격과 계급해방의 실현이라는 역사적 사건을 문학 속에서 어떻게 구현해 내는가의 문제로 귀결된다. 결국 반제, 반봉건, 반국수주의의 건국사상을 바탕으로 하면서 해방된 조국과 계급해방의 체험을 통한 인민의 역사적 낙관주의가 문학창작의 중요한 요소로서 대두하게 되는 것이다.

이러한 창작방법론의 논의는 이후 건국사상에 맞는 전형적 인물의 창조 문제,[8] 인민적 교양의 도구로서의 문학의 위치 등에 관한 논의를 거치면서 '프롤레타리아 국제주의와 애국주의'[9]라는 두 가지 구호로 통합된다. 1947년 이후의 북한 문학의 고상한 리얼리즘은 성격상 혁명적 낙관주의를, 내용은 프롤레타리아 국제주의와 애국주의를, 기능상으로는 인민적 교양을 추구하는 문학으로 자리잡게 된다. 이 시기 북한 문학에서 조소친선의 문학이 자주 나타나는 점, 미제에 대한 증오의 문학이 나오기 시작하는 점, 전형적 인물의 창조가 강조되는 점, 그리고 그 전형적 인물이 현실 속에서 재생산되기를 요구하는 점 등은 모두 이러한 사실을 그대로 반영하는 증거이다.[10] 특히 애국주의의 실질적인 정체가 이 당시 미국과의 투쟁에 있

---

7) 이 점은 김재용의 선행 연구에서 나타난 다음의 시각과 다소 차이가 있다. 즉 안함광과 임화의 민족문학론이 더 이상의 진전이 없이 1947년 경부터 냉전 논리에 젖어들었다는 평가는 분명히 타당한 견해이지만 안함광의 민족문학론이 이후 북한 문학계에서 논의가 중단되었다는 견해는 고상한 리얼리즘과 민족문학론의 관계를 지나치게 단절적으로 바라보는 점이 있다.

8) 이원조, 「영웅 형상화의 문제에 대하여」, ≪인민≫, 1952. 2 ; 엄호석, 「조국해방전쟁시기의 우리 문학」, ≪인민≫, 1952. 참조.

9) 윤세평, 「8·15 해방 이후의 문학 평론」, 『문학의 전진』, 1950. 7.

10) 전형적인 인물이 현실 속에서 창조되기를 강요하는 현상은 문학적 형상화가 곧 현실과 동일시되는 교양과 계몽 문학의 한 현상이라고 할 수 있다. 북한의 교양주의는 결과적으

었음을 확인 할 수 있었는데 소련에 대해서는 프롤레타리아 국제주의의 차원에서 조소친선의 문학을 강조하고, 미국에 대해서는 반제적 차원에서의 반미 투쟁을 '애국주의'라고 지칭한 점은 주목을 요하는 부분이다.

안함광의 민족문학론이 1946년 말 북쪽에서의 제반 민주 개혁을 마치고 어떻게 발전되었는가를 살펴보는 것은 기존의 논의11)에서 '북쪽의 민족문학론은 발전 없이 중단된 것이라는 주장'을 재검토하게끔 만든다. 즉 안함광의 민족문학론은 이후 안막, 한효, 윤세평 등 여러 논자에 의해 애국주의와 국제주의라는 원칙 밑에서 고상한 리얼리즘으로 통합되고 있다. 이 점은 북조선문예총의 논의가 1947년 이후 급격하게 변질된 것이 아니라 여전히 민족문학의 현실화를 위한 세부적인 논쟁을 진행해 왔고 그 구체적인 결과와 방향이 고상한 리얼리즘으로 요약된다는 사실을 의미한다. '고상한 리얼리즘'의 원칙은 당에 의해 제시된 일방적인 정치주의의 산물이 아니라 북조선 문학계 내부의 정책적인 판단과 선택의 결과이다. 그러므로 안함광의 민족문학론과 고상한 리얼리즘의 원칙은 하나의 연속선상에 위치하며 고상한 리얼리즘은 경직된 정치주의이기 이전에 민족문학의 필요성에 근거한 북조선문학계가 제시하는 세부적인 창작 원칙이라고 하겠다.

해방 이후의 한국문학은 이처럼 북쪽을 중심으로 많은 논의가 진전되고 있었고 그 논의는 상당한 구체성과 성과물을 가지고 전개되고 있었다. 반면 남쪽의 문학논의는 1948년 이후로는 거의 실체를 찾아보기 힘들며 공소한 논의와 넓은 의미에서의 정책문학의 단계로 추락하는 모습을 보여준다. 따라서 1948년부터 1950년 사이의 문학론은 북쪽을 중심으로 한 성과를 살펴보는 것이 당시의 시대적 문맥을 이해하는 데 좀더 유효한 점이 있다.

특히 북쪽의 문학론은 미국의 정책변화에 그때 그때 탄력적으로 대응하는 측면이 강해서 북쪽의 민족문학론과 남쪽의 냉전체제 문학, 반공문학의

로 현실 속에서 전형을 찾는 것이 아니라 문학적인 전형을 현실의 모범적인 인간형으로 규정하는 논리적 모순을 야기 시킨다. 초기 북한 문학의 경직성이 드러나는 한 부분에 해당하는 이러한 현상은 문학의 도구화와 도식성을 드러내는 부분이다.

11) 김재용, 앞의 책 참조

비교는 전쟁 이전의 기간 동안 냉전체제가 어떻게 구성되고 '민족모순' 위에 '진영모순'이 어떻게 중첩되게 되었는가를 살펴보는 효과적인 방법이라고 하겠다.

이 시기 문학적 변동 중에서 중요한 점은 북쪽의 민족문학론이 '프롤레타리아 국제주의와 애국주의'의 경향을 당시 현단계 문학의 방향으로 설정함으로써 '민족모순'에 대한 해결의지가 '친소 반미'로 나타난다는 점이다. 이 점은 남한의 친미정권과 미국에게 냉전체제의 논리를 강화시키는 계기로 작용하며 마침내는 '진영모순'이 한반도에 뿌리내리는 결과를 낳는다. 이때부터 이후의 모든 문학론과 문화논의는 냉전체제의 논리로부터 결코 자유로울 수 없게 된다.

3. 문예학 원칙의 확립과 새로운 미학의 성립

해방 직후 북한의 문학비평은 본질적으로 초보적인 미학의 원칙을 다시 세울 수밖에 없는 위치에서 당대의 현실적인 요구를 수용해야 한다는 이중의 부담을 안고 있었다. 이 점은 새로운 문학을 건설해야 한다는 당위적 요구와 그대로 부합하는 것으로서, 건설해야할 문학의 성격을 규정하는 데서부터 그 논의의 출발점을 잡았다.

북한의 문학은 그 미학적 원칙 설정의 기준을 당대의 정치적 현실과 민중의 요구라는 두 가지 사실에서 얻으려고 노력했다. 이 두 가지 사실은 민족문학론 전개의 기준이 되기도 했는데 사회학적인 관찰의 눈으로 문학의 과학주의적인 검토를 전개하기 시작한 것이다.

문예학과 미학의 중요성이 유난히 강조되는 원인도 이 점에 있다. 문예학과 미학은 현상의 변화를 존중하며 그 변화 속에서 법칙을 발견하고 그 변화의 상대주의를 현상과 본질의 관계로 설명해 낸다. 북한의 문학비평이 때로는 지나치게 현실추수주의로 흐르거나 또는 그렇게 보이는 원인은 당대의 정치적 현실과 인민대중을 떠나서는 문예학과 미학이 성립할 수 없다는 한계 때문이다.

북한의 문학 비평은 따라서 초기부터 문예학과 미학의 성격을 논의하기 시작했고 문학이론과 문학사에 대한 긴밀한 관심을 드러낸다. 그것은 현단계 정치의 발전 속에서 새로운 발전된 문학을 양성하고자 하는 창작방법론 논쟁을 통해서 미학적 원칙을 확립하고 그것을 바탕으로 문예학 이론과 과거 문학사에 대한 새로운 정리와 기술을 시도하기 위한 당연한 절차이다. 이전의 문학이론과 문학관으로부터 벗어나 새로운 문학을 건설해야 한다는 명제는 문학이론에게 새로운 창조를 위한 끊임없는 현실 탐색과 성실한 검토를 요구한다. 이 점에서 이 시기 북한의 문학 비평은 그 이론적 성과나 결과, 이론의 실체를 떠나서 그 자세만은 무척이나 진지한 일면을 지니고 있다. 따라서 북한의 문학비평이나 이론에 대한 비판의 과정에는 필수적으로 그 이론의 논리적 타당성 그 발생의 배경에 대한 이해가 필요하다.

다음과 같은 인용문은 북한 문학 비평의 논쟁적 성격과 그 필연성을 잘 알게 하는 구절들이다.

① 평론은 문학이론 및 문학사와 긴밀한 유기적 관계를 가지고 있으며 우리의 문학평론은 바로 현대문학의 역사로 되어야 할 것이다.

② 우리 문학평론은 적대적이며 반동적 미학이론을 계속 폭로 분쇄하며 문학의 당성의 원칙을 공고화시키는 데 주력함과 동시에 평론의 본령이며 무기인 비판사업을 대담하게 전개할 것이다.

③ 우리는 이미 공표된 문헌들에 대하여 비판정리하는 사업에 착수하여야 할 것이며 이것은 반드시 공개적으로 과학적인 비판사업이 전개되어야 할 것이다. 만일 이미 발표된 문헌들이 가지고 있는 부분적 결함들에 대하여 과학적인 비판을 가하지 않으며 이를 공개적으로 해명하고 정리하지 않는다면 독자에게 준 해독적 요소는 씻어질 날이 없게 되고 말 것이다.

④ 스탈린선생은 일찍이 "의견 차이를 상반하지 않는 강력하고 충만된 생활의 운동은 상상할 수 없다. 무덤 속에서만 '완전한 견해의 동일성'은

> 존재할 수 있다고 우리는 생각한다."라고 했다 …(중략)… 때문에 우리
> 의 논전에서 유념해야 할 것은 다만 문학 논쟁의 본질 그것을 왜곡시
> 키지 말아야 할 것이며 아무런 비양심적인 것도 남기지 말아야 할 것
> 이다.[12]

위의 네 가지 항목은 「8·15해방 이후의 문학평론」이라는 글의 일부를 인용해서 항목화한 것이다. ①은 문예학의 일반적인 원칙이지만 당시 문학평론이 일반적으로 작품의 단평에 머물러 있던 점을 감안한다면 진지한 문제제기이고 문학 평론의 이론적인 발전을 위한 중요한 전제조건이라고 할 수 있다. ②는 ①과 결부시켜서 생각할 때 좀더 의미가 분명해지는 부분으로서 문예학의 끊임없는 비판과 검증이 무엇을 위한 것인가를 알 수 있는 항목이다. 결국 북한의 문학비평은 스스로의 비판적인 성향과 그 의의를 반동적인 미학의 존재를 통해서 확인하고 있다. 따라서 북한 비평에서 미학적 원칙에 대한 끊임없는 탐구와 기존의 미학에 대한 비판은 학문적으로도 중요한 성과를 낳을 수 있었던 부분이며, 학문적 성과 획득의 바탕이라고 할 수 있다.

③과 ④는 이러한 미학적인 검증의 태도와 비판, 논쟁의 의의에 대한 설명이다. 당시 북한비평이 처한 새로운 문학건설이라는 당면과제에 대하여 가장 지도적인 위치에 서 있는 비평이 지닐 수밖에 없었던 치열함의 일부를 드러내는 부분이다. 북한의 비평이 현실적 정세를 근거로 기존의 미학적 원칙에 대한 비판과 논쟁을 통해서 새로운 미학적 원칙을 발견하고 동시에 문예이론을 정립해 나가는 과정을 변증법적 사고의 일부를 통해서 설명하고 있다. 북한의 문학비평에서 그 최대의 원칙은 결국 변증법적 사고방법에 있다는 것을 암시하는 부분이라고 할 수 있다.

이 시기 북조선 문학계의 성격을 잘 드러내면서 동시에 그 출발점의 모습을 보여주는 평론인 윤세평의 "8·15 이후의 문학평론"이라는 글의 다음과 같은 부분은 문학에서 당성의 원칙, 애국주의와 국제주의, 고상한 리

---

12) 윤세평, 앞의 글, pp.113~114 참조.

얼리즘이 어떤 관계에 있으며 그것이 민족문학의 개념과는 어떻게 관련되는가를 잘 설명해 주고 있다.

문학평론은 작가들에게 북반부의 위대한 민주개혁과 건설을 제시하며 남반부 인민들의 영웅적 항쟁을 반영함과 동시에 애국주의 사상을 고취할 것을 제기하였다. (중략) 고상한 리얼리즘은 평론과 창작을 막론하고 이 같은 애국주의 사상을 기본적인 테마로 하여야 하며 그렇게 함으로써만 조국과 인민의 역사적 과제에 참여할 수 있는 것이다. (중략) 애국주의 사상은 무엇보다도 프롤레타리아트의 국제주의 사상과 결부되었으며 그것은 현실적으로 위대한 사회주의 조국인 소련과의 친선으로 표시된다. (중략) 이상과 같은 애국주의 사상과 함께 문학평론은 문학의 당성을 강조하게 되었다. (중략) 문학의 당성에 관한 레닌적 원칙은 어느 때보다도 국내적 국제적 계급투쟁이 첨예화한 오늘의 조건하에서 또한 조국의 통일독립을 쟁취함에 있어서 근로 인민대중의 가장 선봉적이며 전위당인 우리 노동당의 주동적 영도적 핵심적 역할에 비추어 전체 선진적 문학인들의 문학예술에 있어서 기본의 기본으로 제시되었다. (중략) 그리하여 문학의 당성에 관한 논의는 직접 창작방법 문제와 결부되었으며 따라서 고상한 리얼리즘을 보다 심화 발전시키는 방법에서 전개되었다.[13]

위에서 알 수 있는 것처럼 북조선의 문학평론은 애국주의 사상을 기본적인 테마로 한 고상한 리얼리즘을 그 창작방법론의 원칙으로 삼는다. 따라서 문학에서의 '애국주의와 국제주의'는 민족문학론의 연장선상에서 반제반봉건, 국수적 민족주의, '꼬쓰모뽀리찌즘'을 반대하는 노선을 의미하며 구체적으로는 조소 친선의 문학, 조국해방전쟁의 영웅형상화 문학을 통한 전형 창조 등으로 나타난다. 또한 계급성과 당성의 문제는 초기 안함광의 민족문학론에서 주장한 "노동자 계급이 주도성을 쥐고 그들의 세계관이 민족문학론의 핵심이 되어야 한다"는 논지가 좀더 강화된 것이라고 할 수 있다. 즉 계급성이 전위가 된 문학이 바로 민족문학과 동일한 개념이며 현재의 정세가 진보적인 민주주의 건설의 단계에서 더 진보한 상황이 되어

---

13) 윤세평, 「8·15 해방 이후의 문학평론」(≪문학의 전진≫, 1950. 7), 『현대문학비평자료집』, 태학사, 1993, pp.107~109.

도 민족문학의 문제는 여전히 유효한 것이다. 북한의 이후 문학 논의가 모두 '사회주의적인 내용에 민족적인 형식'이라는 것으로 요약되는 이유도 바로 여기에 있다. 다시 말해서 이 시기에 북한의 문학은 '진보적 내용에 민족적인 형식'이 민족문학을 의미하던 단계에서 '사회주의적인 내용에 미족적인 형식'이 민족문학이 되는 단계로 정책적 단계변화를 하고 있다고 볼 수 있다. 당성과 계급성을 원칙으로 한 고상한 리얼리즘의 교양주의 원칙은 이 시기 문학적인 정책의 일면을 분명히 드러내고 있는 것이다. 특히 이러한 변화의 원인 중에는 냉전 논리에 의한 '계급투쟁'의 격화가 중요한 위치를 차지하고 있음을 위의 인용문에서도 잘 알 수 있다.

이 시기 북한 문학이론 전개의 변화과정을 잘 요약하고 있는 위의 인용문은 북한의 평론계가 늘 '현재'의 정세를 염두에 두고 그 이론적인 수준의 단계를 조정하고 있음을 보여준다. 결국 북한의 비평문학의 성격은 본질적으로 정치적, 정책적, 지도적 비평이며 현실 상황을 주시하는 전망제시형의 비평이다. 또한 북한의 비평이 현실정세의 변화와 인민대중에 대한 교양 수준의 단계를 변증법적으로 고찰하는 데 초점을 맞추고 있는 점도 중요한 특징 중에 하나이다.

전쟁기간 동안 북한의 실제 비평이 주로 영웅형상화의 도식성을 비판하는 글에 집중되어 있는 까닭은 미학저긴 원칙설정의 미숙과 비평적 과제의 복합성에 원인이 있다. 전후에 다시 '영웅적인 전형 형상화의 미학적인 원칙 확립의 논의'로 발전하는 이 비판은 전후 영웅 형상화 원칙의 상당 부분을 이미 제시하고 있다. 안함광이 이 시기 비평문학의 과제로 제기한 문제는 대략 네 가지를 꼽을 수 있는데 그것은 다음과 같다.

첫째 작품의 좋은 점과 나쁜 점을 평가하는 사업, 둘째 작품의 중심적 이데올로기를 광범한 인민대중 속에 널리 계몽 선전 조직하는 사업, 셋째 일정한 기간 중의 문학현상을 개괄하는 사업, 문학사를 정리하며 문예학의 제문제를 토의하며 건설해 나가는 사업 등이다. 이 네 가지 과제를 제기한 배경에는 전쟁 기간 동안 부진한 평론문학에 대한 김일성의 직접적인 언급이 중요하게 작용했는데 안함광은 그 발언을 수용하면서도 당시 비평문학의 놓인 단계를 정리 설명하는 형식으로 당시 비평의 특수성을 밝힌 것이다. 전쟁 기간 '조국해방전쟁'을 고무 선동하는 방식 중에서 비평은 2차적인 위치에 놓여 있었고 특히 창작방법론의 세밀한 원칙이 확보되지 않았기 때문에 이 시기 비평은 이후의 비평적 논의를 위한 문제발견 혹은 모색의 시기였다고 할 수 있다.

4. 냉전 논리와 영웅형상화

1950년 한반도에서의 전쟁 발발은 북쪽에서 '민족모순'에 대한 극복의 의지로 나타났던 반미의식이 냉전체제의 논리에 함몰되는 직접적인 계기가 되었다. 이 점은 전쟁 이전에 강조되던 애국주의와 프롤레타리아 국제주의의 균형이 무너지고 '진영모순'의 출발점인 프롤레타리아 국제주의가 전면에 부각되는 결과를 낳는다. '조국해방전쟁'이라는 6·25에 대한 성격규정은 반제, 반미국주의를 강조하는 것이지만 그 뒤편에는 세계 자본주의체제라는 더욱 거대한 체제가 있었다는 점에 비추어 볼 때, 그 점에서 북한은 민족모순의 극복을 위한 방법이 '진영모순'이라는 또 다른 모순을 불러올 수 있다는 가능성에 대해서는 심각하게 고려하지 않았다고 할 수 있다.

한국전쟁은 그 출발점과 원인, 계기에 있어서는 북쪽에서 주장하는 '조국해방전쟁'의 의미가 부여될 수 있을지 모르지만 그 전개과정은 철저하게 냉전체제의 양상을 띠면서 전개되었다. 민족모순을 주요모순으로 하고 진영모순이 부차적 모순이 되어 일어난 이 전쟁은 전후 한반도에 부차적 모순으로서 진영모순을 확고하게 자리잡게 만드는 직접적인 원인이었다.

1954년 이후의 분단기 문학의 양상은 남북이 모두 냉전체제와 진영모순의 함정에 빠져들기 시작하는 시기라고 할 수 있다. 1954년 10월 3일 김일성은 조선 노동당 중앙위원회에서 "조선 통일의 주요 적인 미 제국주의가 혁명적 세력에 의해 효과적으로 고립될 때까지는 통일의 가능성은 요원하다.”고 하여 민족모순에 대한 극복의 의지가 확대되어 진영모순의 논리에 빠져드는 것을 볼 수가 있다. 한반도의 민족모순을 해결하기 위해서는 체제진영상의 대결이 우선적으로 불가피하다는 것을 의미하는 이 선언은 북한의 통일방안이 철저하게 냉전체제의 논리로 떨어지는 직접적인 계기가 된다. 처음부터 통일의 방침과 논의에서 한반도 내 남한 정부와 민중의 자주성을 인정하지 않고 있기 때문에 생기는 문제점으로서 이후 북한의 통일논의가 도식주의에서 헤어 나오지 못하게 되는 원인으로 작용한다.

북한의 이후 문학노선이 반종파 투쟁과 부르주아 잔재의 척결이라는 문제로 모아지게 되는 동기도 이러한 냉전적 논리에서 찾을 수 있다. 세계자본주의의 중심인 미국과의 직접적인 대결을 통해서만이 한반도 통일이 이루어진다고 보았기 때문에 조선 공산화의 전초기지인 북한의 ‘민주기지화 강화’라는 문제는 상당히 중요한 것이었고 그 일환으로서 실시된 것이 반종파 투쟁과 부르주아 잔재의 청산이었다.

이러한 두 번에 걸친 북한 문학계의 정비 작업은 북한의 문학을 도식주의와 정책문학의 차원에서 벗어날 수 없게 만들었고, 전쟁과 냉전이라는 역사적 굴곡을 극복할 중요한 역량을 손실시키고 대안을 잃어버리게 하는 조치였다. 냉전체제에 의한 위기의식이 모든 차이를 갈등으로, 비적대적 모순을 적대적 모순으로 확장하여 규정하게 한 결과 초래된 일이었다.

전후의 북한 문학은 영웅형상화가 전후복구건설시기의 당면과제와 맞물려 중요한 전형창조의 과제로 제시된다. 이 시기 북한문학의 특징은 문학적 영웅의 창조가 곧 현실적 영웅으로 교육되기를 강조하는 제도적 문학의 경향이다. 이미 고상한 리얼리즘 논의를 통해 인민의 교양을 우선시하는 문학적 태도는 문학적 영웅형상화의 문제가 현실 속에서 강요되는 체제를 낳았다.

분단체제 성립기에 북한문학의 중요한 특징으로서 규정될 수 있는 것은 첫째, 전쟁의 후유증과 그 극복의 방법이 ‘반자본주의적인 탈근대지향’의 노선을 따르는 문학으로 굳어졌다는 것이고 둘째, 냉전체제의 논리에 의해 도식화의 경향을 나타냈고 셋째, 전형창조의 문제가 문학적 형상화의 문제만이 아니라 현실적인 인간형 창조와 개조의 문제로 받아들여졌다는 점이다. 넷째는 이 시기 평론이 문학과 현실의 경계를 전혀 나누고 있지 않다는 점이다. 문학을 철저하게 현실 개선의 도구로 봄으로써 정책문학의 범주에서 벗어나기 어려운 한계를 노정하게 된 것이다.[14]

반면 남한의 문학은 역시 그 수준상 전시의 전쟁문학을 비롯하여 넓은 의미에서의 정책문학에 머물러 있었고 특히 비평은 철저하게 저널리즘 이상의 논의를 벗어나지 못하고 있었다. 이 점은 북쪽이 그나마 문학 논의에서 문예학의 개념과 문학사의 개념을 앞세우고 있었던 점에 비하면 현저하게 뒤떨어진 것이었다고 할 수 있다.

남한 비평계에서 전후 실존주의 논의와 전통 논의가 있었지만 그것은 논의 자체의 성과가 상당히 미약해서 공소한 수준에 머무르는 것이었다. 근대 콤플렉스만을 더욱 가중시키는 몰주체적인 문학논의가 전후 남한 문단에서 팽배했던 것은 당시 남한 사회의 이념적인 폐쇄성이 문학으로부터 역사적 안목을 빼앗아 갔기 때문이다. 냉전체제의 논리가 전후 한국 사회에 심각하게 자리잡으면서 전쟁에 대한 위기의식과 새로 형성된 분단모순의 기류가 이 시기 비평계와 문학계를 압도한 것이다.

전후 북한의 비평에서 '도식주의 논쟁'[15]과 '미학의 제문제'[16]에 관한 논의가 주를 이루게 된 것은 전쟁기간과 그 이전부터 계속되어 온 문예학과 미학에 대한 의식적인 추구의 결과라고 할 수 있다. 냉전의 논리가 강

---

14) 이 시기에 이르러 문학의 교양주의와 도구주의가 애국주의 국제주의에 관한 도식적 사고와 맞물림으로써 비판적 사고와 변증법적인 사고방식을 결여하기 시작했다.

15) 한효, 「도식주의를 반대하여」, 『제2차 조선작가대회 문헌집』, 조선작가동맹출판사, 1956. ; 안함광, 「문학 전통의 심의와 도식을 반대하는 투쟁에서의 새로운 도식들을 중심으로」, ≪조선문학≫, 1957. 4.

16) 김명수, 「문학예술의 특수성과 전형성의 문제」, ≪조선문학≫, 1956. 9 ; 엄호석, 문학평론에 있어서 미학적인 것과 비속 사회학적인 것」, ≪조선문학≫, 1957. 2 ; 한효, 「아름다운 것과 미학적 태도」, ≪조선문학≫, 1957. 6.

화됨으로써 사회주의 체제와 그 체제를 토대로 한 미학에 대한 인식이 더욱 중요시되면서 '사회주의적인 내용에 민족적인 형식'이라는 원칙을 뒷받침해 줄 미학적 기준의 문제가 논의의 핵심이 되기 시작한 것이다. 특수성과 전형성, 작가와 시대정신, 미학적인 것과 비속 사회학적인 것의 구분 문제, 도식주의의 극복, 생활의 진실을 형상화하는 방법 등에 대한 다양한 논의는 모두 사회주의 체제에 합당한 사상을 어떻게 미적으로 형상화하여 인민을 교양 시킬 것인가 하는 문제에 집중되어 있다. 다시 말해서 미학적 원칙확보의 가정 중요한 목적은 프롤레타리아 국제주의와 애국주의를 기본으로 한 사회주의 사상의 대중적인 교양에 있는 것이다.

이 시기에 이르러 문학에서의 당성과 계급성, 인민성의 문제가 종종 거론되는 까닭도 미학의 핵심적 기준을 이 세 가지 원칙에서 찾으려고 하기 때문이다. 북한의 1960년대 이후의 미학과 1967년 이후의 주체미학도 이 세 가지 원칙에 대한 재해석으로부터 출발한다는 점에서 이 시기 비평의 미학과 문예학적인 특징은 다음 시기 비평을 이해하기 위한 중요한 전거이다.

인민성과 계급성을 기반으로 한 북한의 미학과 제반 예술은 사상성의 최고 형태인 당성에 의해서 지도되며 매 시기 상황의 변화에 대한 지침을 하달 받는다. 즉, 인민성과 계급성은 사상의 깊이와 폭을 보장하는 중요한 원칙으로써 예술적 형상화와 사상을 연결하는 중요한 매개이다. 북한의 미학에서는 인민성과 계급성이 개성과 다양성, 집체성을 모두 보장하는 원칙이라면 당성은 그 개성과 대중성에 방향을 부여하는 지도의 원칙인 것이다.

5. 북한의 문학 비평에 대한 이해와 비판의 원칙 설정을 위하여

분단기 문학사 1기에 북한 문예비평의 전개 과정에서 두드러진 특징은 건설해야할 문학의 성격을 민족문학론으로 규정하고 있고 그 실천의 세부적 원칙인 창작방법론이 1948년 이후 고상한 리얼리즘이라는 것으로 통일되기 시작했다는 점이다. 고상한 리얼리즘의 확립 과정에는 이후의 지속적인 논의가 중요한 역할을 하는데 최초의 논의인 민족문학론은 1954년 이후 '진보적 민주주의를 내용으로 한 민족적인 형식'에서 '사회주의를 내용으로 한 민족적인 형식'으로 전환한다. 이 점은 북한의 문학비평의 원칙이 무엇보다도 당대의 현실 정세에 대한 변증법적인 판단에 의존하기 때문에 발생하는 문제로서 상황과 조건의 성숙에 따라 표방하는 문학적 원칙이 언제나 변화할 수 있었던 것이다.

이 시기 북한의 비평의 중요한 특징이 정치주의, 애국주의와 국제주의 당성 및 계급성의 실천, 교양주의 그리고 마지막으로 변증법적 사고를 전제로 한 미학주의와 문예학적 원칙의 확립 등으로 꼽을 수 있는 것도 현실 정세에 대한 판단이 요구하는 문학과 미학적 요청 때문이었다고 요약할 수 있다. 물론 그 현실 정세의 판단과 요청에 의해 생성된 원칙과 문학의 성격 자체가 정당한가에 대한 가치판단은 별개의 문제이다. 북한의 문학비평이 정치주의를 근간으로 하고 있기 때문에 생겨난 '기존의 미학적 원칙 중에서 반동적인 것을 가려내고 새로운 원칙을 확립하려는 노력의 치열성과 논쟁의 진지함' 등을 이해하기 위해서는 가치판단을 유보한 상태에서 북한 비평계의 내적인 흐름을 읽는 과정이 필요하다. 본질적으로 체제를 달리하는 문예학에 대한 연구는 그 체제의 흐름 속에서 생겨난 문예학의 내적 필연성에 대한 이해를 우선적으로 요구하기 때문이다.

북한의 문학비평에 대한 이해와 비판의 원칙은 따라서 오늘의 시점에서 바라본 1950년대의 역사적 상황에서 얻어질 수밖에 없다. 특히 냉전논리에 대한 북한 비평계의 대응이 북한 문예학과 미학적 원칙에 미친 영향을 살펴보는 것은 중요한 문제라고 하겠다. 북한의 문예학이 지나치게 현실의 정세에 민감했다는 측면이 오히려 분단의 첫 시기 문학론을 냉전논리를 바탕으로 한 현실추수적인 사고로 흐르게 했다는 비판이 가능하다는 점도 중요한 사실이다.

분단기 남·북한 문학사 기술을 위한 시론
- 북한 문학과 주체 문예이론의 이해 -

1. 들어가는 말―민족문학사의 기술을 위하여

문학사란 무엇인가. 어째서 단일민족인 한민족은 분단 이전의 동일한 문학공간에 대해서 남·북한 서로 상이한 개별적 문학사 기술물을 가질 수밖에 없었는가. 그리고 그것이 분단이라는 민족모순이 야기한 시대적 상황에 대부분의 원인이 주어진다면, 문학사란 주어진 시대와 문학 외적 상황에 의해 임의적으로 영향을 받는 대상에 불과한 것인가.

실제로 우리는 지금 동일한 문학작품과 작가에 대해 각자 상이한 평가를 내리고 있는 두 개의 대별적(對別的) 문학사를 지니고 있다. 한반도에 체제를 달리하는 두 개의 정부가 존재한다는 것은, 달리 말해서 어느 한 쪽이 다른 한 쪽에 대해 정치적, 문화적으로 독립성과 우월성을 주장하게 되는 근본적 원인이다. 한민족의 문학사는 지금 동일한 문학사적 사건(작품을 매개로 한 작가와 독자의 시대적 의미망)에 대해서도 남·북한 양자

간에 근본적인 해석의 관점을 달리하고 있다. 그것은 분단이 고착화된 이후 최근세의 문학에 있어 더욱 심한 편차로 나타나는데 문학과 사회의 연관성을 고려한다 해도 이점은 다분히 객관적이지 못한 왜곡과 굴절의 현상이라고 할 수 있다.

과거의 문학이 단순히 현재의 지배적 관점에 의해서만 해석되어질 때 그것은 참다운 역사의식을 담은 올바른 문학사가 되지는 못한다. 물론 문학사는 끊임없이 다시 쓰여져야 하고 그것만이 계속해서 변해 가는 환경과 시간의 일방향적 흐름에 대한 성실한 대응이 될 수 있을 것이다. 그러나, 현재의 당대적 상황만으로 모든 현상을 설명하고 판단할 때, 역사는 오히려 빛을 잃고 모든 역사적 사건은 자의적 해석의 지평으로 추락하고 말 것이다. 과거의 역사적 사건에 대한 해석이 끊임없이 변해갈 때 역사 앞에서 모든 문화의 가치기준은 상실되고 역사의식이나 사관 따위의 개념은 이미 그 의미를 상실한 죽은 말들에 지나지 않게 된다.

그렇다면 진정한 의미에서 "끊임없이 다시 쓰여지는 문학사란 과연 어떤 문학사일까?" 이 질문은 역사에 대한 깊이 있는 성찰을 우리에게 다시 요구한다. 과연 역사란 무엇인가. 그리고 왜 우리는 문학과 문학사를 논하는 자리에서 다시금 역사와 역사의식을 먼저 논할 수밖에 없는가. 문학사란, 문학의 역사인가, 아니면 문학에 관한 이야기인가 아니면 문학적 사실 혹은 사건들의 기록이라고 해야 할까.

문학사는 분명 개별 문화사의 한 갈래임에는 틀림이 없다. 그러나 문제가 되는 것은 문학이라고 하는 개별적 체계가 닫혀진 완료된 체계가 아니라 사회, 경제, 정치를 비롯한 동시대의 모든 인류문화와 상호영향을 주고받는 열려있는 미완성의 체계이며 끊임없이 변해간다는 데 있다. 문학이라고 하는 대상과 그 영향관계에 있는 당대적 현실의 관계를 사적인 체계로 정리해내는 문학사의 체계는 과거의 문학적 사건—사건 자체도 문학사에서는 역사와 달리 단순한 사실이 되는 것이 아니라 작품을 매개로 한 작가와 독자의 관계 및 시대상황이 만드는 복잡한 의미망들이 그 대상이 된다—을 현재의 문학적 사건과 상호 연결시켜 다가올 시대의 문학을 예상하고 대응할 수 있는 복잡한 형태로 나타내며, 그것은 문학이라는 프리즘을 통과한 각 시대 현실과의 지속적인 대화라고 할 수 있다. 이것은 실제로 E. H. 카아의 유명한 명제인 "역사란 과거와 현재의 끊임없는 대화이다."라는 말과도 서로 통하는 것이다.

역사는 단순한 사실의 기록에 머물지 않는다. 그것은 역사가 실증적으로 있었던 사건의 충위를 세세히 나열해 놓은, 고고학적 발굴물과 같은 형태만으로는 해명될 수 없다는 것을 의미한다. 역사란 누군가에 의해서 해석되어지기를 기다리는 일종의 수수께끼와 같다. 중요한 것은 바로 그 누군가가 과연 "어떤 상황에 놓여 있는, 어떤 존재인가?"하는 데에 있다.

역사적인 문제해결의 실마리는 이렇게 우리 앞에 놓여져 있다. 그것은 현재의 특수한 상황을 합리화시키기 위해 과거를 자의적으로 해석하는 왜곡된 의미로서가 아니라 바로 현재의 상황을 역사라는 긴 시간 속으로 던져 인간의 '과거—현재—미래'를 하나의 연속선상에서 파악해 낼 때, 참된 역사의식이 싹트고 그 순간 역사를 바라보는 하나의 관점이 우리 안에 자리잡게 된다는 뜻이다.

인간의 삶에서 차지하는 역사의식의 중요성은 그것이 현재라는 시간적 한계상황 위에 있던 3차원적 인간을 비로소 역사라는 시간 터널 안의 4차원적 인간으로 자각케 하는 원동력이라는 점에 있다.

역사는 하나의 텍스트로서 그것은 잠재적인 해석의 가능성을 갖는다. 문학사도 이와 마찬가지로 일종의 텍스트로서 취급되어질 수 있는데, 문학사를 텍스트로서 취급한다는 것은 곧 문학사에 대한 해석의 주체와 객체를 명확히 한다는 의미를 지닌다. 결과적으로는 문학사도 역사와 마찬가지로 '과거—현재—미래'의 시간적 연속선상에서 과거의 문학을 통하여 현재의 문학을 규정하고 미래의 방향을 새롭게 설계하는 역사의식의 결과에 다름이 아니다. 역사의식이란 그런 점에서 문학사의 이해와 기술을 위한 가장 중요한 항목이고 바로 역사와 문학사 기술의 결정적인 열쇠이다.

그러나, 역사와 달리 문학사의 문제점은 문학이라는 프리즘을 통과한 시대가 문학사의 구체적인 사건이 되느냐, 아니면 단순한 문학 자체의 변천 경과가 그 사건인가, 그것도 아니면 문학작품을 산출한 작가의 사상·정신이 그 사건일 것인가 등등 그 바탕이 되는 문학사적 사실 혹은 사건의 충위들에 대한 기준이 불확실하다는 점이다.

해석의 주체보다도 해석의 객체가 되는 텍스트의 불확정성이 문학사 기술에서는 특히 두드러지게 나타난다. 예를 들어 문학사를 문학의 사회사와 동일시 할 수 있는가의 문제, 문학의 지성사를 문학사와 동일시 할 수 있는가의 문제, 혹은 단순히 문학작품을 사건의 단위로 보아 '문학작품에 대한 단순한 이야기로서의 문학사를 설정할 수 있는가', 더 나아가 '독자의 계급적 위치에 따라 문학작품이 어떻게 다르게 수용되었는가' 하는 수용사와 문학사의 관계 등 문학사의 영역에 밀접하게 접근되어 있는 유사한 역사적 계열체와 문학사와의 관계는 그러한 문학사적 사건의 불확실성을 잘 나타내 준다.

문학사와 유사한 계열체들과의 뚜렷한 변별성을 획득하는 것은, 문학사의 영역을 명확히 하는 가장 선차적인 과제이다. 그러나 실제로는 이런 계열체들과 문학사의 변별성을 나눈다는 것은 거의 불가능하며 그 의미 자체도 그다지 크다고 볼 수 없다. 그것은 계열체 자체들이 모두 문학을 매개로 한 체계들이고 어떤 면에선 문학사의 영역 안에 그것들 모두를 포용할 수밖에 없는 주요한 측면들을 나누어 지니고 있기 때문이다.

문학사는 이들과 부딪칠 때 변별적 자질이 두드러진다기보다는 오히려 그 영역이 지나치게 확산되어 버리는 특성을 지니고 있다. 문학사의 사건은 실제로 이들 모두의 상호 영향관계 아래서 형성되는 의미망으로서 다가오며 문학사적 사건 자체는 시대의 변천과 더불어 끊임없이 역동하고 변화해 간다. 문학이 하나의 관습적 제도로 인식되는 오늘날의 시각에 비추어 볼 때 문학사란 그런 점에서 제도의 일종인 문학이 다른 관습적 제도들과 주고받는 영향관계 속에서 형성해 내는 의미망을 개별적 사건으로 하여 이루어지는 일종의 역사적 계열체라고 정의 내릴 수 있을 것이다. 문학사 속에서 시대를 반영, 굴절하는 대상은 단순한 문학작품 하나만이 아니라, 문학과 다른 관습적 제도 일반의 영향관계 속에서 이루어지는 의미망 자체가 한 시대를 반영, 굴절하는 프리즘(즉, 사건)이 된다는 것이다. 따라서 문학사라는 텍스트를 구성하는 것은 문학작품만이 아니라 복합적 관계 속의 의미망, 그 자체이다.

그렇다면, 앞의 논의와 연관지을 때 우리 문학에서 "끊임없이 다시 쓰여지는 문학사"란 도대체 어떤 문학사를 지칭하는 것인가.

남·북한의 문학사에서 나타나는 가장 기본적인 취약점은 개별적 사건의 규정에 있어 양자 모두 자의적이며 다분히 편협한 수준에 머물고 있다는 점이다. 그것은 컨텍스트와 텍스트의 관계에 대한 규명이 명확하게 되어 있지 않다는 것을 의미하며, 실제로 양자 중 어느 한쪽으로만 치우쳐서 기술되는 경우가 대부분이다.

문학사 기술에 대한 방법론의 검토가 통일 문학사 기술의 선행조건이 되어야 하는 까닭도 이점에서 연유한다. 그것은 문학사 자체가 역사적 평가라는 주체의 해석적 가치평가를 전제로 하는 만큼 단순한 사실의 나열에서 벗어나 기술자의 가치의식을 전제로 할 때만 성립하기 때문이다. 역사성으로의 회귀 그것은 어떤 식으로든 가치기준의 설정을 축으로 할 수밖에 없다. 문학적 사건의 총체적 의미망을 확보하는 작업이 이루어져 있지 못한 문학사는 실제로 현재의 남·북한의 문학사와 같은 불균형적인 배제의 문학사가 되지 않을 수 없는 것이다.

남북한 단일문학사 기술의 성패는 파행과 왜곡의 사건, 즉 컨텍스트와 텍스트 간의 의미연관을 어떻게 맺어주느냐에 달려 있다고 해도 과언이 아니다. 근대문학사의 식민지적 파행과 굴절, 역사 단절론, 이식문화론, 분단문학의 불완전성 등 시대적 역학의 과중한 압력을 한국문학이 어떻게 소화해내고 있는가에 대한 판단의 문제는 우리문학사의 현재적 지표를 반역사성과 반시대성의 두 가지 대립선상 위에 올려놓는다. 그것은 현재의 시점에서 바라보는 단일 민족 문학사 기술의 관점이 현실의 지배 이데올로기를 맹목적으로 추종하는 현실추수적 태도에서 벗어나 반시대적 고찰을 통한 진리에 접근하도록 유도하기 위한 인식적 자각을 바탕으로 삼는다.

현재의 시점에서 영원히 새로 쓰여져 나갈 문학사란 언제나 당대의 시대성을 초월하는 반시대적 고찰을 통해서만 가능하다. 그것은 반동적인 반역사성과 대치되는 것으로 다같이 상황과 외부의 컨텍스트를 중시하나 그 인식의 태도에 있어서는 상당히 다르다. 진정한 반시대적 고찰은 역사적 인식을 기본적 소양으로 갖출 때만이 가능하며 현재의 근본모순과 현실의 문제를 꿰뚫는 기초적인 힘인 것이다.

남북한 문학사 기술의 시론이 그 문학적 관점의 검토에서부터, 특히 민족문학의 가능성에 대한 탐구로부터 시작하는 까닭도 바로 이 점에 있다.

2. 북한의 문예이론과 민족문학의 가능성

북한의 문학사를 연구함에 있어 부딪치는 첫 번째의 문제점은 우선 그 서술의 관점이라든가 가치기준의 설정이 우리의 그것과는 너무나 다르다는 점에 있다. 그 원인은 분단에 의한 시간적 격차에서 연유한다기보다는 우선은 북한측의 체제지향적 문학론의 정립에서 그 주된 원인이 찾아진다. 그것은 북한측의 문학사가 분단 이전의 근대문학에 대한 평가에서 철저한 배제론적 태도를 고수하고 있으며 본질적으로 사회주의 체제를 지향하는 문학적 평가기준을 적용시키기 때문이다. 물론 남쪽의 경우에도 분단 이후부터 최근에 이르기까지 월북작가에 대한 연구가 불가능했었던 것은 마찬가지였다. 하지만, 현재는 그러한 어려움이 사라진 상태이고 그 연구에 있어서 비교적 자유로운 입장이다. 또한 그 연구의 관점이나 문학론에 있어서도 포괄적이며 해방 이전의 문학적 관점들과 그렇게 큰 거리를 두고 떨어져 있지는 않다.

그러나 북한의 현대문학은 우선 그 문학론의 기본적 관점부터 우리의 근대문학과는 현저한 거리를 지니고 있으며 표면적인 현상 자체가 다분히 단절론적인 형태로 비추어진다. 다시 말해서 북한의 현대문학 혹은 문학사는 우리의 현재적 관점과 근대문학기의 관점 모두에서 벗어나 있으며, 독자적인 형태의 다른 문학을 지향한다. 북한의 문학은 남한의 문학에 비해 근대문학과 꽤 심각한 이질성을 지니고 있으며 그것은 다분히 의도적인, 당연한 결과라고 볼 수 있다. 북쪽에 있어서 그것은 사회주의 국가에 맞는 발전된 문학의 모습이며, 현실을 적절히 반영한 결과이기 때문이다. 그러나 이러한 "북한의 주체사상에 기초한 문예이론과 그 결과물인 작품을 어떻게 해석할 것인가" 하는 문제를 "체제가 다르기 때문"으로 그냥 돌려버리기에는 그 차이가 너무 극심하다.

체제를 달리하기 때문에 더 이상의 논의는 무의미한 것일까?

체제를 달리하는 두 사회의 문학에 대한 본질적 입장이 다른 것은 당연한 결과이다. 우선 북한의 입장에서 볼 때 남한의 근대문학은 엄연히 자본주의 사회의 한 산물이다. 이미 사회주의가 완성되었다고 주장하는 그들의 입장에서 볼 때 반동적 부르주아문학은 애초에 논의될 이유가 없다. 따라서 그들의 문학사 기술의 입장은 확고하고 고정적이다. 우리의 입장에서 볼 때 이러한 태도가 다분히 편파적이고, 논리적으로 저급하게 보일지는 몰라도 이점은 오히려 그들에겐 확실한 당파성과 인민적 교양성을 추구한 결과가 되기 때문이다.

그렇다면 남북한 단일문학사를 추구하는 입장에서 우리는 그들의 문학을 어떻게 받아들여야 할까. 어쨌든 그 접근이 피상적으로 흐를 때 우리는 그것에 단순한 이념적 비판을 가하거나 자본주의적 논리를 바탕에 숨겨놓은 서구적 문학이론으로 그 논리적 저급성이나 모순을 부각시키려는 실수를 저지르고 말 것이다. 북한의 문학을 역사적 변천 과정과 그 변화의 원인은 무시한 채 일괄적으로 평가하는 오류를 범하게 되는 것이다. 이러한 태도는 북한의 문학에 대한 객관적 접근을 저해할 뿐이며 결과적으로는 체계화된 남북한 문학사 기술의 방해요인이 되는 냉전체제에 고착된 사고방식의 결과이다.

분단시대의 문학은 그 역사적 단계의 필수 과제를 통일시대의 문학에 둔다. 따라서 분단논리를 극복하고 다가올 통일을 맞이할 문화적 격차의 해소를 제1과제로 하는 이 시대의 문학에서 관점의 확대와 배제론의 지양은 필연적인 것이다. 문학을 편협한 지적탐구의 대상으로만 여겨서도 곤란하고, 단순히 심미적 요건이나 이데올로기적 기준으로 일방적인 재단을 가해서도 안되는 것이다. 그것은 이미 분단이라는 한 역사적 시점을 전제로 한 것인 만큼 시대적 상황과 그 시대를 사는 삶의 양태를 지평으로 삼는 문학 논의를 본질적 요소로 삼을 수밖에 없는 것이다.

분단문학의 극복은 근대문학의 최대과제인 우리문학의 식민지적 속성 — 이식문학론 — 과 근대성의 문제를 해결하는 열쇠이다. 전통과 단절된 신문학의 위상을 하나로 연결할 수 있는 가능성을 분단문학의 극복에서 발견한다는 것은 굴절된 한국문학의 원형을 민족모순의 해결을 통해 재생하겠다는 의지에 다름이 아니다.

전통과 근대문학의 단절, 그리고 분단을 통한 남·북의 이질성으로 이어지는 민족문학의 일그러진 얼굴은 현재의 역사적 상황에 대한 확고한 방향감각과 의식적 노력이 없이는 해결이 불가능하다. 특히, 한국의 근·현대문학사는 김윤식이 '해방공간'을 지칭해서 말했듯이 어떤 의미에서는 공간 — 정신 — 의 의미만 남고 시간의 의미는 흔적도 없이 녹아버린 상태[1] 인지도 모른다. 각 시대를 거쳐온 한국의 최근사가 민족적 모순의 연속이었듯이 각 시대의 작가들 또한 그런 모순에서 자유로울 수 없고 결과적으로 문학의 연속적 흐름은 단절되어 모순에 대한 대응으로서의 정신사적 궤적만 남게 된다.

시간성의 상실, 그것은 문학사에 있어 분명 위기의식의 한 결과이다. 현

---

1) 김윤식, 『한국현대문학사론』, 한샘, 1991 참조.

실에 대한 문학의 대응이 그만큼 치열했던 우리의 문학사 안에서 우리가 발견할 수 있는 것은 난무하는 사상의 잔해와 버림받은 문학가들이다. 한 시대의 모순이 심하면 심할수록 그에 대한 작가의 대응과 해결책의 모색은 결사적이다. 민족적 위기의 시대에 작가의 정신적 대응은 그 위기의식에 비례해서 치열해지고 그 노선의 수도 다양해진다.

한국문학사는 민족적 모순의 심화일로 속에서 그 위기의식이 거의 폭발 상태에 이르렀고 그것은 결과적으로 문학사의 단절을 낳았다. 한국문학사에는 동일공간에 시간적 흐름을 무시한 각양 각색의 정신사조가 공유하는 현상들이 두드러지며 그 사적 전개에 있어 단선적 흐름이 아니라 다선적 흐름의 형태를 나타낸다.

다시 말해서 한국문학의 정신사는 계보적 흐름의 특성을 지니며, 그 만큼 문학사의 실제 기술에서는 배제의 역사가 두드러지게 나타난다. 하나의 사적 흐름을 체계화시키기 위해서 한국문학사, 혹은 정신사는 그 체계에 포함시킬 수 없는 많은 소외자들을 역사의 밖으로 밀어냈다. 그 대표적인 결과가 현재 기술되어 있는 남한과 북한의 문학사이다. 문학사의 원형복구 혹은 단절론 극복은 그런 의미에서 정신사에 대한 다각적이고 포괄적인 접근을 통해서만 가능하며 그 첫 걸음이 바로 분단문학사의 극복에 놓여지는 것이다.

북한의 우리문학사 연구는 주체사상의 확립 시기인 1967년을 전후해서 크게 두 단계로 나누어진다. 그 첫 시기에 쓰여진 것이 조선문학사(안함광)와 조선문학통사 등이고 두 번째 단계에 쓰여진 것이 조선문학사 전5권과 조선문학개관이다. 첫 단계에는 주로 마르크스-레닌주의에 기초한 우리문학의 유산정리와 문학사 연구에 치중하였고 두 번째 단계에는 주체사상에 기초한 문예이론의 정립과 대중교양 위주의 문학사 저술이 이루어졌다. 처음에는 주로 개별적 연구성과 위주로 정립되었으나 주체사상 이후에는 김일성의 교시에 따라 집체화하는 경향을 보이면서 인민의 교양교육을 주목적으로 하기 시작했다. 초기에는 리얼리즘의 발생, 발전 및 민족 형식론과 민족적 특성의 문제 등 사회주의 문학 출현의 필연성을 드러내는 작업에 치중하였으나 주체사상 이후로는 전적으로 당성과 인민성, 노동 계급성에 바탕을 둔 사회주의 사실주의를 최대의 척도로 사용하기 시작했다.

이 시기부터 북한의 문학론은 당성이 무엇보다도 중요시되었기 때문에 김일성의 교시에 대한 매 시기의 해석과 적용의 적합성이 주요 관건이 되기 시작하며, 주체사상이 결국 마르크스와 레닌의 사상을 대체하였다. 소련의 이론에 기대거나 과거의 문화 유산에 대한 복고적인 서술을 하는 것은 철저히 배제되었고 1930년대의 항일혁명문학을 주체사상에 기초한 사회주의 사실주의 문학의 정통으로 세움으로써 민족문학의 많은 부분을 누락시키거나 그 가치를 폄하시키는 결과를 낳기도 했다.

현상적으로 볼 때 북한의 이러한 태도는 민족문학사의 복구를 위해선 상당히 부정적인 경향에 해당되지만, 통일문학사의 범위가 현재의 북한 문학사까지도 포함할 것을 염두에 둔다면, 이에 대한 내재적 원인의 모색은 어쩔 수 없는 당면과제가 된다. 실제로 북한의 문학사에 대한 태도는 자본주의 시대의 반동 부르주아 문학에 대해서 철저한 배제론적 태도를 고수하는데, 이미 사회주의 국가의 확립시기에 접어든 상태인 것으로 간주하는 북한의 문학론과 인민의 교양을 가장 우선시하는 이 시기 문학사 기술의 태도에 비추어 볼 때 그것은 당연한 현상이다.

이 시기 북한의 문학사에는 비판적 사실주의의 몇몇 작품과 카프의 프롤레타리아 작품만이 근대문학사 속에 포함되며 그 외 다수의 작가와 작품은 이름조차 거론되지 않는다. 비판적 사실주의나 카프의 프롤레타리아 문학은 자본주의 사회단계인 일제하에서 창작된 것이므로 그것이 아무리 당파성을 지녔다고 해도 사회주의 사실주의 문학이 되지는 못한다. 그것은 소련의 당파성과 주체사상이 내세우는 당성의 차이 때문인데, 카프가 당을 지니지 못했던—다른 말로 김일성의 지도를 받지 못한—사실은 혁명전통문학에서 그들의 문학 작품이 소홀하게 다루어지는 근본적인 원인이다.

북한의 현단계 사회주의 사실주의 문학은 카프 계열의 프롤레타리아 문학의 맥을 잇는 것이 아니라 김일성 지도하의 항일혁명문학의 전통을 잇고 있으며, 북한의 현대문학 혹은 사회주의 사실주의 문학의 기점은 1925년 항일혁명투쟁문학의 출현시기, 제국주의 타도동맹의 결성시기로부터 비롯된다. 결과적으로 사회주의 사실주의는 사회주의 혁명이 완결된 국가에서만 성립될 수 있으며, 이론적으로 그것은 당의 존재를 전제로 한다는 원칙을 세울 수 있는 근거가 된다. 북한 문학사의 관점에서 볼 때 일국가 일당 원칙에 따라 식민지 조선에는 하나의 당만이 존재할 수밖에 없었다. 그런데 카프는 그러한 당(김일성)의 지도를 받지 못한 것이다.

항일혁명문학의 전통은 '주체사상에 기초를 둔 문예이론'을 이끌어낸 근본적인 바탕이다. 주체문예이론의 특징은, 그것이 공산주의적 인간형의 창조를 목표로 하고 당성, 노동계급성, 인민성을 본질로 하는 사회주의 사실주의 문예이론이라는 점에 있다. 물론 이 때의 사회주의 사실주의는 1934년 소련의 제1차 작가대표 회의에서 결정된 것과는 약간의 차이를 지닌다. 앞에서도 이미 말했듯이 북한의 사회주의 사실주의는 철저하게 당성을 우선시 하고 있는 데 반해서 소련의 사회주의 사실주의는 그것을 당파성의 수준에서 한정시키고 있다. 당성과 당파성의 차이는 실제로 현격한 거리를 지닌 개념으로서, 당파성이 당원이 아닌 작가가 당의 정책에 다소 비판을 가할 수도 있는 정도라면 당성의 경우, 작가는 당원임과 동시에 전적으로 당에 충성해야하는 원칙이 주어진다.

북한의 사회주의 사실주의는 주체사상의 영향권 아래 있으며 주체의 문예이론에 따르는 문학을 통칭한다. 따라서 북한의 현대문학이 철저하게 주체사상에 입각한 창작방법론에 의해서 만들어질 뿐더러 문학사 또한 그렇게 기술되고 있는 상황에서, 그 성격이나 내용을 우리의 문학적 개념으로 평가한다는 것은 애초에 별다른 의미를 지니지 못하는 것이다. 민족문학 혹은 분단문학이라는 범주 아래서 통일문학사 안에 포함되어야 할 현재의 남·북한 문학은 그런 점에서 역시 상호 배타적일 수밖에 없다.

그러나 이러한 두 개의 이질적 문학이 한 민족의 역사 안에서 형성될 수밖에 없었던 시대적 굴곡을 뒤돌아본다면, 북한 문학에 대한 나름의 객관적 연구는 분단문학의 성격규정, 민족문학 ― 보편성과 개별성을 하나로 잇는 매개로서의 민족문학 ― 의 가능성, 및 근대성에 대한 질문 등의 문제를 폭넓게 안고 있는 문제 덩어리라고 할 수 있다.

과거를 돌아보고 그 정신사적 궤적을 현재의 남과 북으로 연결하는 계보 만들기의 작업이 의미 있는 일임은 새삼 말할 필요도 없을 것이다. 그리고, 북한의 문예이론에 대한 고찰과 민족개념의 검토는 바로 그러한 의미 있는 작업의 첫 걸음이 되기에 충분하다고 하겠다. 따라서 본고의 논의는 북한의 문예이론에 대한 고찰을 통해서 현재 북한의 문학계에서 통용되는 민족문학의 개념을 살피는 방향으로 나아가고자 한다.

1) 주체사상의 인간관과 공산주의적 인간형

주체사상의 인간관에 대한 비판은 이미 선행연구의 검토를 통해서도 알 수 있듯이 마르크스―레닌의 인간관에 정면으로 위배되는 이론적 모순성에 가장 큰 초점이 모아져 왔다. 마르크스의 유물사관이 물적 토대에 위해 규정되는 사회적 존재로서 인간을 규정하는 데 반해서 주체사상은 인간의 자주성과 창조성을 주장하는 인간중심의 관념론으로 회귀하는 모순을 드러낸다는 것이다.

선행연구의 주된 논거는 마르크스의 "인간 의식이 존재를 규정하는 것이 아니라 사회적 존재가 의식을 규정한다."는 명제에 놓여지며, 그것이 주체사상의 다음과 같은 명제[2]와 일으키는 상호모순에 관심을 집중시킨다.

 ① 사람이 모든 것의 주인이며 모든 것을 결정한다는 것이 주체사상의 기초입니다.

---

2) 윤재근·박상천, 『북한의 현대문학 2』, 고려원, 1990, p.59 참조.

② 모든 것을 사람을 중심으로 생각하고 사람을 위하여 복무하게 하는 것
   이 바로 주체사상의 요구입니다.
③ 의식성은 세계와 자기 자신을 파악하고 개변하기 위한 모든 활동을 규
   제하는 사회적 인간의 속성이다.
④ 의식성에 의하여 사회적 존재인 사람의 자주성과 창조성이 담보되며,
   그 합목적적인 인식활동과 실천활동이 보장된다.
⑤ 사회적 존재인 사람에게 있어서 자주성은 생명이다. 사람에게 있어서
   자주성이 생명이라고 할 때, 그것은 사회정치적 생명을 말하는 것이다.
   사람은 육체적 생명과 사회·정치적 생명을 가진다. 육체적 생명이 생
   물 유기체로서의 사람의 생명이라면 사회·정치적 생명은 사회적 존재
   로서의 사람의 생명이다.
⑥ 자주적 인간의 가장 고귀한 생명인 사회·정치적 생명은 로동계급의
   위대한 수령이 주며 또한 수령이 개척한 혁명 위업을 대를 이어 끝까
   지 고수하고 완성해 나가는 데서 빛나게 된다.
⑦ 주체형의 공산주의자들은 수령님의 명령지시를 관철하는 길에서는 살
   아도 영광이고 죽어도 영광이라는 강인한 혁명적 의지와 철석같은 신
   념을 간직하고 중중첩첩한 란관과 시련을 맞받아 나가면서 수령님의
   명령 지시를 한 치도, 한 순간도 드팀없이 철저히 끝까지 집행한다.

선행연구3)에 따르면 우선 ③과 ④의 의식성에 대한 규정이 유물론과 대
척점을 이루는 관념론의 색채를 띠고 있음을 지적한다. 마르크스의 유물론
은 '의식(사유)의 인간'이 아닌 '실천(행위)의 인간'을 내세움으로써 논리적
으로 '사회적 인간'이라는 인간관을 내세운다. 마르크스에게 인간의 본질
은 정신에 있는 것이 아니라 "생산을 규정하는 물질적 조건에 의해 규정
된다"는 사실에 있었다. 그것은 '정신'을 통해 인간을 이해하고 '정신'을
인간의 본질로 생각했던 전통적인 서구의 사상사에 정면으로 배치되는 것

---

3) 이형기, 이상호, 『북한의 현대문학 1』(고려원, 1990)과 윤재근, 박상천, 『북한의 현대문학
   2』(고려원, 1990)에서 주로 이런 시각을 보이고 있다. 그외에 홍기삼, 『북한의 문예이론』
   (평민사,1981), 윤재근, 「북한문학론의 경직성」(≪한국학논집≫ 19집, 1991), 김용직, 「이데
   올로기와 창작활동―북한의 문예이론, 문예정책」(≪동서문학≫, 1991. 1.), 이상호, 「북한의
   문예연구의 기본 관점」(≪현대시≫, 1990. 1.) 등도 이런 관점을 크게 벗어나 있지 않다.

으로 인간을 하나의 과학적 연구의 대상으로 인식함을 의미한다. 마르크스의 이러한 생각은 그의 저서 『독일이데올로기』의 다음과 같은 부분에 잘 나타난다.

> 인간의 관념, 견해, 개념, 즉 한마디로 인간의 의식이 물질적 생존, 조건, 사회관계, 사회 생활의 변화에 따라 함께 변한다는 사실을 이해하는 데에 무슨 깊은 예지가 필요하겠는가?
> 물질적 생산의 변화에 따라 정신적 생산이 그 성격을 달리한다는 것 이외에 사상사는 무엇을 증명하고 있다는 말인가?[4]

결국, 마르크스에 의하면, 생산관계는 사회의 경제적 구조를 결정하고 그것이 토대가 되어 상부구조인 법적, 정치적 구조가 생긴다는 것이다. 인간의 의식은 생산관계 속에서 형성된 사회적 계급관계와 그 구조적 모순을 은폐하기 위한 정치구조의 영향 밑에서 발생되며 주체사상과 같이 의식성이 "세계와 자신을 파악하고 개변하기 위한 모든 활동을 규제하는 사회적 인간의 속성"이 될 수는 없다.

더불어 ⑤, ⑥, ⑦의 논리도 자주성이 사회, 정치적 생명을 말하는 것이라 하여 인간의 사회성을 강조하고 있기는 하지만 그 생명이 실천적 활동에 의해 획득되는 것이 아니라 수령에 의해 부여된다고 함으로써 심각한 비논리를 보여준다. 결국, 주체사상에 대한 선행연구의 비판은 대략 세 가지로 요약이 가능하다.

첫째, 주체사상이 내세우는 인간관이 마르크스의 유물론을 계승하면서도 주체를 지나치게 강조한 나머지 관념론의 성격을 포함하는 등 자체 내의 비논리성을 드러낸다는 점.

둘째, 자주성이 실천적인 사회활동을 통해서 '획득'되는 것이 아니라 수령에 의해 부여된다고 규정함으로써 마르크스의 이론에서 벗어난다는 점.

셋째, "수령님의 명령지시를 한치도 한순간도 드팀없이 철저히 끝까지

---

4) 윤재근·박상천, 『북한의 현대문학 2』, 고려원, 1990, pp.42~43 재인용.

집행"하는 인간형에서 자주적 인간이 아닌 비자주적이고 노예적인 인간밖에 발견되지 않는다는 점이다.

그러나, 위와 같은 선행연구의 비판에는 처음부터 고려되었어야 할 비판의 기준이 자세히 명시되어 있지 않을 뿐더러 마르크스－레닌의 이론에 대한 다소 편협된 이해의 방식에 의해 그 비판의 실효성이 그다지 크게 드러나 있지 않다. 우선 주체사상에 대한 이해의 방식에서 '그 기준적 가치관을 남한의 것으로 하느냐', 아니면 좀더 객관적 접근을 위해서 '북한의 관점에 남한의 것을 접목, 투사시켜나가느냐' 하는 차이는 실로 중요한 것이 아닐 수 없다.

마르크스－레닌의 사상에서 주체사상으로 북한의 사상적 기초가 정립되어 나가는 데에는 물론 김일성의 개인숭배라는 측면도 있을 것이지만 일단은 북한의 내·외적인 상황이 만들어 낸 어떤 정치적 확신의 산물일 공산이 크다. 따라서 그들 나름의 역사적 컨텍스트를 제대로 읽지 못한 상태에서의 섣부른 가치판단은 분단문학사의 극복을 위한 객관적 전망의 제시에 조금의 도움도 주지는 못할 것이다.

선행연구의 마르크스와 레닌에 대한 이해는 극히 초보적인 상태에서 출발하고 있지만 그 이론적인 심화 자체가 북한 문학사에 대한 좀더 깊이 있는 연구의 필수적인 조건은 될 수 없다. 하지만 그 연구의 실상에 있어 주체사상의 공산주의적 인간형과 마르크스의 공산주의적 인간형이라는 이상적 인간형에 대한 비교의 문제를 마르크스주의적 인간관과 주체사상의 인간관을 비교하는 것으로 혼동함으로써 다소의 혼란이 발생하고 있는 것은 사실이다.

우선 마르크스의 유물론적 인간관이 아직 도래하지 않은 사회주의 국가를 구상하며 자본주의를 대상으로 한 이론적 연구의 결과였음을 주목할 필요가 있다. 레닌이 마르크스의 이론을 혁명론으로 전환시킨 것은 마르크스의 자본주의 일반론을 프롤레타리아 혁명론, 프롤레타리아 독재론으로 변화시켰음을 의미한다. 마르크스가 자본주의를 대상으로 생산력, 생산관

계, 토대, 상부구조의 법칙을 발견하고 그 이론을 세웠다면 레닌은 그것을
실천적 강령으로 해석하고 그때까지 존재하지 않았던 사회주의 국가를 현
실화시킨 인물이다. 또 마르크스가 자본주의의 몰락과 사회주의의 도래를
예언했다면 레닌은 그 도래한 사회주의 국가에서 혁명이후의 전망을 추구
하는 정치적 인간이었다.

존재가 의식을 규정한다는 말은 한 인간이 그 존재의 기반으로 삼는 체
제―토대와 상부구조를 통칭하는―가 어떤 체제인가 하는 데 따라서 그
의 의식이 결정된다는 말이다. 따라서 혁명이후의 사회주의 국가에서는 당
연히 종래의 자본주의형 인간이 아니라 공산주의적 인간형이 출현해야 한
다.

그러나, 현실적인 문제는 체제의 변화가 이미 형성된 한 인간의 의식을
한 순간에 지워버리고 새로운 의식을 주입할 수 없다는 데 있다. 혁명 이
후의 사회주의 국가에서도 여전히 자본주의적 잔재―특히 개개인의 의식
속에서―는 남아 있게 마련이며 그에 대한 교정 혹은 청산은 프롤레타리
아 독재의 최대목표가 된다. 이 기간을 사회주의 건설의 과도기라고 하는
데, 논쟁의 소지는 그 과도기와 프롤레타리아 독재의 기간을 언제까지로
잡느냐 하는 것에 놓여진다.

선행연구에서의 혼란은 마르크스의 유물론이라는 일반 법칙에 근거를
둔 인간관과 공산주의적 인간형을 구별하지 않은 데서 발생한다. 주체사상
의 인간관은 북한이 이미 사회주의의 전면적 건설단계에 접어들었음을 알
리는 것으로, 그들이 공산주의적 인간형에 대한 자체 내의 규정을 내리고
있다는 것을 의미한다. 주체사상에 근거를 둔 인간관이 마르크스의 유물론
과 상호 모순되는가, 아닌가 하는 것은 이러한 그들의 사회주의 단계 규정
과 밀접한 연관성을 지니는 것으로 그들의 체제가 그것에 대한 유일한 단
서가 된다.

체제―토대와 상부구조―의 정비가 완결된 사회주의 국가에서 가장
우선시 되는 과제는 공산주의적 인간형의 양성이다. 마르크스의 토대 규정

론에 따라 토대가 이미 사회주의화되었을 때, 이제 남은 것은 상부구조와 그에 봉사하는 의식의 혁명이다. 주체사상은 바로 이런 의식혁명을 위한 하나의 도구가 되는 것이다.

주체사상에서 말하는 의식성이 "세계와 자기자신을 파악하고 개변하기 위한 모든 활동을 규제하는 사회적 인간의 속성이다."라고 하는 것은 사회주의적 체재 내의 인간이라는 '존재의 규정'을 받는 의식성을 의미하는 것이다. 주체사상에서의 의식성과 자주성이 사회정치적 생명과 관련되고 그것이 수령의 지시에 따르는 것이라고 규정될 수 있는 근거도 바로 여기에 존재한다. 당 혹은 수령은 토대에 의해 규정된 상부구조를 대표하며 이러한 상부구조가 존재의 의식성을 규정하는 것은 프롤레타리아 독재 기간의 대표적 특징이다. 당의 이익이 인민의 이익과 일치한다는 가정 하에서 수령의 교시는 인민의 자주성을 규정하는 최대의 가치기준이 되는 것이다.

그러므로 북한의 자주성 개념 속에는 우리와 같은 '개인'의 의미가 전적으로 사라지고 사회·정치적 인간으로서의 집단의 개념, 인민의 개념이 두드러진다. 자주성을 지닌다고 하는 것은 곧, 당(수령)의 뜻을 얼마나 적절하게 수행하느냐를 의미하며, 그것이 사회·정치적 인간인 인민의 이익을 위하는 길이 되기 때문이다.

북한의 주체사상은 앞에서 살펴본 바와 같이 마르크스—레닌의 이론적 변형이며 선행연구의 비판과 같은 도식성은 그들에게는 애초에 논리적 설득력을 가질 수가 없게 된다. 현단계 북한의 사회를 사회주의 전면 건설기라고 규정할 때 그 안에는 자신의 사회가 이미 마르크스와 레닌 이후의 고차적 단계에 접어들고 있음에 대한 주장이 담겨 있다. 모든 의식적 개념과 문화들에 대해 공산주의적 인간형의 양성을 목표로 한 문화 및 의식혁명을 단행하고 있고 그것이 바로 주체사상으로 나타나는 것이다. 주체사상 이후의 북한 문학사가 그 이전의 문학사에 비해 더욱 완고하고 단절적, 이질적인 속성이 두드러지는 것도 주체사상이 자본주의적 문화의 청산을 목표로 하는 의식혁명의 일환이기 때문이라고 할 수 있다.

북한의 주체적 인간관에 대한 객관적 이해의 관점은 여기서 그 한계를 노정한다. 체제를 달리하는 존재란 이미 규정된 의식의 양태가 다르고, 남·북의 문학과 민족에 대한 인식은 단어의 의미에 있어서 본질적인 뉘앙스의 차이를 가질 수밖에 없다. 기존의 모든 민족문화에 대한 비판적 계승을 목표로 하는 북한의 문화정책은 주체사상이라는 기준에 의해 기존의 문화를 이질적으로 변형시킨다. 실제로 주체사상에서 강조하는 "민족적 형식에 사회주의적 내용을 담는다."는 명제는 그들의 사상체계 속에 민족적 특성에 대한 연구가 고려되어 있음을 어느 정도는 유추해 볼 수 있게 한다. 주체사상에 대한 김윤식의 '부재된 부(父)개념의 대체'라는 주장5)이 다소 신빙성이 있게 여겨지는 것도 바로 그러한 까닭이다.

북한의 주체사상이 가부장제적인 동양적 질서관을 연관시켰고 그것이 한국사의 특수성 속에서 녹아들어 북한의 인민에게 별다른 저항감 없이 받아들여진다는 가설은 북한의 주체이론이 우리 전통의 정신사적인 흐름을 상당 부분 흡수 변용하고 있는지도 모른다는 하나의 가능성을 점치게 한다. 그것은 그들의 주장대로 한 민족의 문제는 그 민족 스스로가 해결할 수밖에 없다는 명제를 통해서도 재삼 확인되는 것이다.

결국, 민족적 특수성에 대한 그들의 주장 속에는 계급의 개념을 벗어나 있는 민족문화에 대한 의식이 다소 들어 있고, 그것은 궁극적으로 인민을 공산주의적 인간형으로 교육시키는 데 있어서 과거의 문화적 유산이 절대적인 역할을 담당하기 때문이다. 이점은 다음과 같은 북한 『정치사전』의 한 구절을 통해서도 쉽게 확인할 수 있다.

> 새 문화가 과거의 문화와의 계승적인 련관 속에서 발전하고 창조되듯이 로동계급의 새 문화는 인류가 이룩한 선행문화를 계승한 기초 우에서만 형성될 수 있다. 문화건설은 국경이 있고 민족이 있고 민족별로 생각을 꾸려나가는 조건에서 민족적 단위로 진행하여 민족적인 것을 살려야 한다.6)

---

5) 김윤식, 『한국현대문화사론』, 한샘, 1991 참조.
6) 『정치사전』, 북한과학백과사전출판사, 1978, p.426.

결국, 주체사상에 근거를 둔 문화이론은 민족의 특수성을 인정하고 있으며 비록 그것이 이질적 형태로 변형되고 있을지라도, 한 가닥 동질의 끈을 나눠 가질 수 있다는 역설적 희망을 지니고 있는 것이다. 분단 문학사를 극복하고 통일문학사를 기술하는 작업 자체가 이미 한계를 지니고 있는 것인 만큼, 이러한 민족문학에 대한 역설적 가능성은 그들 문화에 대한 객관적 이해와 접근의 노력 없이는 결코 살려낼 수 없는 것이다.

2) 주체의 문예이론과 북한의 민족관

북한의 문학이론은 문학의 본질, 성격, 기능을 혁명적 본질, 계급적 성격, 무기의 기능으로 규정한다. 이것은 김일성의 주체사상을 기초로 한 것으로 이미 여러 연구에서 밝혀진 바처럼 문학연구가, 이론가, 비평가가 주체사상의 주석가에 불과한 북한의 실정에 비추어 볼 때, 그 자체가 한 개인의 관점이 아닌 북한 당국의 공식적 입장이라고 할 수 있다. 당성, 노동계급성, 인민성으로 규정되는 소위 주체의 문예이론은 그 자체가 사회주의적 사실주의 문학의 본질적 속성을 이루는 데, 특이한 것은 처음 소련 작가대표회의에서 창작방법론으로 제시되었던 사회주의적 사실주의가 단순한 창작방법론의 성격을 넘어서 주체의 문예이론과 거의 같은 뜻으로 사용되었다는 점이다.

소련의 사회주의적 사실주의가 마르크스－레닌주의에 기초한 반영론적 창작방법을 의미한다면 주체사상에 기초한 사회주의적 사실주의는 그 목적 자체가 인민의 교양, 즉 공산주의적 인간형의 양성에 더 많은 비중이 기울어 있어서 오히려 그 안에 다른 창작 방법을 포함할 수도 있는 광의적 성격을 지니고 있다. 실제로 제1차 소련 대표작가회의의 사회주의적 사실주의에 대한 규정과 주체사상의 사회주의적 사실주의에 대한 규정을 비교해 보면 이 점은 더욱 쉽게 알 수가 있다.

사회주의적 사실주의는 예술가에게 현실의 혁명 발전 가운데 진실하고도 역사적이고 구체적으로 현실을 묘사할 것을 요구한다. 동시에 예술 묘사의 진실성과 역사적 구체성은 반드시 사회주의 정신으로써 노동 인민을 사상적으로 개조하고 교육시킬 임무와 연결되어 있다.

그 때 나는 우리나라에서 사회주의적 사실주의라고 하면 민족적인 형식에 사회주의적인 내용을 담는 것을 말한다고 정의를 주었습니다.
나는 그들에게 아무 것이나 다 사회주의적 사실주의라고 하면 안된다. 조선 사람들이 알아듣지 못하는 음악을 해서 무슨 의의가 있는가고 하였습니다.

「외국기자들이 제기한 질문에 대한 대답」,『주체의 문예이론』, p.351[7]

결국, 사회주의적 사실주의의 본래적 의미는 반영론에 근거한 사실주의를 공식적인 창작방법론으로 규정하여 그것이 프롤레타리아 계급의 이익에 봉사하고 프롤레타리아 계급의 보편성과 세계사적 의의를 적극 찬양하며 상대적으로 부르주아 계급을 적대시하는 방향성을 갖는 것을 가리킨다. 그러나, 궁극적으로 그것이 지칭하는 현실반영의 현실이라는 측면이 각 해당 사회의 단계적 위치에 따라 해석의 여지가 다양한 것이어서 인민에 대한 사상적 개조와 교육이라는 목표 외에는 명확한 일치성을 가질 수가 없는 것이다. 따라서 현재의 사회주의적 사실주의는 목적 문학, 혹은 프로파갠더와 거의 동등한 의미로밖에 인식될 수 없는 수준에 이르렀는데 그 대표적인 예가 북한의 주체이론에 바탕을 둔 사회주의적 사실주의 문학이다.

민족적 형식에 사회주의적 내용을 담는다는 정의는 일견 타당성이 있어 보이지만, 실은 그것이 의식적으로 항일혁명투쟁문학을 전범으로 하는 발언임을 꿰뚫어 볼 수가 있고 거기에는 자국의 인민에 대한 교양을 가장 우선시하는 민족적 배타주의를 엿볼 수 있다. 프롤레타리아 국제주의를 겨냥했던 사회주의적 사실주의의 처음 의도와는 달리 북한의 사회주의적 사

---

7) 북한 사회과학원문학연구소,『북한의 문예이론—주체사상에 기초한 문예이론』(인동, 1989)에서 재인용.

실주의는 각 '민족 단위의 문화건설'이라는 명제와 맞물려 변질된 민족적인 색채의 사회주의적 사실주의가 된 것이다.

그러나 일단 북한의 사실주의 문학이 조선 내의 혁명에 복무하고 인민의 교양에 전력한다고 정의된 만큼 그 예술적인 측면에서 국제적인 보편성을 획득하기는 어렵다. 이것은 소련의 사회주의적 사실주의가 형상성 밑에서 예술성의 일부분으로 당파성을 규정한 의도와는 서로 어긋나는 것으로서 노동계급의 건강성을 보여주는 것이 예술성을 담보할 수 있다는 애초의 의도와는 전혀 다른 것이다.

결국, 인민에 대한 교양 자체를 예술성과 형상성을 통해서 감각적으로 전달하는 사회주의적 사실주의와는 달리 북한의 사회주의적 사실주의는 경직된 사상의 둘레에 갇혀버리고 말았다. 특히 그 이데올로기 자체가 권위적인 당에 대한 충성으로 일관되는 주체사상이라는 점에서 예술적 자유는 그때 그때의 당 정책에 대한 선전에 충실한 범위 안에서만 허용될 뿐이다.

> 당성이란 당에 대한 끝없는 충실성입니다. 이것은 마르크스－레닌주의 세계관에 기초한 높은 계급적 각성이며 당과 혁명을 보위하며, 당 정책을 관철하기 위해서는 물불을 가리지 않고 투쟁하는 백절불굴의 혁명정신입니다.
>
> 『김일성 저작 선집』 제3권, p.159[8]

> 사회주의적 사실주의 문학예술의 당성은 가장 선진적인 계급인 노동계급의 혁명사상, 공산주의 사상의 예술적 구현에 의하여 담보되고 노동계급의 혁명위업 수행에 목적 의식적으로 복무하는 문학예술의 혁명적 본질을 규정하는 점에서 그 이전 시기 문학예술의 사상적 경향성, 당파성과 근본적으로 구별된다.[9]

소련에서의 당파성은 인민성과 같은 수준에 해당하는 것으로 인민성의

---

8) 북한 사회과학원 문학연구소, 『북한의 문예이론－주체사상에 기초한 문예이론』(인동, 1989)에서 재인용.
9) 위의 책, p.93.

최고형태인 '볼세비키적 당파성'을 의미한다. 문학은 프롤레타리아 사업의 일부분으로서 노동계급의 의식적 권위에 의해 가동되는 사회민주주의적 기계의 '나사와 나사못'이라고 정의된다. 따라서 문학은 그 자체가 혁명정신과 동일시되지 않고 인민성의 자각적 형태인 당파성에 대한 충실로서 나사와 나사못의 기능을 다하게 된다.

그러나 북한의 문예이론은 문학에서의 당성의 의미를 혁명정신이라고 규정함으로써 전적으로 당에 예속되어 있는 문학을 낳았고, 궁극적으로는 항일혁명문학을 혁명문학의 정통으로 높이고 그것 이외의 카프 문학을 진보적 문학으로 차별지어 구분하는 근거를 마련한다. 즉, 철저히 당에 충성하는 문학을 당성이라는 이름 아래 종속시킴으로써, 이후의 모든 문학은 김일성 유일사상을 따르는 항일혁명투쟁문학을 전범으로 삼을 수밖에 없게 된 것이다.

북한의 모든 문학은 혁명문학이며 그 평가의 기준은 당성, 곧 당에 대한 충실성 여부에 달려 있다. 주체의 문예이론은 그때 그때의 당의 정책에 충실하게 따를 수 있는 방법적 규정에 다름이 아니며 그 세부적 창작방법으로는 종자론, 속도전 이론, 전형론, 사회주의적 내용에 민족적 형식 등의 것들이 속한다.

그러나 이런 창작방법론도 사실은 김일성의 교시에 충실하게 따르는 방법론에 지나지 않으며 그 대표적인 예가 종자론이다. 종자론은 목적 지향성 혹은 사상적 핵심을 가리키는 것으로 주체사상에 대한 충실성이 제일의 과제가 된다. 결국, 늘 김일성의 교시에 충실함으로써 사상적 방향성을 올바르게 파악할 수 있고 혁명적 무기로 봉사하는 작품을 쓸 수 있다는 것이다.

따라서 종자론에는 일정한 정형이 없고 또한 일정한 방법도 없다. 단지 그 소재를 선택하고 쓰는 행위에 있어서 유일한 지침이 되는 것이 김일성의 교시가 된다. 마찬가지로 속도전 이론도 김일성의 교시에 따라 필요하기도 하고 또 필요하지 않기도 하다.

전형성에 대한 규정도 김일성의 교시에 따라 그때 그때의 상황적 목적에 맞는 전형이론으로 변모한다. 일단 가장 대표적인 것은 건설기에 접어든 북한의 현재를 배경으로 한 작품에서 갈등이 있어야 하느냐, 없어야 하느냐에 대한 문제라고 할 수 있다. 이미 혁명이 완수된 상태에서 혁명정신을 어떻게 계승하느냐의 문제와 결부된 것으로서 이미 혁명이 완수된 상태에서 그 갈등의 대상이 되는 부르주아 계급이 없다는 데에 문제의 핵심이 놓인다.

결국, 계급갈등이 주를 이루던 혁명기의 작품에서 벗어나 갈등은 자본주의적 잔재의 청산이라는 문제로 집중되어 나타난다. 갈등의 원인은 계급간의 격차에서 오는 것이 아니라 주체사상에 대한 해석의 옳고 그름에서 찾아진다. 따라서 혁명정신은 작품 속에서 자주성과 창조성을 지닌 전형적 인물에게 계승되고 그러한 자주성과 창조성을 바르게 실현하고 있는 인물과 그 외의 인물간의 김일성 교시에 대한 해석상의 갈등으로 나타난다. 이미 자주성과 창조성이 김일성 교시에 대한 충실성으로 규정되어 있는 만큼 전형이론의 궁극적인 기준도 매 상황에 대한 김일성의 교시가 내리는 규정에 따른다.

예를 들어서, 남조선 혁명역량에 대한 교시가 있을 경우에는 남한 내의 반정부 운동권 인물을 전형으로 선택하고, 인민의 교육에 대한 교시가 있을 경우는 또한 그 교시를 충실히 자주적, 창조적으로 따르는 인물을 전형화 시키는 것이다.

모든 문학의 가치기준이 당성에 의해 평가되는 만큼 북한의 문학에 대한 최종적인 규정은 다시 주체사상으로 돌아 올 수밖에 없다. 주체사상의 목적이 공산주의적 인간형의 양성에 있다고 할 때, 그렇다면 그 공산주의적 인간형은 어떤 인간형인가?

이에 대한 가장 밀접한 연관을 지니고 있는 것이 바로 전형이론이다. 전형이론 자체가 주체사상이 추구하는 공산주의적 인간형을 전형화 시키는 이론이기 때문이다. ‘공산주의적 인간형이 어떻다’라는 형상화의 임무를 지니고 있는 것이 바로 전형이론인 만큼 전형적 인물의 두 가지 특성인 자주성과 창조성은 공산주의적 인간의 자질적 특성이라고도 할 수 있다.

그러나 문제는 이 두 가지 특성이 앞에서 이미 밝힌 바와 같이 수령에 대한 충성으로 귀결된다는 점에 있다. 이것은 실질적으로 봉건적인 군신관계와 다를 바가 없을 뿐더러 수령의 교시가 부당한가 부당하지 않은가에 대한 일체의 판단기준을 지니지 못하게 된다. 인민은 교시에 대한 해석의 권한만 지닐 뿐이며 교시에 대한 회의는 품을 수가 없게 된다.

3. 결론─분단문학의 극복

현단계 한국문학의 최대과제는 분단문학으로 정의되는 두 개의 이질적 문학을 민족문학이라는 통일된 체계로 엮어내는 데 있다. 그것은 과거의 역사 속에서 드러나는 문학의 파행성에 대한 논리적 해결과 맥을 같이 하며 우리문학의 현재성에 대한 독립가치를 획득하기 위한 몸부림이다.

현재 한국문학은 상호배제의 원리를 따르는 두 개의 절름발이 문학을 가지고 있다. 그러나 이미 현재라는 역사적 시간 단위 속에 농축되어 있는 과거의 모순을 현재의 시점에서 일거에 척결해 나가기란 거의 불가능한 것이다.

한국 근대사의 파행성 속에서 객관적인 가치의 실체는 때로는 흔적도 없이 녹아버리고 만다. 남북의 문학을 하나로 합쳐줄 가치와 해석적 평가의 기준이 부재한다는 것은 이원적 민족문학의 영원한 존속을 의미한다. 따라서 현재의 남·북한의 문학사가 통합된 체계를 이루기 위해서는 분단기 문학사라는 명확한 시기구분이 선행되어야 한다는 주장을 가능하게 한다.

현재의 남북한 문학사에서 정통성의 문제를 거론하는 것은 공론에 그칠 뿐이며, 우리 문학의 현재를 분단기 문학으로 보는 정확한 현실인식이 요구된다. 현재 북한학의 필요성이 주장되듯이 분단기 남북한 문학사기술의 체계화라는 과제는 단순히 과거 근대문학의 문제에만 한정되는 것이 아니라, 분단 이후의 북한 현대문학에 대한 연구의 유무에도 필연적으로 존재한다. 그것은 언젠가 다가올 가상적, 당위적 통일을 목표로 현단계 남북한 문학사의 이질성을 극복하기 위한 국문학계의 최선의 방책이기도 하다. 그것이 곧, 반시대적 고찰을 바탕으로 하는 진정한 역사성의 인식으로 통하는 길이라고 할 수 있을 것이다.

찾아보기

■ ㅂ ■

■ ㅅ ■

■ ㅊ ■

■ ㅋ ■

■ ㅌ ■

■ ㅍ ■

■ ㅎ ■

저자 소개

김춘식

1966년 서울 출생. 문학평론가.
동국대 국문과와 동대학원 졸업. 문학박사.
1992년 세계일보 신춘문예 평론 당선.
현재 계간『시작』,『한국문학평론』편집위원으로 활동 중.
【평론집】『불온한 정신』(2003)

근대성과 민족문학의 경계

인 쇄 2003년 05월 20일
발 행 2003년 05월 27일
저 자 김춘식
발행인 이대현
편 집 이은희 · 안현진 · 조유미 · 박진희
펴낸곳 도서출판 **역락** / 서울 성동구 성수2가 3동 301-80
       (주)지시코 별관 3층(우133-835)
Tel 대표 · 영업 3409-2058 편집부 3409-2060 FAX 3409-2059
E-mail yk3888@kornet.net / youkrack@hanmail.net
등 록 1999년 4월 19일 제2-2803호

정가 10,000
ISBN 89-5556-220-9-93810

*잘못된 책은 교환해 드립니다.